grafit

Chemnitzer Str. 31, D-44139 Dortmund
Internet: http://www.grafit.de
E-Mail: info@grafit.de

Umschlaggestaltung: Peter Bucker
Umschlagfoto: Dain Hubley/stock.xchng
Druck und Bindearbeiten: Fuldaer Verlagsanstalt, Fulda
ISBN 978-3-89425-332-5
3. 4. 5. / 2010 2009

Ernst Solèr

Staub im Wasser

Kriminalroman

grafit

Der Autor

Ernst Solèr, geboren 1960 in Männedorf am Zürichsee und Vater einer Tochter, lebt in Zürich. Als Autor und Journalist arbeitet er u. a. regelmäßig für die Wirtschaftszeitung CASH und das Schweizer Radio DRS. 2006 ist sein erster Kriminalroman um den launischen Hauptmann Fred Staub von der Zürcher Kantonspolizei, *Staub im Feuer,* erschienen. Weitere Informationen zum Autor unter www.ernstsoler.ch.

Die Melone zerspritzte mit einem dumpfen Plopp. Voller Bewunderung starrte er auf das blitzende Werkzeug in seiner Hand. Sein Schwert war das schärfste weit und breit, da war er sich sicher. Scharf genug, ganz Panama zweizuteilen, einen zweiten Kanal durch dieses korrupte Land zu schlagen. Erbarmungsloser, unaufhaltbarer Stahl. Liebevoll wischte er mit dem Zeigefinger den Melonenmatsch von der Klinge. Sein Schwert war mächtig, unerschrocken und stark, ein Menetekel, das aufrütteln würde. Er legte es sachte auf den Tisch und griff sich den Joint vom totenkopfförmigen Aschenbecher. Ein Mitbringsel aus Sri Lanka, eine Erinnerung an die beste Zeit seines Lebens. Damals, als er noch gesund war und der König der Jointdreher in den Nachtclubs von Hikkaduwa. Damals, als Frieden für ihn noch etwas ganz anderes bedeutete.

Oben trampelten Kinder herum und draußen kreischte eine Säge. Er mochte Melonen nicht. Aber er mochte das Geräusch, wenn das Metall sie halbierte. Sein Schwert war ein Instrument und es war bereit zum Musizieren. Der Gesang würde schaurig sein, schön und blutig.

Er drückte den Joint aus und ließ den glänzenden Stahl in die lederne Scheide gleiten. Versteckte sie sorgsam unter dem Schrank. Blickte zum Fenster hinaus auf den Schopf, in dem die Limousine stand, die er gar nicht haben dürfte. Sie kam nur bei besonderen Missionen zum Einsatz. Dann, wenn sein Schwert zum Festkonzert aufspielte, um das Totenglöcklein zu begleiten. Wenn Geschwüre entfernt werden mussten.

Säcke

Ich sitze in meinem Büro in der Zeughausstraße und harre der Dinge, die da kommen mögen. Frage mich, ob dieser Tag mehr Spannung bringen wird als der gestrige oder der vorgestrige. Viel bräuchte es dazu nicht. Unsere Abteilung *Besondere Verfahren* bearbeitet momentan einzig den Fall einer kopflosen Leiche, die vorgestern Morgen bei Leimbach in der Sihl trieb. Wir haben keine Ahnung, wer der Geköpfte ist. Um zehn treffen wir uns zur Sitzung im großen Saal, vielleicht haben meine Mitarbeiter über Nacht ja neue Erkenntnisse gewonnen. Zu hoffen wäre es, zurzeit besteht meine Arbeit nämlich vor allem aus zielloser Grübelei. Entsprechend großartig ist meine Laune. Wäre ich doch Aktienspekulant geworden oder Stuntman! Aber nein, ich musste zur Polizei gehen, um in einem schäbigen Büro über die Ursache sinnloser Gewalttaten nachzudenken und Erkenntnissen entgegenzufiebern, die nach Taten rufen, aber derzeit einfach nicht kommen wollen.

Ich raffe mich hoch und verlasse das Gebäude, um eine Runde um die Kasernenwiese zu drehen. Der Himmel ist wolkenverhangen und für einen Junimorgen ist es viel zu kalt. Ein einsamer Hund tobt über die Wiese, sein Besitzer flegelt sich auf einer der Parkbänke unter den Platanen. Ich lasse mich auf einem der verwitterten Steinblöcke am Wiesenrand nieder und beobachte, wie der Wind einen leeren Plastiksack über das Gras treibt. Launisch purzelt er davon, bleibt kurz an einem Büschel Löwenzahn hängen, nur um dann jäh in die Höhe gerissen zu werden. Er tanzt ein paar Meter durch die Luft und verfängt sich schließlich in dem

Stacheldraht, welcher das provisorische Bezirksgefängnis umgibt. Ein Schandmal, in dem Ausschaffungshäftlinge einsitzen. Leute, die aus der Schweiz abgeschoben werden sollen, weil sie arm sind und stören und das Pech haben, nicht die erforderlichen Papiere zu besitzen, die notwendig sind, um bleiben zu dürfen. Gegenüber befindet sich in einem denkmalgeschützten Gebäude eine städtische Kontakt- und Anlaufstelle, in der man Leuten, die arm sind und stören, aber die richtigen Papiere haben, gratis Heroin abgibt.

Ich habe mein Jackett vergessen und friere. Auch der Plastiksack schlottert erbärmlich im Stacheldraht. Gerade als ich überlege, ob ich ihn nicht aus seiner misslichen Lage befreien soll, surrt in meiner linken Hosentasche das Natel.

Es ist Leonie, meine Ehefrau, die mir aufträgt, im *Globus Delicatessa* Olivenöl der Marke *Extra Vergine Planeta* zu besorgen.

»Was?«, frage ich.

»Öl, Fred! Olivenöl aus Sizilien. Schaffst du das?«

»Mal sehen«, brumme ich. »Wir haben ziemlich viel zu tun derzeit.«

»Klar, Fred. Wer nicht? Wie du weißt, kommen heute Abend Studers zum Essen und ich muss noch allerhand vorbereiten.«

»Dies wenigstens in ausgeschlafenem Zustand«, wage ich einzuwerfen, aber sie lässt sich heute nicht so leicht provozieren. Dazu müsste ich über ihre geliebten Studers herziehen, was mir schwerfiele, da sie mir inzwischen ziemlich sympathisch geworden sind.

»Also, ich erwarte dich samt dem *Vergine Planeta* um achtzehn Uhr zu Hause zum Apéro, Fred. Pünktlich und mit guter Laune.«

»Ich werde sehen, was ich tun kann«, sage ich.

»Bist du überhaupt im Büro?«, fragt sie mit skeptischem Unterton. »Ich höre Hundegebell.«

Tatsächlich kläfft der Hund auf der Wiese gerade einen arglosen Passanten an. Der Mann weicht verängstigt zurück und umgeht das Tier großräumig.

»Ich bin unterwegs«, behaupte ich. »Wir arbeiten an einem schwierigen Fall, ich erzähle es dir ein andermal.«

»Du spazierst in der Gegend herum, Fred?«

»Warum nicht? Das unterstützt mich beim Ordnen der Gedanken.«

»Möge es helfen«, sagt sie frech und verabschiedet sich. Bis zum Abend wird sie sich mit Akribie und Leidenschaft dem anstehenden Essen widmen. Und ich einer Leiche ohne Kopf. Kein Wunder, dass sie bessere Laune hat.

Der Plastiksack am Zaun des Bezirksgefängnisses scheint erledigt. Wenn sich niemand seiner erbarmt, wird er im Draht hängen bleiben, bis er sich auflöst. So wie ich in Trübsal zerfließen werde, wenn nicht bald ein Wunder geschieht.

Plötzlich steht der Hundebesitzer vor mir. Ein ausgemergelter Junkie, den ich von einer früheren Ermittlung her kenne.

»Grüezi, Kommissar Staub, wie geht es Ihnen?«, fragt er mich und ich antworte: »Es geht, Reto, es geht. Und es heißt Hauptmann Staub. Nicht Kommissar Staub.«

Er lässt ein heiseres Lachen ertönen. »Ich hab einen neuen Hund, sehen Sie da drüben, der Rüde.«

Ich sehe mir das Tier etwas genauer an. Es ist braun-weiß gescheckt und wirkt so nervös und zittrig wie sein Besitzer. Gerade scheißt es an eine Platane. »Prächtig«, sage ich.

»Ich hab ihn aus dem Tierheim«, erklärt mir Günthardt, der früher mal ein fähiger Taschendieb war, dann aber definitiv ein paar dreckige Spritzen zu viel abbekommen hat.

»Toll«, sage ich.

»Sie sollten das Leben genießen, solange es dauert«, rät er mir ungefragt und ich nicke. Ich genieße mein Leben durchaus, wenn auch nicht durchgehend. Heute zum Beispiel hält sich der Genuss in überschaubarem Rahmen. Vielleicht sollte ich doch auf Leonie hören und am Morgen regelmäßig Yogaübungen machen. Leider traue ich diesen Yogis nicht so richtig.

»Immer schön sauber geblieben?«, frage ich Günthardt und er beteuert mit weit aufgerissenen Augen, in denen Pupillen wie Stecknadeln tanzen: »Aber ganz sicher, Herr Staub. Sie wissen ja, ich bin auf Bewährung.«

»Ja, eben«, sage ich und seufze. »Ich wünsche dir einen schönen Tag, Reto. Und pass mir auf den Hund auf!«

»Mach ich, Herr Kommissar, mach ich.«

Ich stapfe zurück ins Büro. Bringe dort den Tauchsieder zum Laufen und schütte ein paar Krümel Instantkaffee in meine Tasse – ein Geschenk von Tochter Anna, auf dem sinnigerweise *I shot the sheriff* zu lesen ist. Ich gebe reichlich Zucker dazu und gönne mir die Brühe an meinem Schreibtisch mit den Schuhen auf dem Pult. Greife wahllos in den großen Papierhaufen vor mir und bekomme den Zwischenbericht meines Freundes und Stellvertreters Michael Neidhart zum kopflosen Toten zu fassen. Ich durchblättere das Dossier schlürfend und stelle fest, dass ich mich nicht getäuscht habe: Wir wissen gar nichts, außer dass der Kopflose ein Mann und vermutlich seit Sonntag tot ist. Wohl nicht zu Unrecht geht Michael davon aus, dass sich der Mann die Rübe nicht selbst abgesäbelt hat. Also muss es einen oder mehrere Täter geben, die es dingfest zu machen gilt. Nur weiß ich leider nicht, welche konkreten Schritte uns dahin bringen könnten.

Ich gehe rüber zu Neidhart und Kollegin Gret. Nehme zur Kenntnis, dass beide am Telefon hängen. Sie winken mir beiläufig zu, wie einem flüchtigen Bekannten, der beim Ausverkauf im Warenhaus an einem vorbeihastet. Ich schaue eine Tür weiter nach, was unsere Abteilungspfeife Mario und die Neue treiben. Bea musste zum Personaldienst in die Stampfenbachstraße, erklärt mir Mario. Er selbst informiere sich im Computer über die neuesten Fahndungen.

»Fahnden wir nach Wohnmobilen?«, frage ich ihn nach einem dreisten Blick auf seinen Bildschirm.

»Nein, Fred, ähm …«, windet er sich. »Aber es besteht die vage Möglichkeit, dass der Tote vom Zeltplatz im Sihlwald aus … ähm … angeschwemmt wurde.«

»Und deshalb siehst du dir Wohnmobile an?«

Er schweigt konsterniert. Mario ist der unfähigste all meiner Mitarbeiter und dies mit Lichtjahren Abstand, auch wenn er mir damals in der Erpressergeschichte um Ruedi Fischer das Leben gerettet hat. Ich kann nur hoffen, dass seine Unfähigkeit nicht auf die neue Bürokollegin abfärbt.

»Wir sehen uns um zehn zur Sitzung im Saal«, sage ich versöhnlich und verlasse sein Büro. Draußen fällt mir ein, dass er eigentlich das Olivenöl für Leonie besorgen könnte, dazu müsste er in der Lage sein. Aber ich verwerfe den Gedanken wieder, denn seit er mir das Leben gerettet hat, quäle ich ihn nur noch, wenn es unbedingt notwendig ist. Zur Senkung meines Adrenalinspiegels beispielsweise.

Ich schaue noch rasch bei Häberli rein, der aber wie meist abwesend ist. Präsent ist er nur auf einem übergroßen Poster, das ihn mit einem riesigen Wels zeigt, den er eigenhändig aus dem Walensee gezogen hat. Fischen ist John Häberlis mir einzig bekannte Leidenschaft. Ansonsten ist er ein knorriger Wicht um die sechzig, der pro Tag drei Schachteln

Gauloises Gelb raucht und zwanzig Espressi schwarz trinkt. Genau deshalb hat er ein Einzelbüro. Er arbeitet seit jeher weitgehend selbstbestimmt, jeder Versuch, ihn unter Kontrolle zu bringen, ist jämmerlich gescheitert. Ich persönlich mag ihn gerne, auch wenn ich ihn selten sehe. Im Notfall ist allerdings auf ihn Verlass. Besonders als penetranter Fragesteller ist er unerreicht. Schon viele Leute haben sich ihm allein deshalb offenbart, weil sie ihn und den Qualm, den er permanent ausstößt, nicht mehr aushielten.

Ich kehre in mein Büro zurück und überfliege den *Tages-Anzeiger.* Doping beim *Phonak*-Radrennstall, Bomben in Nahost, Elend in Afrika. Ist es die Zeitung vom letzten Jahr oder ist es die von vor fünf Jahren? Nein, das Datum oben rechts sagt mir, dass sie von heute ist. Hoffentlich wissen die Macher, dass das Datum das Wichtigste ist an ihrem Produkt. Denn auch der zweite Teil eröffnet mit Aufgewärmtem: Selbst ernannte Bildungskoryphäen wollen die Schule umgestalten, Freizeitapotheker die Krankenkassen sanieren, sparwütige Politiker unsere Löhne senken. Das fehlte gerade noch!

9.58 Uhr. Die Sitzung naht.

Im fensterlosen, schmutzig gelben Saal riecht es wie immer nach kaltem Zigarettenrauch und den Ausdünstungen Tausender ziel- und ergebnisloser Sitzungen. Michael Neidhart trägt ein hellblaues Hemd von *Hugo Boss* und wirkt dynamisch. Auswirkungen des Fruchtsalats vermutlich, den er seit Neuestem jeden Morgen zu sich nimmt. Er fährt sich kurz durch seine hellbraunen Haare und holt Atem, um schmerzlos zum Besten zu geben, was wir über den unbekannten Toten ohne Kopf wissen. Gret hört ihm gebannt zu. Sie ist eine dieser feingliedrigen, weißblonden Frauen, die kein Gramm Fett zu viel herumtragen und auch mit fünfunddreißig noch H&M-Klamotten tragen können, ohne dass es peinlich wirkt. Heute sind es anthrazitfarbene Jeans mit tausend Taschen und ein lindgrünes schulterfreies Top. Lästermäuler aus anderen Abteilungen nennen sie Eisblock. Meiner Ansicht nach ist sie eine zarte Schönheit, und wenn ich mit ihr einen trinken gehe, komme ich danach regelmäßig ins Träumen. Sie meines Wissens leider nicht, auch wenn ich ihr durchaus sympathisch bin. Aber ich bin eben auch schon zweiundfünfzig und habe eine Frau zu Hause, die mit Olivenöl umgehen kann.

»Um seine Handgelenke finden sich Fesselungsspuren, die Leiche wurde vermutlich notdürftig beschwert«, beginnt Michael. »Kann aber keine sorgfältige Arbeit gewesen sein, sonst wäre er nicht so bald wieder aufgetaucht. Ein Stück Seil, mit dem er hätte gefesselt sein können, haben wir nicht gefunden.«

»Vielleicht war es dem Täter egal, ob man ihn findet. Vielleicht sollten wir ihn sogar schnell finden«, meint unsere Neue, Bea Tschannen, die offensichtlich rechtzeitig aus den Irrgängen der kantonalen Verwaltung zurückgekehrt ist und mit verschränkten Armen neben Gret sitzt. Sie ist ein ganz anderer Typ Frau. Struppiges dunkelbraunes Haar, schmale Augen, Farbe undefinierbar zwischen Braun und Grün. Untersetzt, üppig, knollennasig. Fünf Kilo zu viel. Bedächtig. Solide. Zäh. Ein Mutterfels in der Brandung, auch wenn sie mit ihren vierunddreißig noch kinderlos ist. Verheiratet ist sie allerdings seit einem halben Jahr, mit einem Kollegen von der Flughafenpolizei, der acht Jahre älter ist als sie und in seiner Freizeit Bienen züchtet. Wir alle haben schon ein Glas Honig erhalten. Bea nimmt Verbrechern ihre Taten persönlich übel und will weder ihre Beweggründe kennen noch ihre traurige Kindheitsgeschichte hören. Sie will sie im Gefängnis sehen. Und zwar so lange wie möglich. Alles in allem ist sie der Typ der dankbaren Mitarbeiterin, von deren unermüdlichem Einsatz man gerne profitiert, ohne allerdings je mit ihr ein Bier trinken zu wollen.

»Vielleicht«, meint Michael. »Aber wozu? Um uns ein Rätsel aufzugeben?«

»Die Kriminaltechnik meint, der Kopflose sei ohne Zweifel Europäer«, sagt Gret. »Mehr können sie erst nach einer detaillierten Analyse der Knochensubstanz sagen. Fingerabdrücke und genetischer Code sind nirgends registriert. Was er zuletzt gegessen hat, wird die Obduktion ergeben. Seine Hände deuten nicht auf einen handwerklichen Beruf hin. Er ist etwa fünfundfünfzig Jahre alt und dürfte – mit Kopf – circa eins achtzig groß sein. Haut und Blut verraten uns, dass er höchstens ein mäßiger Trinker war und nicht geraucht hat. Der Mann ist untätowiert. Einstiche oder andere Wunden – außer jener am Hals natürlich – fanden sich nicht.«

»Der Einzige, der vom Alter her infrage kommen könnte, ist ein verschollener Finanzakrobat, den die Tessiner Kollegen gemeldet haben«, fährt Neidhart fort. »Aber der ist nur einen Meter vierundsiebzig groß. Sonst wird derzeit niemand dieser Beschreibung vermisst, zumindest nicht in der Schweiz.«

»Na toll«, sage ich. »Wie lange lag er denn schon im Wasser? Seit seinem Tod?«

»Vermutlich«, meint Gret. »Allerdings sind sich die Techniker sicher, dass er erst nach seiner Ermordung in die Sihl geworfen wurde.«

»Und wie lange ist das her?«

»Mindestens zwei Tage. Das sagt der Verwesungsprozess.«

Das alles gefällt mir nicht. Konkret bedeutet das nämlich, dass sich der Mörder längst irgendwo zwischen Timbuktu und Kopenhagen ins Fäustchen lacht, während wir hier rätseln, wen er in unser schönes Zürcher Wasser geworfen hat.

»Ist er wirklich geköpft worden? Oder zerstückelte man ihn erst, als er schon tot war?«, frage ich weiter.

»Das Köpfen war die Todesursache. Leider. Der Gerichtsmediziner spricht von einem sehr scharfen Schwert oder sogar einer Art Guillotine. Sehr unheimlich das Ganze. Ein rascher, weitgehend schmerzloser Tod allerdings«, erklärt Gret.

»Was ist mit diesem Zeltplatz?«, frage ich Mario.

Mario in seinem blütenweißen Hemd errötet und sagt: »Das war nur so eine vage Idee von mir. Ich bin gestern die Sihl hochgefahren bis nach Sihlbrugg und habe alle Brücken abgeklappert. Da ist mir aufgefallen, dass auf dem Zeltplatz in Langnau bereits Betrieb herrscht. Eine solche Bluttat wäre also keinesfalls unbemerkt geblieben.«

Ich grunze.

»Wir suchen morgen nochmals den ganzen Fluss ab, vom Sihlsee bis zur Limmat«, sagt Neidhart. »Auch die Limmat selbst, soweit das geht, und die Ufer. Wir brauchen den Kopf, sonst wird es schwierig.«

»Allerdings«, sage ich. »Sonst noch eine Idee? Auch Ausgefallenes ist willkommen!«

»Köpfen«, sagt Gret und wir richten unsere Blicke alle verwundert auf sie.

»Keine übliche Mordmethode«, sagt sie schließlich. »Die letzten Geköpften, an die ich mich erinnern kann, waren irgendwelche arme Geiseln im Irak.«

»Um Himmels willen! Du meinst, wir könnten es mit religiösen Fanatikern zu tun haben?«

Sie lächelt mich an: »Es ist einfach eine ungewöhnliche Methode in unseren Breitengraden, das meine ich.«

»Fürwahr«, sage ich und kratze mich am Kinn. »Wir warten auf weitere Details aus der Gerichtsmedizin, checken die internationalen Vermisstenlisten, waten knietief durch diesen trüben Fluss ...«

»Die Sihl ist sauber, Chef«, unterbricht mich Bea. »Ich bin in Adliswil aufgewachsen. Es gab eine Zeit, da durften meine Eltern nicht mal die Füße hineinstrecken. Aber heute ist die Wasserqualität gut und auch der Fischbestand hat sich erholt. Mit etwas Glück fängt man sogar wieder Regenbogenforellen.«

Gut, dass Häberli nicht da ist, denke ich. Irgendjemand muss die gute Bea dringend darüber aufklären, dass der ansonsten überaus gutmütige Häberli äußerst allergisch auf alle reagiert, die sich zum Thema Fisch verlautbaren.

»Petri Heil«, sage ich jedenfalls schnell. »Aber der vermisste Kopf wäre mir lieber.«

»Den finden wir schon«, sagt Bea, und ihrem entschlossenen Blick nach zu urteilen, kann es wirklich nicht mehr allzu lange dauern.

Wir verteilen die Aufgaben und ziehen uns in unsere Büros zurück. Nein, leider kann ich nicht mit essen kommen, entschuldige ich mich bei Michael und Gret. Ich muss dieses Teufelsöl für Leonie besorgen und abends werde ich ohnehin vollgefüttert werden, bis sich meine Magenwände blähen wie die Segel eines Dreimasters bei Windstärke 37.

Der Plastiksack mit dem *Vergine Planeta* reißt wenige Meter hinter der Kasse direkt vor dem *Globus.* Scherben, Splitter, Schweinerei. Ich scheuche Personal hoch, muss dasselbe beschissene Öl aber trotzdem nochmals kaufen. Unglaubliche 32,80 Franken kostet der Viertelliter, dazu kommen dreißig Rappen für einen bunten Papiersack, da sich die Gratis-Plastiksäcke ja als untauglich erwiesen haben. Ich versichere der Kassiererin, dass ich für nichts garantieren könne, wenn auch der teure Edelsack nicht halte. Sie gönnt mir den mitleidigen Blick einer Psychiatrieschwester und hinter mir höre ich das Murren von Leuten, deren Horizont es offensichtlich übersteigt, Menschen zu verstehen, die unverhofft vom Fluch des Sackgottes getroffen werden.

Ich verschwinde unauffällig und überlege mir auf der schmalen Militärbrücke, warum ich nicht Olivenölhändler geworden bin.

Als ich so in die Sihl hinunterschaue, erkenne ich nahe am Ufer einen weiteren Plastiksack, der sich zerzauselt in einem Ast verfangen hat. Ich verlache ihn lauthals, weil ich unweigerlich an unsere angeschwemmte Leiche denken muss. Nein wirklich, dass unser gesuchter Kopf gerade in diesem Sack steckt, ist schlicht unmöglich. Allerdings enthält das schwer lädierte Ding schon etwas Rundliches. Und oben ist es seltsam verschnürt.

Zum Glück erscheint in diesem Moment Mario, in feines Tuch gehüllt und mit glänzenden Edeltretern an den Füßen. »Ich hole mir rasch ein Sandwich«, erklärt er mir.

»Siehst du den Sack dort drüben?«, frage ich ihn. »Könntest du nicht schnell nachschauen, was er enthält?«

Er mustert mich entgeistert von oben bis unten, blickt nachdenklich über das Geländer, klettert dann aber ohne Murren die struppige Böschung hinunter. Eine Lasche des Plastiksacks hat sich verhakt, etwa zwei Meter vom Ufer entfernt. Natürlich kommt Mario nicht ganz hin, auch nicht mit einem herumliegenden Aststück. Hilflos blickt er zu mir hoch, doch ich lehne einfach weiter mit verschränkten Armen auf dem Geländer. Ich bezweifle, dass das Wasser mehr als zehn Grad hat. Und auch, dass es wirklich so sauber ist, wie Bea behauptet. Mario rudert nochmals vergeblich mit dem Aststück herum, zieht sich dann umständlich Schuhe und Socken aus und krempelt die Hosenbeine hoch. Ich gönne ihm ein ermutigendes Lächeln. Vermutlich tritt er in wenigen Sekunden in eine Glasscherbe oder einen entflohenen Skorpion. Aber jeder stirbt mal und er täte es wenigstens an einem Fluss.

Mario tappt vorsichtig in Richtung des Sacks und kann ihn mithilfe des Asts endlich heranziehen. Er deponiert die Tüte mit ausgestrecktem Arm und angewidertem Gesichtsausdruck vorsichtig neben seinem Schuhwerk. Nun gehe ich zu ihm hinunter und beäuge das Teil von Nahem. Der Sack riecht erbärmlich, mich gruselt es ein wenig. Aber als ich die Schnur öffne, sehe ich lediglich einen vergammelten Salatkopf in seiner Endphase. Ich wusste ja, dass der Sack eine Falle war.

»Alles klar, Fred?«, fragt mich Mario und blickt mir über die Schulter.

»Soweit schon«, antworte ich. »Sorry, aber es hätte ja sein können.«

»Keine Ursache«, meint er und stülpt sich die Socken wieder über die Füße. »Was machen wir denn jetzt mit dem Sack?«

Gute Frage. Einfach wieder in den Fluss werfen können wir ihn wohl nicht. »Stopf ihn bei uns in den Container. Dann haben wir wenigstens etwas für die Umwelt getan.«

»Jeden Tag eine gute Tat«, sagt er und ringt sich ein verkniffenes Lächeln ab.

Auch am Nachmittag geschieht vorerst gar nichts. Bleiern blubbern die Gedanken, zähflüssig zerrinnen die Stunden. Um drei meldet sich Leonie, um mit Unschuldsstimme nachzufragen, ob ich das Öl besorgen konnte. Problemlos, grummle ich und verabschiede mich mit dem Hinweis auf grausame Arbeitsüberlastung, um in Ruhe die *Neue Zürcher Zeitung* durchblättern zu können. Mein erster Blick geht auch jetzt zum Datum, um sicherzustellen, dass ich nicht nur alten Kaffee lese.

Ich widme mich gerade einem Artikel, der sich des Problems der Überfischung afrikanischer Binnenseen annimmt, als plötzlich Michael Neidhart hereinstürzt und aufgeregt ein Papier vor mir hin- und herschwenkt. »Ein neuer Vermisster, Fredy! Wurde eben auf der Wache Zürichberg gemeldet. Seine Tochter sucht ihn seit einer Woche. Gustav Graf, wohnhaft in der Finslerstraße. Die Beschreibung könnte auf unseren Toten passen. Die Tochter wartet vor dem Haus auf uns.«

»Okay, fahren wir«, sage ich und werfe mir mein Sakko über. »Hol Gret!«

Grafs Tochter ist gute dreißig und sehr körperbetont gekleidet: schwarze Stretchhosen und ein enges, pinkfarbenes Top. Sie ist nervös und scheint froh, uns zu sehen. Das Haus in der Finslerstraße ist eine Allerweltsvilla aus den Dreißigern, in dieser Gegend so unspektakulär wie Gurkensalat und auch etwa in dessen Farbe gestrichen. Drei Stockwerke und ein Estrich unter steilem Ziegeldach. Dunkelgrüne Fensterläden, kleine Balkone mit schmiedeeisernen Brüstungen. Graf scheint das Haus allein zu bewohnen, jedenfalls steht kein anderer Name auf dem Messingschild an der Tür.

»Waren Sie schon drin?«, frage ich die junge Frau Graf und sie bejaht.

»Kommen Sie mit«, sagt sie und stößt die schwere, mit Ornamenten versehene Holztür auf. Wir treten in eine geräumige Diele und begegnen einer jaulenden braunen Perserkatze. Es riecht muffig.

»Haben Sie etwas angefasst?«, frage ich. Sie gibt zu, in der Küche ein Fenster geöffnet und die Katze gefüttert zu haben. »Ich heiße Violetta«, sagt sie.

»Sehr erfreut, Staub«, antworte ich.

Wir steigen zusammen die steinerne Treppe hinauf. Drei Zimmer zuoberst, praktisch alle leer, lediglich in einem steht verloren ein Billardtisch. Im mittleren Stock befinden sich das Arbeits-, das Schlaf- und das Gästezimmer sowie ein Bad. Unten das riesige Wohnzimmer, ein Nebenraum voller Haushaltsgeräte, ein weiteres Bad, eine Bibliothek und die bestens ausgerüstete Küche, in der ein Mülleimer zum Himmel stinkt. »Fehlt etwas?«, will ich wissen.

»Der große Teppich«, deutet sie ins Wohnzimmer und die Sorge steht ihr deutlich ins schmale Gesicht geschrieben.

»Seht mal nach!«, weise ich Gret und Michael an. Zu Violetta sage ich, dass sie sich setzen soll.

»Was ist los mit meinem Vater?«, fragt sie mich.

»Wir versuchen gerade, das herauszufinden«, entgegne ich. »Sehen Sie ihn öfter?«

»Das nicht«, verneint sie. »Aber wir telefonieren alle paar Tage.«

»Wann zuletzt?«

»Vor rund zehn Tagen. Vorgestern habe ich es wieder versucht, aber er nahm nicht ab. Heute auch nicht, weder das Telefon hier noch sein Natel. Deshalb bin ich hergekommen. Ich habe ein ungutes Gefühl.«

Das habe ich auch. »Vielleicht ist er verreist?«

Sie umfasst die Knie mit ihren Händen, auf denen sich violette Venen abzeichnen. »Das hätte er mir und meinem Bruder gesagt. Da bin ich sicher, auch wenn wir sonst nicht sehr viel Kontakt haben.«

Ich sehe, dass sie leicht zittert. »Wollen wir rausgehen an die frische Luft?«, frage ich und sie nickt erleichtert.

»Fred«, höre ich Grets Stimme. »Kommst du mal rasch?«

»Einen Moment bitte«, sage ich zu Violetta und gehe ins Wohnzimmer rüber. Michael kauert mit finsterem Blick auf dem dunklen Riemenparkett, auf dem deutlich zu erkennen ist, wo der verschwundene Teppich einst lag. »Ich muss die Kriminaltechnik holen«, meint er und deutet auf zwei winzige dunkle Flecken zwischen den Fugen.

»Tu das«, stimme ich zu und kehre zu Violetta zurück.

»Wir können zur Kirche Fluntern runter«, schlägt sie vor.

»Einverstanden«, sage ich und bald stehen wir vor der *Wirtschaft zum Vorderberg*, einem altehrwürdigen Gasthaus voller giftiger alter Wachteln. Ich frage nach, ob es möglich sei, auch draußen zu sitzen, und man führt uns an einen pollenverstaubten Zweiertisch auf Steinplatten. Ein blütenweiß behemdeter ehemaliger Playboy serviert uns den Kaffee.

»Was tut Ihr Vater denn so?«, will ich wissen.

»Er ist Treuhänder«, sagt sie. »Er berät Leute in finanziellen Dingen. Ehrenamtlich kümmert er sich um Tierschutzfragen. Er müsste längst nicht mehr arbeiten, wenn er nicht wollte.«

Ich horche auf und blicke ihr in die Augen. Sie sind von einem hellen Blau, ähnlich dem von Gret, und von Mascara und Lachfältchen umgeben. Ich denke, dass sie eine recht aparte junge Frau ist.

»Nicht?«, frage ich.

»Nein. Sein Treuhandbüro ist sehr erfolgreich. *Lüthy & Graf* in Kilchberg.«

»Kilchberg?«, wundere ich mich. Eine sehr renommierte Gegend, ziemlich genau gegenüber meines Wohnorts Küsnacht, am linken Ufer des Zürichsees.

»Meines Wissens hatte er Kunden aus der ganzen Schweiz. Weniger Leute vom Zürichberg, sondern eher Gewerbetreibende und Bauern. Das Haus hier hat er erst vor zehn Jahren gekauft, wohl um in die feineren Kreise hineinzukommen«, erklärt sie mir.

»Ihr Vater ist reich?«

»Er hat uns nie im Detail informiert. Ich denke aber schon«, meint Violetta und forscht in meinem Gesicht nach Spuren der Verachtung. Sie findet aber keine. Immerhin hat Graf ja gearbeitet.

»Aber was reden wir denn da eigentlich? Das ist doch alles nicht so wichtig! Ich gebe eine Vermisstenanzeige auf und eine Stunde später kommt die Kriminalpolizei. Was hat das zu bedeuten?«, fragt sie und ihre blauen Augen leuchten angsterfüllt auf.

»Momentan wissen wir leider noch gar nichts. Aber ich möchte Sie bitten, dass wir die Spurensicherung holen und DNA-Proben nehmen dürfen.«

»Herr Staub, bitte!«, fleht sie. »Sagen Sie mir doch, was los ist! Das ist doch wohl kaum das übliche Vorgehen!«

Das ist es tatsächlich nicht. Ich überlege, was ich ihr erzählen soll. Es ist schwierig, weil ich ja wirklich nichts weiß. Viele Leute verschwinden plötzlich für ein paar Tage und tauchen dann frohgemut wieder auf. In diesem Fall jedoch ahne ich, dass Graf unser Kopfloser aus der Sihl ist.

»Wir haben gestern einen Toten gefunden «, würge ich schließlich heraus, weil sie mich immer noch anstarrt. »Das muss aber wirklich nicht Ihr Vater sein, Violetta. Die Chance, dass er es ist, ist sogar verschwindend klein.«

»Kann ich mir die Leiche ansehen?«, stößt sie hervor. »Dann hätten wir doch wenigstens Gewissheit!«

»Das geht nicht«, sage ich schnell. »Ich kann Ihnen nicht sagen, weshalb. Aber es geht nicht, glauben Sie mir.«

Violetta beginnt zu weinen. Ich nehme ihre Hand und schweige. Lasse meine Augen an der grauen Mauer auf der anderen Straßenseite entlangschweifen. Erkenne eine neuere, orange leuchtende Aufschrift: *Frieden.* Mit einem seltsamen, geteilten F, bei dem der obere Querstrich nach oben versetzt ist.

Ich weiß nicht, was ich Violetta noch fragen geschweige denn, wie ich ihr helfen könnte. Ich nehme an, dass die Leute von der Spurensicherung bereits im Haus ihres Vaters herumkriechen.

»Darf ich Sie um die Hausschlüssel bitten? Sie bekommen natürlich eine Quittung.«

»Klar.« Sie lässt meine Hand los, um in ihre *Freitag*-Tasche zu greifen. »Hier«, sagt sie und fummelt den schweren Schlüssel vom Bund.

»Haben noch andere Personen Zugang zum Haus?«, frage ich.

Sie zögert. »Ich weiß nicht, ich glaube nicht. Mein Bruder hat noch weniger Kontakt zu meinem Vater als ich.«

Ich schweige.

»Mein Vater ist nicht immer ganz einfach. Hoffentlich ist nicht wirklich etwas Schlimmes passiert.«

»Machen Sie sich keine Sorgen! Hier ist meine Karte«, versuche ich sie zu beruhigen. »Sie können mich jederzeit anrufen. Und bitte informieren Sie uns sofort, falls Ihr Vater wieder auftaucht! Wohnen Sie in der Nähe?«

»Ich lebe in Höngg, am Wasser, und arbeite als Cutterin beim Schweizer Fernsehen. Heute habe ich frei.«

»Können wir Sie irgendwo hinfahren?«

»Nein. Es geht schon. Ich rufe nachher meinen Freund an. Darf ich mich morgen bei Ihnen melden?«, fragt sie.

»Ja, natürlich. Wann immer Sie wollen.«

»Gut«, sagt sie und steht zögernd auf. Auch ich erhebe mich und wir schütteln uns ein wenig hilflos die Hände. Ich sehe, dass ihre Augen immer noch feucht sind. Plötzlich wendet sie sich ab und strebt eilig zur Tramstation. Erst als sie außer Sicht ist, fällt mir ein, dass ich sie nach der Adresse ihres Bruders hätte fragen sollen.

Der Geck von Kellner bequemt sich erst nach ein paar Minuten, meine Zwanzigernote entgegenzunehmen, Trinkgeld kriegt er keins. Dafür wiederum lässt er sich viel Zeit mit dem Rückgeld und der Quittung.

Als ich schließlich loskomme, marschiere ich wieder zu Grafs Haus hinauf. Sehe moosbedeckte steile Mauern. Stabile Zäune. Alten Baumbestand. Einen Lamborghini. Einen Greis mit einem Stock. Eine flatternde Amsel. Das Straßenschild Dunant-Straße samt Erklärung, wer Henry Dunant war.

Ich gehe durchs Tor und besehe mir Grafs Haus von hinten. Ein simples Stück Rasen, ein kompakt gestutzter Haselnussstrauch, eine hochgeschossene Erle, ein zinkfarbener, runder Gartentisch mit drei weißen Stühlen der Marke *Flyline.* Eine Außendusche. Ein stabiler Zaun aus imprägnierten Holzpfählen. Eine lange nicht genutzte Grillstelle. Kein Pool. Kein Gemüsegarten. Keine Blumen. Kein Hintereingang.

Ich gehe wieder zur Vorderseite und beobachte, dass Gret im Eingang des Nachbarhauses mit einer Frau spricht, an der ein ungefähr Fünfjähriger herumzerrt. Michael entdecke ich nirgends. Dafür seltsamerweise wieder diesen orange aufgesprayten *Frieden*-Schriftzug, zwei Häuser weiter oben auf einem Glassammelcontainer.

Ich betrete Grafs Haus. In einer Ecke des Wohnzimmers lehnt der Chef unseres kriminaltechnischen Dienstes und wurstelt in einer Tüte *Zweifel Pommes-Chips* herum. Strich heißt der Mann und sein Name ist nun wirklich nicht Programm – der Mann ist hochgradig fettsüchtig. Es wundert mich sehr, dass er sich noch nicht in einem der bequemen Sessel niedergelassen hat.

»Ah, der Kollege Staub«, begrüßt er mich. »Freut mich sehr, Sie hier zu sehen.«

Ich knurre und beuge mich über einen seiner Mitarbeiter, der mit einem skalpellartigen Gegenstand Staub vom Boden kratzt.

»Das ist zweifellos Blut, Kollege«, quetscht Strich hervor. »Da bin ich mir sicher. Aber ob es Herrn Grafs Blut ist, muss sich erst noch weisen.«

»Und? Haben Sie irgendeine Vorstellung, wann etwa sich das weisen könnte?«

»Aber ja doch! Eine überaus präzise sogar. Morgen um acht Uhr haben Sie die Resultate auf Ihrem Pult.«

»Himmel, das reicht nicht, Strich! Ich brauche die Resultate sofort!«

Strich lächelt sanft: »Ich kann Sie bestens verstehen, Kollege Staub. Nur ist die Technik leider noch nicht so weit, bitte verzeihen Sie ihr. An uns liegt es nicht, das wissen Sie ja.« Und schon wieder greift er in diesen nervtötend knisternden Chipsbeutel und stopft sich das Zeug in den Mund. Er kaut genüsslich und fügt dann hinzu: »Wir haben DNA-fähiges Material von Zahnbürste und Kamm.«

»Toll, Strich«, sage ich und gehe nach oben, um mir das Arbeitszimmer vorzunehmen.

Ein schweres, antik aussehendes Pult mit zwei Korpussen, eine schmiedeeiserne Stehlampe, ein Sekretär aus Nussbaum, diverse Schränke und Ablageflächen. Ein Laserfarbdrucker. Ein Faxgerät. Ein Telefon. Ein Flachbildschirm an der Wand. Aber nirgendwo ein herumliegendes Papier. Kein Stäubchen auf dem Pult, keine Fettrückstände auf der Tastatur seines *Dell*-Computers. Die Stimmung im Zimmer gefällt mir nicht, ohne dass ich sagen könnte, was genau mich eigentlich stört. Die Schränke enthalten sorgsam gebündelte Unterlagen, ausschließlich Dossiers, die nach Stichworten geordnet sind. Bäuerliche Subventionsbetrügereien. Elektrosmog als Krebsursache. Hormone in unserer Nahrung. Jedoch nichts Persönliches. Das muss in den beiden Korpussen liegen, die verschlossen sind. Oder im Tresor, den ich hinter einem der Schränke finde. Wo mögen die Schlüssel sein? Ich überlege kurz, Violetta anzurufen. Aber was tun wir hier eigentlich? Bevor sich Graf nicht als der Kopflose aus der Sihl herausstellt, haben wir eigentlich nichts in seinem Haus verloren.

Ich gehe wieder runter ins Wohnzimmer. Strich fläzt sich nun doch in einem der dunkelblauen Ledersessel. In seiner Hand hält er eine Plastikflasche mit Cola. Wo zaubert er all dies nur immer her?

»Haben Sie Michael gesehen?«, frage ich ihn.

Er strahlt mich an wie ein frisch gebackener Lebkuchen: »Nun, ich vermute, er spricht mit den Nachbarn.«

»Und Sie? Was steht an, abgesehen von der permanenten Nahrungsaufnahme?«

»Kollege Staub, haben wir eigentlich einen Durchsuchungsbefehl für dieses Etablissement? Oder verstoßen wir gerade gegen Vorschriften?«

»Wir haben die Einwilligung der Tochter«, knurre ich.

»Immerhin«, sagt er.

Ich stürme hinaus. Verfluchte Gaffer, denke ich angesichts der vielen herumstehenden Leute. Drei Polizeiwagen genügen heutzutage für einen kleineren Volksauflauf, selbst hier am noblen Zürichberg, wo man lieber für sich ist. Natürlich ist das nicht immer nur hinderlich, weil es uns spontane Befragungen erlaubt. Aber wir müssen uns verdammt noch mal zurückhalten: Der Hohn der Massen wäre uns gewiss, falls Graf plötzlich, ein fröhliches Liedchen pfeifend, um die Ecke kommen würde. Und meine Aufgabe ist es sicherlich nicht, mich für die Gelangweilten dieser Erde zum Narren zu machen.

Michael Neidhart steht vierzig Meter weiter oben und starrt auf die Straße. Er winkt mir diskret zu und ich schlendere zu ihm, neugierig beglotzt von der aufgeregten Nachbarschaft. Michael zeigt mit dem Zeigefinger hinunter auf den Asphalt.

Ich schrecke leicht zusammen. *Frieden* steht da in Orange aufs Trottoir gesprayt, wieder mit diesem seltsamen großen F.

»Da drüben hat's auch noch eins«, zeigt Michael auf einen Stromverteilungskasten.

»Heilige Scheiße«, sage ich. »Bei der Kirche Fluntern unten steht die gleiche Aufschrift auf einer Wand. Ebenso auf dem Container dort.«

»Jemand scheint hier mächtig scharf darauf zu sein, seine Friedensbotschaft unter die Leute zu bringen«, meint Michael leichthin. Aber ich weiß, dass er sich dasselbe fragt wie ich: Haben diese elenden *Frieden*-Aufschriften irgendwas mit Grafs Verschwinden zu tun? Wir müssen unbedingt wissen, ob er der Kopflose vom Fluss ist!

»Uns sind die Hände gebunden, solange wir nicht wissen, ob Graf der Tote ist«, gebe ich überflüssigerweise von mir. »Strich kann die Resultate angeblich erst morgen früh vorlegen, wahrscheinlich muss er vorher noch zwei Kilo Chips vertilgen.«

»Er ist ziemlich gut, Fred, vergiss das nicht. Und eigentlich auch immer zuvorkommend und anständig.«

»Wir sollten uns hier verziehen«, ignoriere ich seinen Einwand. »Sonst waten wir bald knietief durch Lokalradio- und Fernsehreporter.«

»Lassen wir die Wohnung diskret überwachen«, schlägt Michael vor und ich stimme ihm zu.

Unterdessen ist auch Bea eingetroffen und notiert systematisch Namen und Adressen der Gaffer. Gret nutzt die kollegiale Entlastung, um leichtfüßig auf uns zuzuhüpfen. Das Orange ihrer Sportschuhe der Marke *Grape* ist fast vom selben Farbton wie der *Frieden*-Schriftzug auf dem gesprenkelten Asphalt.

»Die Nachbarin mit dem Kind behauptet, sie habe Graf seit mindestens drei Tagen nicht mehr gesehen«, berichtet sie. »Auch das Licht habe nie gebrannt in dieser Zeit.«

»Siehst du das?«, unterbreche ich sie und deute auf das Wort *Frieden* am Boden.

Sie blickt nach unten, runzelt ihre Stirn und geht in die Knie.

»Der verschwundene Teppich und Reste von Blut. Körperliche Übereinstimmungen zwischen Graf und der Leiche«, fasle ich vor mich hin.

Gret schnellt plötzlich hoch wie eine Antilope. Sie macht keinen Sport, das weiß ich. Und doch ist sie äußerst beweglich. Sie schaut mich an, etwas blass, wie mir scheint. »Und ein geköpftes F«, sagt sie und wartet auf meine Reaktion.

Ich brauche ein paar Sekunden. Schließlich bin ich über fünfzig und habe nie eine Klasse übersprungen.

»Was sagst du da?«

»Das F in diesem *Frieden* sieht aus wie geköpft«, sagt sie ernst.

»Stimmt!«, meint Michael und kniet sich nun ebenfalls vor den aufgesprayten Schriftzug. Gret und ich tun es ihm nach und von Weitem sehen wir wohl aus wie große Kinder, die mitten in der Stadt eine fluoreszierende Riesenschnecke entdeckt haben. Das F ist der größte Buchstabe im Wort. Und über dem unteren Querstrich ist es durchtrennt.

»Vielleicht habe ich eine zu lebhafte Fantasie«, meint Gret.

»Wir haben diesen Schriftzug bereits vier Mal vorgefunden in der näheren Umgebung«, erzählt ihr Michael.

»Alle mit geköpftem F?«

»Ja«, sage ich, »mit geköpftem F.«

»Wir müssen die Umgebung absuchen«, schlägt sie vor. »Kann ich Streifenwagen ordern?«

»Na klar«, sage ich. »Erstelle einen Plan des Quartiers, in dem alle *Frieden*-Schriftzüge eingezeichnet sind. Außerdem interessiert mich, ob diese Sprayereien auch anderswo aufgetaucht sind. Weiter will ich eine Analyse der Schrift, der Farbe – eben einfach von allem.«

»Sonst noch was?«

»Sie sollen bei der Gelegenheit den Beutel mit der Ölflasche aus meinem Büro mitbringen«, sage ich. »Ich fahre von hier aus direkt nach Hause. Leonie gibt ein Diner.«

»Das kannst du ihnen selbst sagen«, meint sie hochnäsig. Aber sie lächelt dabei.

Ich sehe Strich aus Grafs Haus wanken. Er scheint Luft in die Pommestüte zu blasen. Vielleicht saugt er aber auch nur die Reste heraus. Ich muss das Olivenöl nachher jedenfalls streng bewachen. Nur Gott Gourmand weiß, wozu der Mann fähig ist. Oder soll ich all meinen Mut zusammennehmen und Leonie mitteilen, sie müsse auf das Öl verzichten, weil ich heute Abend nicht kommen könne?

Bevor ich mich zu irgendetwas entschließe, knallt es gewaltig und ich zucke zusammen. Grets Lächeln ist noch etwas breiter geworden: »Strich hat seinen Pommes-Chips-Sack platzen lassen«, erklärt sie mir.

»Tod allen Säcken!«, fluche ich und stapfe davon.

Wir sitzen auf unserer Terrasse unter dem Heizstrahler und plaudern. Das heißt, Leonie und Annemarie plaudern und Franz Studer und ich halten uns an einem bauchigen Glas *Carlos Primeros* fest und starren in den Abendhimmel. In der Küche schwimmen die letzten Salatreste in ihrem teuren Öl. Studers Dalmatinerrüde Agadir wartet unter dem Tisch auf die Erleuchtung. Der Himmel ist von einem matten, langweiligen Blau, kein Wölkchen ist zu sehen und selbst die Krähen der Umgebung scheinen ob des unermüdlichen Geredes unserer Gattinnen sanft entschlafen zu sein. Ich erhebe mich kurz, um meine schlaffen Glieder zu strecken. Frage mich, wie es Violetta Graf geht. Und was die Kollegen wohl treiben. Sicher sind sie immer noch schwer am Arbeiten, während ich hier mit Leuten auf der Terrasse sitze, die ich problemlos auch noch nächste Woche hätte sehen können. Aber zugegeben, ich sitze gern hier. Der gespickte Lammrücken war großartig, das Kartoffelgratin ebenso. Ich habe für meine Verhältnisse recht viel Wein getrunken, irgendeinen Edelburgunder, den Studers mitgebracht haben, und fühle mich wohlig satt und zufrieden.

»Fred!«, höre ich Leonies Stimme von weit her.

»Ja?«, wende ich mich meiner Gattin zu.

»Annemarie hat dich gefragt, ob ihr schon mit dem neuen Fahndungssystem SIS arbeitet!«

»Gelegentlich schon«, gebe ich zur Antwort. »Natürlich sind wir noch in der Anfangsphase. Aber ein spürbarer Fortschritt ist es sicher.«

»Wollen sie euch wirklich den Lohn kürzen?«, fragt Franz. »Das wäre doch fatal. Ein völlig falsches Signal.«

»Du sagst es. Aber du kennst ja unsere Politiker.«

»Fred!«, tadelt mich Leonie sofort.

Franz Studer, seines Zeichens Mitglied der lokalen FDP, lacht nur: »Also, ich werde mich sicher dagegen aussprechen, das kannst du mir glauben, Fred. Und zwar nicht nur, weil ich dich kenne.«

»Hoffentlich«, sage ich. »Ansonsten musst du uns dann wenigstens helfen, diese Wohnung zu verkaufen.«

Mittelstarkes Gelächter, wobei jenes von Leonie besonders gezwungen wirkt. Keine zehn Pferde brächten sie je aus diesem Haus, und die Gefahr besteht ja auch nicht wirklich, da sie selbst vor zehn Jahren eine große Summe geerbt hat. Aber ich beharre seit jeher darauf, die Hälfte der Hypothek zu zahlen, schließlich lebe ich ja nicht wegen des Geldes mit ihr zusammen.

»Wie wär's mit einem Mango-Sorbet?«, erkundigt sie sich und ihre Muskeln spannen sich wie die eines Rennpferds, bevor das Gatter hochgeht.

»Sehr gerne, Leo«, sagt Annemarie und Leonie springt auf. »Für euch auch?«, fragt sie Franz und mich.

»Darauf freue ich mich schon den ganzen Tag«, sage ich und Leonie stöckelt in die Küche.

»Schön habt ihr's hier«, sagt Franz.

Ich blicke über den See, auf das sich klar abzeichnende gegenüberliegende Ufer, auf blitzende weiße Lichter und sage: »Es lässt sich aushalten.«

Er nimmt einen gehörigen Schluck Brandy.

»Kennst du einen Treuhänder namens Gustav Graf?«, frage ich ihn.

Franz runzelt seine mächtige Stirn und überlegt. »Kommt mir nicht ganz unbekannt vor, der Name ist mir schon mal über den Weg gelaufen. Aber ich wüsste jetzt gerade nicht, wie ich ihn einordnen sollte. Willst du, dass ich mich ein wenig umhöre?«

»Nein, lass nur«, sage ich und blicke wieder auf den schimmernden See hinunter. Etwas Wind ist aufgekommen. Wenn wir nicht bald reingehen, holen wir uns alle eine Erkältung.

»Am Samstag kommt Per zurück«, strahlt mich Leonie später im Bett an. »Ach Fred, ich freue mich so!«

Hab Dank, Sohn, denke ich. Kämst du nicht bald wieder, würden jetzt sicherlich einmal mehr meine zahllosen charakterlichen Mängel durchgekaut. Aber wenn unser lieber Kleiner praktisch vor der Tür steht, verblasst daneben alles.

»Ich freue mich auch, Leonie.« Und da das vermutlich wenig euphorisch klang, füge ich schleunigst hinzu: »Entschuldige, wenn ich manchmal etwas brummig bin. Wir haben einen ziemlich tragischen Fall zurzeit ...«

»Per meint, er würde etwa einen Monat bei uns wohnen, bis er irgendwo unterkommt.«

»So was wie arbeiten oder sich gar an der Uni einzuschreiben plant er aber nicht, oder?«

»Ach Fred, lass ihn doch. Er ist noch so jung, er kann später immer noch studieren. Wo ihm doch das Surfen so viel Spaß macht! Geld verdient er ja auch damit, und das nicht mal schlecht.«

Ich gähne vernehmlich und greife zum Schalter, um das Licht zu löschen. Unser gemeinsamer Sohn vertreibt sich seine Tage als Surflehrer an exotischen Orten und macht keine Anstalten, ein Studium zu beginnen, das über die Analyse der Wirkung verschiedener Marihuanasorten hinausgeht. Leonie scheint das egal zu sein, sie vergöttert ihren Kleinen seit jeher bedingungslos. Hoffentlich gelüstet es sie angesichts seiner baldigen Wiederkehr jetzt nicht nach Sex. Nicht dass sie nicht immer noch attraktiv wäre: Ihre Figur hat sich gut gehalten und Tausende teurer Cremebüchsen lassen sie im Schummerlicht noch heute aussehen wie eine Dreißigjährige. Auch der freche kurze Schnitt ihrer braunen Haare trägt zur jugendlichen Erscheinung bei. Aber ich bin wirklich müde. Frieden will ich, ja, genau das und nichts mehr. Frieden. Ganz kurz leuchtet der orangefarbene Schriftzug in mir auf.

»Schlaf gut, Meister«, umarmt mich Leonie und wendet sich dann ab, um noch ein paar Seiten zu lesen. Morgen muss auch sie ins Büro, um sich als Anwältin mit Urheberrechtsfragen abzuplagen. Zusammen in die Stadt fahren werden wir aber nicht. Ich will Punkt acht im Präsidium sein, und wenn es nur ist, um den säumigen Strich zu verfluchen.

Der kleine Mann warf den Stock und der weiße Hund rannte hinter ihm her und apportierte ihn aufgeregt. Außer den beiden war kein Lebewesen auszumachen am See. Die Ufer verloren sich nach wenigen Hundert Metern im Frühnebel. Hoffentlich ist das auch am Sonntag so, dachte er. Es galt sich zu konzentrieren bis dahin. Konzentration war das Wichtigste. Sie litt, sobald Gefühle hochkamen. Gefühle gleich welcher Art. Ob Liebe oder Hass, spielte keine Rolle. Der Gedanke, dass der weiße Hund ebenfalls dran glauben musste, schmerzte ihn. Er mochte Hunde wirklich gern, früher hatten sie auch einen gehabt: Harald, den Bernhardiner.

Er musste das Mitleid mit dem Hund zur Seite drängen. Im entscheidenden Moment musste das Gehirn leer, jegliche Empfindung steif gefroren, die Seele absolut windstill sein. Am Sonntag musste er eine Maschine sein, ein Roboter, ein Werkzeug, ein Musiker.

Eben passierten die beiden die Stelle, die ihm für sein Vorhaben ideal erschien. Nach wie vor war niemand zu sehen. Er schwenkte den Feldstecher nach links, bis er seine blaue Limousine im Fokus hatte. Er hatte sie als Wrack vom Schrottplatz geholt und eigenhändig wieder flottgemacht. Fahren konnte er sie nur selten, da er zwar viele Nummernschilder, aber keine Papiere hatte. Als er das Fernglas absetzte, realisierte er, dass der kleine Mann mit dem Hund auf seinen Aussichtshorst zuschritt.

Er schlenderte ihm entgegen und grüßte: »Kalt heute, nicht?«

»Sehr«, sagte der kleine Mann und strebte eilig an ihm vorbei.
Der Hund dagegen blieb stehen, scharwenzelte um ihn herum und schnüffelte an seinen Schuhen. Dennoch konnte er leider nicht verschont werden. Hoffentlich genoss er die kommenden drei Tage noch in vollen Zügen.

Schatten

Ich habe den Wecker überhört und treffe später als geplant in der Zeughausstraße ein. Bea steht schon unruhig im Gang. Sie trägt gebügelte Jeans von Levi Strauss, eine Art braune Wanderschuhe und eine dunkelgrüne Bluse: »Er ist es, Chef«, teilt sie mir mit, »Strich war eben hier.«

Ich blicke auf meine Speedmaster; zwanzig nach acht, zur Hölle mit Strich.

»Ich habe den Bericht bereits kopiert und in alle Büros verteilt«, fährt Bea fort. »Ebenso die Ergebnisse von Grets Suche nach diesen Sprayereien. Ich selbst habe gestern noch mit über zwanzig Leuten gesprochen, die in der Nähe von Sihlbrücken wohnen. Leider ...«

»Ist gut, Bea, tolle Arbeit. Ich lese sofort alles durch. Und ich will alle um halb neun im Sitzungssaal sehen. Auch Häberli, wenn du ihn auftreiben kannst. Danke.« Ich lasse sie stehen, strebe in mein Büro und knalle die Tür zu. Ein bisschen exzentrisch muss ein Chef schon sein.

Strichs DNA-Analyse lässt leider keine Zweifel offen: Der Tote aus der Sihl ist Gustav Graf und auch die Blutreste auf dem Wohnzimmerboden stammen von ihm. Ich merke, dass mir leicht übel wird, und brülle durch die Tür laut nach Mario, auf dass er mir einen Kaffee bringen möge. Diesmal aber zeigt mein Rufen aus mir unerfindlichen Gründen keine Wirkung, sein eilfertiges Bubengesicht erscheint nicht im Türrahmen, wie lange auch immer ich dorthin blicke. Ich überlege kurz, mir selbst einen Instantkaffee aufzubrühen. Leider bin ich zu müde dafür. Also versuche ich, das Gelesene zu verarbeiten. Violettas Vater wurde geköpft, in seinen eigenen Teppich gewickelt und in die Sihl geworfen, so sieht's aus. Kopfzerbrechen bereitet mir, dass wir bisher weder den Kopf noch den Teppich finden konnten. Ebenso beschäftigen mich diese elenden geköpften *Frieden*-Aufschriften überall. Die Karte, die Gret angefertigt hat, zeigt es klar: Acht Inschriften haben wir entdeckt, sie ziehen sich sternförmig um Grafs Villa, die am weitesten entfernte fand sich in der Schneckenmannstraße, rund zweihundert Meter südlich von Grafs Haus. Ohne Zweifel will uns jemand etwas sagen. Nur, warum zum Teufel greift er nicht zum Telefon und ruft hier an?

Ich lege die Berichte beiseite und brüte vor mich hin. Erinnere mich unverhofft daran, dass Zürich durchaus eine große Tradition im Köpfen hat. Schon unseren Stadtheiligen Felix und Regula wurde zur Römerzeit die Birne abgeschlagen, aus Gründen, die ich vergessen habe. Jedenfalls trugen sie ihre Köpfe dann angeblich noch höchstpersönlich zum heutigen Standort des Großmünsters, eine physische Ausnahmeleistung, die unwiederholt blieb. Auch Zürichs einst heftig umstrittener Bürgermeister Hans Waldmann, ein Emporkömmling aus dem Glarnerland, verlor sein Haupt gewaltsam. Irgendwann im 15. Jahrhundert, wenn ich mich recht entsinne. Ich glaube allerdings nicht, dass im Falle Graf ein Zeitreisender aus Zürichs blutiger Vergangenheit zu Werke gegangen ist. Wenn sich der Täter nur nicht als religiöser Fanatiker herausstellt. Oder als psychisch Versehrter. Am liebsten wäre mir ein ganz normaler Krimineller mit nachvollziehbarem Motiv. Leider ist das Leben als Hauptmann der Kantonspolizei kein Wunschkonzert. Ich rufe erneut nach Mario. Vergebens.

Zehn Minuten später sitzen wir im Sitzungssaal, wieder einmal. So langsam würde sich ein neuer Anstrich wirklich lohnen, das vergilbte, fleckige Weiß an den Wänden inspiriert vielleicht einen Seifenhändler, niemals aber unsere Abteilung *Besondere Verfahren.* Dennoch haben wir keinen besseren Treffpunkt. Ein Büro, in dem genügend Stühle stehen, kann sich der Kanton offenbar nicht leisten. Und in der Kantine lauern Kollegen aus anderen Abteilungen, die uns die spannende Arbeit neiden oder unken, dass der flotte Käfer Gret eine Vergeudung sei im Büro des schwulen Michael.

»Ihr habt Strichs Bericht ja gelesen, ebenso Grets Zusammenfassung in Sachen *Frieden*-Schriftzüge«, beginne ich. »Gustav Graf wurde zweifelsfrei ermordet, möglicherweise von derselben Person, die überall dieses *Frieden* hinschmiert. Heute ist Donnerstag. Wir können davon ausgehen, dass Graf in etwa am Sonntag bei sich zu Hause geköpft und anschließend in die Sihl geworfen wurde.«

»Gilt die Sihl als friedlicher Fluss? Ich meine, nein. Okay, es ist ein Zwerg von Fluss, aber wenn es oben in den Glarner Alpen regnet, können da mächtige Wassermassen runterkommen«, meldet sich Häberlis verrauchte Stimme. Er sitzt mit hängenden Schultern und hochgezogenen Knien hinter Bea. Ich habe ihn bisher noch gar nicht richtig wahrgenommen, einzig der stinkende Rauch seiner Gauloise hat mich vermuten lassen, dass er da ist.

»Was meinst du damit?«, fragt ihn Michael irritiert.

»Seht, ich war doch vergangenen Herbst in dieser Ferienhütte in Mollis. Da war ein kleines Bächlein, ein Rinnsal, kaum zu sehen eigentlich ...«

»John!«, raunze ich ihn an. »Was genau möchtest du uns sagen?«

Er hustet kurz auf, streckt seinen Rücken durch, dass es knackt, und wechselt dann wie so häufig abrupt das Thema. Für einmal wenigstens zum richtigen: »Wie lange stehen denn diese *Frieden*-Schriftzüge schon da?«

»Gret?«, gebe ich die Frage weiter.

»Wissen wir noch nicht«, sagt sie. »Wir haben uns erst mal darauf konzentriert, alle Aufschriften zu suchen. Wir waren bis weit nach Mitternacht unterwegs.«

»Okay, aber Häberlis Frage ist wichtig. Wir müssen wissen, ob die Aufschriften mysteriöse Ankündigungen waren.«

»Oder Reaktionen«, ergänzt mich Neidhart.

»Du weißt sicher, was du zu tun hast, Gret«, sage ich. »Greife dir so viele Leute, wie du brauchst. Michael, Bea und ich nehmen nochmals Grafs Villa und deren Nachbarschaft auseinander. Häberli, kümmere du dich um Bankverbindungen, allfällige Ferienhäuser, den Hausarzt, den Zahnarzt, die Autowerkstatt des Toten, den ganzen Klimbim.«

»Ich liebe die Büroarbeit, nur nicht draußen im Durchzug stehen! Oder in der Sihl, wenn das Wasser aus den Alpen kommt«, kommentiert Häberli und zündet sich die nächste Gauloise an.

»Dass Graf ein Auto besitzt, weiß ich schon«, sagt Bea. »Einen weinroten Jaguar, der irgendwo stehen muss, denn im Quartier ist er nicht. Ich habe bereits den Auftrag gegeben, ihn zu suchen.«

»Wissen wir schon etwas über den verwendeten Spray?«, frage ich Gret.

»Ist alles im Labor unten«, antwortet sie. »Die Leute dort sind wirklich am Arbeiten, Fred.«

Schön, schön. Ich blicke um mich und weiß, die Untersuchung ist angerollt. Aber dennoch fehlt irgendetwas im Saal und ich brauche eine Weile, um zu realisieren, was es ist.

»Mario?«, frage ich Michael, obwohl ich die Antwort zu kennen glaube.

»Bewacht das Haus«, bestätigt er meine Vermutung. »Sobald wir oben sind, kann er schlafen gehen.«

»Ich muss mit Grafs Geschäftspartner sprechen. Und mit Violetta Graf«, seufze ich und hoffe inständig, dass jemand sagt, das mit Violetta könne er oder sie doch übernehmen. Doch sie blicken alle wie Steingötzen in eine unbestimmte Ferne und bleiben stumm. Ich nicke resigniert. Ich bin der Chef und kriege am meisten Geld. In Momenten wie diesem bedaure ich das zutiefst. Natürlich könnte ich die Aufgabe zwangsdelegieren. Nur, ich mag meine Mitarbeiter im Grunde sehr und möchte, dass auch sie mich mögen. »Geht ihr schon mal zu Grafs Haus«, sage ich zu Michael, »ich komme später nach.«

Violetta Graf bricht bei meinem Anruf mehr oder weniger zusammen. Sie hatte es geahnt, genau wie ich selbst. Ich wollte ihr die schlimme Nachricht natürlich nicht per Telefon übermitteln, sondern lediglich fragen, ob sie zu Hause sei. Aber sie deutet meine Stimmlage genauso richtig, wie es Leonie jeweils tut, und schließlich rücke ich mit der Todesnachricht heraus. Sie bittet mich inständig, erst morgen vorbeizuschauen.

»Kommen Sie klar?«, frage ich sie.

»Nein, verdammt, das tu ich nicht!«, schreit sie in den Hörer und ich warte ein paar Sekunden, bevor ich weiterspreche.

»Es tut mir leid«, sage ich schließlich. »Es mag kein großer Trost sein. Aber ich verspreche Ihnen, wir werden den Täter finden. Soll ich nicht doch bei Ihnen vorbeikommen?«

»Auf gar keinen Fall!«, trotzt sie.

»Sie sollten jetzt nicht allein sein.«

»Bin ich nicht! Mein Freund ist da.«

»Na gut. Kann ich dann vielleicht morgen um neun zu Ihnen kommen?«

Statt einer Antwort schluchzt sie. Verfluchter Mist! Warum nur muss ich es immer sein, der die Schreckensnachrichten überbringt? Haben wir denn keine Psychologen für so was? Haben wir schon, sage ich mir. Aber bis die notwendigen Papiere unterschrieben sind, um diese Fachkräfte hinzuziehen zu dürfen, dauert es zu lange. Und außerdem gehören solche Dinge einfach zu meinem Job.

»Um neun?«, insistiere ich. »Und können Sie Ihren Bruder informieren?«

»Wenn es sein muss«, höre ich ihre Stimme. Dann folgt abrupt der Piepton.

Ich habe keine Lust mehr, weiter herumzutelefonieren, und kurve zu Grafs Haus hinauf. Bea scheint auf mich gewartet zu haben. Kaum bin ich eingetreten, schleudert sie mir entgegen: »Sein Auto haben wir, die Kollegen haben's eben durchgegeben. Es steht in der Tiefgarage seines Büros in Kilchberg.«

»Toll«, sage ich.

»Was mich stört, ist, dass wir das Testament sofort gefunden haben, es lag offen in der obersten Schublade seines Sekretärs. Außerdem ist die Wohnung voller Fingerabdrücke.«

»Na, logisch«, sage ich. »Jeder Besucher hinterlässt welche. Wo ist denn Michael?«

»Oben«, deutet sie die Treppe hinauf. Hinter ihr erblicke ich Stapel von Kisten voller Unterlagen und Sichtmappen.

»Vielleicht ist er einem seiner eigenen Kunden zu nahe getreten«, meint Bea und mustert mich misstrauisch. Vermutlich denkt sie, ich fände diese Theorie schwachsinnig.

»Klar«, sage ich, »forstet es durch!«

»Sein Medikamentenschrank war auffällig reich bestückt«, redet sie weiter und das lässt mich nun doch aufhorchen. »Das heißt?«

»Na, ich weiß nicht, Chef. Viele Leute haben allerhand Medikamente im Schrank. Bei Graf fanden sich aber Dutzende von größeren Packungen mit Hunderten verschiedener Tabletten!«

»Seltsam«, sage ich und gehe die Treppe hoch. Wieder habe ich das komische Gefühl, etwas stimme nicht in Grafs Arbeitszimmer. Bevor ich weiter darüber nachdenken kann, was genau es sein könnte, klingelt mein Natel. Es ist Gustav Grafs Sohn Armin, den Violetta in der Zwischenzeit offensichtlich informiert hat. Er weilt derzeit noch an der ligurischen Küste, will aber morgen herkommen.

»Surfen Sie?«, frage ich ihn, da ich abwesende Söhne automatisch mit dieser Tätigkeit verbinde.

»Ich bin Bildhauer«, erwidert er relativ schroff und ich sage: »Toll. Melden Sie sich bei mir, wenn Sie in Zürich eingetroffen sind?«

»Selbstverständlich, Herr Staub!«

»Bis morgen, Herr Graf«, beende ich das Gespräch.

»In diesem Haus stimmt etwas nicht!« Michael ist ins Zimmer getreten. »Es ist einfach zu aufgeräumt. Agenden, Telefonverzeichnisse, Ordner mit persönlichen Rechnungen, alles perfekt abgelegt, nirgendwo ein Fitzelchen Papier, kein Notizzettel, nichts.«

»Der Computer?«, deute ich auf den *Dell*-Rechner auf dem Tisch.

»Genau das Gleiche!«

»Der Tresor?«

»Leer!«

Ich blicke um mich und kann das seltsame Gefühl, das mir dieses Arbeitszimmer bereitet, endlich ein Stück weit benennen. Es ist das Gefühl, dass jemand radikal Ordnung geschaffen hat. Als ob er auf eine längere Reise gehen würde.

»Das Testament?«

»Lag offen in einer Schublade. Offiziell dürfen wir es aber nicht kennen …« Er mustert mich fragend.

»Sag's mir inoffiziell, Michael!«

»Er hinterlässt dieses Haus, eine Ferienwohnung in Levanto, Ligurien, eine Beteiligung an einem Hotelkomplex in Puerto del Carmen, Lanzarote, ein Mehrfamilienhaus im Norden Lanzarotes sowie Angespartes und Wertpapiere im Wert von insgesamt rund dreiunddreißig Millionen Franken. Zehn Prozent gehen an verschiedene Tierschutzorganisationen. Seine Anteile an *Lüthy & Graf* gehen an seinen Geschäftspartner Eduard Lüthy über, der auch Testamentsvollstrecker ist. Den Rest erben die beiden Kinder je zur Hälfte.«

»Die haben also ausgesorgt.«

»Mit Sicherheit. Außer eins von ihnen ist der Täter.«

Ich nicke.

»Wir brauchen die Alibis von Violetta, ihrem Bruder Armin und diesem Geschäftspartner«, sagt Michael.

»Die von den Tierschützern auch?«, frage ich.

Michael lacht. »Warum nicht? Wir müssen aber die offizielle Testamentseröffnung abwarten.«

Ich nicke erneut. »Nachher geben wir's unserem Urkundenmenschen. Ich will geprüft haben, wann es geschrieben wurde. Und ob es wirklich von Graf stammt.«

Bea stapft herein, mit einem Pappbecher in der Hand, der Kaffeeduft verströmt. »Wollt ihr auch einen?«, fragt sie und wir bejahen freudig. Sie strahlt und trampelt umgehend wieder nach unten, nur um Sekunden später mit einer großen

Tasche zurückzukehren, der sie eine feuerrote Thermoskanne entnimmt. »Milch und Zucker?«

»Gerne«, sage ich, während Michael beides ablehnt.

»Was haltet ihr von diesem Fall, wo stehen wir?«, frage ich nach den ersten Schlucken.

Michael seufzt: »Wir wissen einfach viel zu wenig von dem Mann. Hat seine Tochter noch irgendwas Hilfreiches ausgesagt?«

»Sie steht unter Schock«, erläutere ich ihm. »Wir können sie erst morgen um neun sprechen. Auch Grafs Sohn sollte morgen eintreffen. Ist derzeit noch in Ligurien.«

»Was ich partout nicht verstehe, ist, warum man ihn hier in seiner eigenen Villa abschlachtet und ihn dann bei uns oben in die Sihl wirft«, sagt Bea. »Das macht doch keinen Sinn!«

»Wir könnten es mit einem psychisch schwer gestörten Menschen zu tun haben«, meint Michael.

»Du meinst mit einem Wahnsinnigen?« Differenzierungen wie psychisch gestört gibt es nicht für Bea. Für sie existieren nur die Guten und die Täter.

»Köpfen ist eine überaus ungewöhnliche Mordmethode, zumindest im einundzwanzigsten Jahrhundert, da hat Gret ganz recht«, maßregle ich sie. »Dazu überall diese *Frieden*-Schriftzüge. Das deutet tatsächlich auf einen Psychopathen hin.«

»Oder soll uns das zumindest glauben machen«, bringt Michael ein.

»Warum wirft er den Toten in die Sihl? Das liegt ja wirklich nicht gerade auf dem Weg«, kehrt Bea zu ihrem Lieblingsthema zurück.

»Vielleicht wollte der Täter ein Zeichen setzen. Hast du darauf geachtet, ob in der Nähe des Fundorts ebenfalls *Frieden*-Aufschriften zu finden sind?«

»Hab nix gesehen, Chef.«

»Wir brauchen die letzten Tage des Gustav Graf lückenlos«, sage ich. »Schaffen wir das? Oder müssen wir Verstärkung anfordern?«

Die Frage steht bleiern im Raum, als Gret hereinstürzt. »Die ältesten *Frieden*-Schriftzüge gibt es schon seit zehn Tagen«, deklamiert sie im forschen Ton einer Jungdirektorin, die gerade Papas Zahnimplantatimperium geerbt hat.

»Und, was hilft uns das jetzt?«, frage ich, durch ihr explosionsartiges Auftauchen und die zelebrierte Selbstsicherheit wie stets leicht verunsichert.

»Es hilft unser aller Vorgesetztem vielleicht beim Analysieren der Lage«, sagt sie frech.

Sie ist in den letzten Wochen deutlich renitenter geworden. Als sie vor einem guten Jahr bei uns anfing, spielte sie noch die Sensible aus der Provinz. Jetzt nutzt sie jede Gelegenheit, um mich zu piesacken. Aber sie meint es wohl freundlich. Eigentlich wäre es wieder mal an der Zeit, nach Feierabend gemeinsam etwas trinken zu gehen. Vielleicht schon heute. Leonie hat sich ohnehin mit einem Rudel Weiber im *Schiffbau* verabredet, um sich ein vierstündiges Theaterstück zu Gemüte zu führen. Da sie während der Vorführung kaum reden können, werden sie es anschließend umso ausgiebiger nachholen. Ich rechne jedenfalls nicht vor ein Uhr morgens mit ihrer Wiederkehr.

»Können wir hier noch was tun?«, will ich wissen.

»Noch mehr Nachbarn abklappern«, stöhnt Gret. »Obwohl wir sie erstens so ziemlich durchhaben und zweitens ihre Aussagen erst mal zusammenfassen müssen.«

»Macht das«, sage ich. »Ich fahr mal wieder runter, um Häberli auf die Sprünge zu helfen. Anschließend besuche ich Grafs Geschäftspartner Lüthy. Besorgt euch bei den Telefongesellschaften eine Liste von Grafs Anrufen. Wir brauchen unbedingt einen Zeitplan der letzten Tage und …«

»Das hast du schon erwähnt, Fred!«

»Und ich will eine Übersicht, ob persönliche Sachen von Graf fehlen. Ob irgendwas auf eine längere Reise hindeutet, die er unternehmen wollte. Ob Briefe da sind. Auffällige Rechnungen. Versicherungsbelege. Ihr wisst, was ich meine. Das Testament wird nicht berührt, damit das klar ist!«

»Klar wie die Sihl, Fred«, erdreistet sich Bea und zwinkert dabei läppisch mit ihren Augen.

»Du kannst mit mir fahren und beginnen, die Geschäftsordner durchzuarbeiten«, retourniere ich und trinke den letzten Schluck von ihrem Kaffee.

Die Fahrt zurück in die Zeughausstraße verläuft schweigsam und ereignislos, wenn man davon absieht, dass mein Magen beim Hinabrollen der vierzehn Prozent Steigung aufweisenden Zürichbergstraße böse knurrt und am Seilergraben kurz vor zwei schon übler Stau herrscht. Bea blättert neben mir bereits emsig in Grafs Akten herum.

Nach der Kälte der vergangenen Tage brennt die Sonne heute herunter wie im Hochsommer. Zum Glück hat der Wagen eine Klimaanlage.

Ich parke ihn unter den Platanen gegenüber unseren Büros im Schatten des provisorischen Gefängnisses. Im Gegensatz zu mir findet Bea das Ausschaffungsgefängnis notwendig und die Heroinabgabe überflüssig. Die Gedanken sind nun mal frei.

In unserem Stockwerk angelangt, schaue ich umgehend nach Häberli. Er sitzt zerknittert in seinem schäbigen Bürostuhl, den er seit dreißig Jahren sein Eigen nennt, und raucht bei geschlossenem Fenster. Er hat den Telefonhörer zwischen Kinn und Schulter geklemmt, bedeutet mir aber zu warten.

»Und?«, sage ich, als er aufgelegt hat. »Kommst du voran?«

Seine gelblichen Augen blitzen kurz auf: »Ja. Ich glaube, ich habe etwas wirklich Interessantes! Muss der Sache aber noch nachgehen.«

»John«, sage ich. »Raus mit der Sprache!«

»Sein Hausarzt!«

»Sein Hausarzt?«

»Genau der! Wohnt in einem seltsamen Haus am Schaffhauserplatz. Seltsam ist vor allem die Farbe des Hauses. Ich sage dir, sie erinnert mich stark an die Bonbons, die ich mir als Kind im *Volg*-Laden kaufte vom kärglichen Taschengeld, das ich mir erst noch verdienen musste durch Haushaltsarbeit. Gut, manchmal gab mir auch der Großvater etwas. Aber es war schon eine schwere Zeit.«

Herrgott, irgendwann schicke ich ihn doch noch in die Frühpension. »John, ich bitte dich! Was ist denn nun mit Grafs Hausarzt?«

Häberli ist inzwischen aufgestanden und lässt aus seiner privat gekauften Espressomaschine eine Ladung herausdröhnen, die vermutlich ausreichen würde, einen betäubten Elefanten wieder auf die Beine zu bringen. Er führt das braun angelaufene Porzellantässchen an seinen Mund und nimmt ein Schlückchen. »Ich würde sagen, die Farbe ist irgendwas zwischen Violett und Rosa. Erinnert mich auch an gewisse Sonnenuntergänge in den Bergen. Oberhalb von Mollis zum Beispiel. Auf der Kennelalp, um genau zu sein, so hieß nämlich die Gegend, jetzt erinnere ich mich wieder. Da ist ein Schulferienheim in der Nähe …«

»John!«

»Ich glaube, dass Graf schwer krank war.«

»Sagt das der Hausarzt?«

»Nein.« Ein weiteres Schlückchen. »Aber er lässt es durchschimmern.«

Ich gebe es auf und starre finster zum Fenster hinaus. Morgen werde ich mit dem Personaldienst reden.

»Er meint, er sei nicht mehr federführend. Er habe Graf ans Universitätsspital überwiesen. Ich habe dort ein bisschen herumgefragt. Wurde zwanzigmal weiterverbunden. Habe ein paar Tricks angewendet, mich als Grafs Onkel ausgegeben zum Beispiel.«

Er stellt das inzwischen leere Tässchen auf sein Pult und zündet sich umständlich eine weitere Gauloise an. Manchmal denke ich, Frischluft würde ihn töten. »Ich glaube, dass Graf Patient der onkologischen Abteilung war«, rückt er endlich heraus.

»Krebs?«, wundere ich mich. »Aber in der Gerichtsmedizin haben sie nichts gefunden.«

»Es könnte ein Hirntumor sein«, sagt Häberli.

Ein Gehirntumor? Ist deshalb der Kopf verschwunden? Mir dreht sich alles, die Luft hier drin ist wirklich sehr, sehr schlecht. Ich reiße entnervt das Fenster auf und frage: »Bist du dir sicher?«

»Nein«, sagt er. »Aber die Gerichtsmedizin müsste es eigentlich wissen, oder?«

Ich fackle nicht lange und rufe Strich an. »Wie genau ist dieses Blut von Graf untersucht worden?«, herrsche ich ihn an.

»Ich vermute, dass die Gerichtsmedizin das seriös erledigt hat, Kollege Staub. Weshalb fragen Sie?«

»Ich hörte eben so ein Gerücht, dass Graf vielleicht einen Hirntumor gehabt hat. Könnten Sie dem liebenswürdigerweise mal nachgehen?«

»Hm«, sagt er. »Wenn ich mich nicht ganz schwer täusche, wäre das aus dem Blut nicht ersichtlich. Nicht, wenn noch keine bedeutenden Metastasen im Körper sind. Es ist nicht wie bei Prostatakrebs zum Beispiel, da gibt's einen klaren Tumormarker im Blut, den sogenannten PSA-Wert, da können Sie ganz genau …«

»Aber all die Medikamente bei Graf zu Hause, verdammt! Ich nehme nicht an, dass das alles Hustenbonbons waren, oder?«

»Schlafmittel, Schmerzmittel, Antidepressiva, Aufbaupräparate. Nichts, was direkt auf einen Hirntumor hindeutet, Kollege. Aber ich werde die Sache selbstverständlich sofort verfolgen. Ist die Quelle verlässlich?«

»Natürlich«, sage ich mit Blick auf den qualmenden Häberli und lege auf, nur um gleich wieder zu wählen: »Gret, du musst sofort ins Unispital. Graf ist, ähm, war Patient der Krebsabteilung dort, vielleicht hatte er einen Hirntumor. Nimm die Leute auseinander, ich will Klarheit haben. Sag ihnen, Grafs Tochter habe zu allem die Einwilligung gegeben, ich rufe sie gleich an. Droh ihnen mit allem, was wir haben, falls sie mit der ärztlichen Schweigepflicht kommen!«

»Kommt das von Strich?«, will sie wissen.

»Nein«, antworte ich. »Gib sofort Bescheid, wenn du was erfährst.«

»Mach ich«, quittiert sie und schon hat sie aufgelegt, sodass ich nur noch den Summton höre.

Häberli nickt geistesabwesend und drückt die Zigarette im überquellenden Aschenbecher aus. Gut, ich werde morgen doch nicht zum Personaldienst gehen. Wenn er will, ist John Häberli immer noch spitze, er hat es mir wieder einmal gezeigt. Was macht es schon, wenn er nur selten zur Arbeit erscheint?

»Danke, John«, sage ich und gehe in mein eigenes Büro hinüber, um durchzuatmen und mich bei Grafs Partner Lüthy anzumelden. Der scheint meinen Anruf erwartet zu haben und will sich den ganzen Nachmittag zur Verfügung halten. Ich verspreche ihm, ich käme, sobald ich ein Sandwich verschlungen hätte.

Der seelenlose Kasten, in dem *Lüthy & Graf* ihren Treuhandgeschäften nachgehen, liegt unweit des Bahnhofs. Möglich, dass die verschandelte Gegend mal das Dorfzentrum war. Heute beschränkt sich das aktive Leben weitgehend auf einen Brunnen, aus dem Wasser plätschert, und ein Restaurant, in dem Männer aus Exjugoslawien darauf warten, dass der nächste Scheck von der Sozialhilfe kommt. Immerhin warten sie am richtigen Ort: Kilchberg ist, ähnlich wie mein Küsnacht, eine reiche Schlafgemeinde mit niedrigem Steuersatz, für die ein paar Sozialfälle ein Klacks sind. Die große Mehrheit der Bevölkerung ist reich, eher alt und konservativ. Kilchbergs einzige Sehenswürdigkeit ist der prächtige Friedhof, auf dem unter anderem die Gebeine von Thomas Mann und seiner Familie bestattet sind.

Ich finde das fragliche Gebäude schnell. Es strahlt Seriosität aus mit seinem vielen Glas und dem hellen Sichtbeton. Nüchternheit, Trockenheit, Ernsthaftigkeit. Hier wird richtig gearbeitet, tut es dem Betrachter kund, gefeiert wird nur selten, und wenn, dann aus gutem Grund und mit Maß.

Die eingravierten Namen auf dem Metallschild neben der Eingangstür sagen mir nichts. Eine Gemeinschaftspraxis von Zahnärzten, verschiedene Firmen, über deren Tätigkeit die hochtrabenden Namen nichts verraten, ein paar Anwälte, und eben *Lüthy & Graf Treuhand.* Ich folge einer kurzberockten Brünetten zum Lift. Sie sieht sauer aus, vielleicht muss sie zu den Zahnklempnern. Vielleicht will sie aber auch just heute endlich herausfinden, was ihre Firma eigentlich treibt. Jedenfalls steigt sie im dritten Stock aus, in dem sowohl die Zahnärzte als auch eine *Abalora GmbH* tätig sind.

Ich bin erst im fünften und letzten Stock am Ziel und finde mich bald vor einer milchigen Glastür, auf der das Logo von *Lüthy & Graf* prangt. Hinter der Tür ist schemenhaft eine Gestalt zu erkennen. Einen Klingelknopf kann ich nicht entdecken, also trete ich einfach ein. Die Gestalt erweist sich als Miss Kilchberg 1947, ihre Lippen sind grellrot geschminkt, das Rouge auf den Wangen ist dick aufgetragen. Ihr einst vermutlich atemberaubender Körper ist mit kiloweise Gold behangen. *Elvira Mäder* steht auf einem an ihre Bluse gesteckten Schildchen.

Sie scheucht mich umgehend zu Herrn Lüthy ins Chefbüro, der mich fragt, ob ich einen Kaffee möchte. Ich nicke und lasse mich ins weiche, schwarze Leder fallen, während Eduard Lüthy vor mir hin und her wieselt. Er verrückt einen Sessel, ruft Frau Mäder zu, er wolle nicht gestört werden, nestelt an seinem Natel herum. Er verschwindet kurz, stellt dann höchstpersönlich eine Tasse vor mich hin und setzt sich mir gegenüber. Die ein Meter sechzig, die er höchstens misst, lassen ihn fast versinken in seinem Sessel. Er merkt es, rutscht nach vorn und streckt seinen Rücken durch. Sein Gesicht hat etwas Hamsterartiges: spitzes Kinn, große Schneidezähne und feiste Backen.

»Schreckliche Geschichte, ganz schrecklich«, sagt er. »Was genau ist passiert?«

»Woher wissen Sie denn davon?«, wundere ich mich.

»Armin«, sagt er nur und seine Stimme zittert leicht. »Gustavs Sohn. Er hat angerufen. Schrecklich. Was ist geschehen?«

»Das versuchen wir herauszufinden, Herr Lüthy. Ihr Kompagnon ist zweifelsfrei ermordet worden, auf eine eher eigentümliche Art.«

»Was meinen Sie mit ›eigentümlich‹?«

»Er wurde geköpft«, erkläre ich ihm und er wird innerhalb von Sekundenbruchteilen fahl wie ein Klarsichtmäpplein. Ich sehe, wie er trocken schluckt, und lasse ihm ein paar Sekunden Zeit. Er ist nicht der Täter, so viel steht fest. Dass Graf geköpft wurde, hat ihn echt überrascht.

»Hatte Gustav Graf in jüngster Zeit Sorgen?«, frage ich ihn.

»Wir alle machen uns ständig Sorgen, die Gesundheit, die schlechte Wirtschaftslage, die Börsenflaute …«

»Wissen Sie etwas über seinen Gesundheitszustand?«

»Wie bitte?«

»Hat er Ihnen gegenüber angedeutet, dass er schwer erkrankt ist?«

Lüthy lässt sich zurück in den Sessel fallen und schnauft ein paarmal hörbar durch. Auf seiner Stirn erkenne ich feine Schweißperlen, obwohl der Raum klimatisiert ist. Er zuckt zwei-, dreimal unkontrolliert mit seinen Armen und sagt dann: »Sie wissen also schon, dass er …?«

»Was denn?«, ermuntere ich ihn.

»Das mit dem Krebs«, fährt Lüthy auf. Und tatsächlich, jetzt zucken auch seine Schultern und er beginnt zu weinen.

Ich frage mich, was ich tun soll. Nehme dann einen Schluck von dem hervorragenden Kaffee und blicke an Grafs Geschäftspartner vorbei durch getöntes Glas in den wolkenlosen Himmel. Ich verursache bewusst ein Scheppern, als ich die Tasse wieder auf den Unterteller zurückstelle. Und tatsächlich, Lüthy erinnert sich daran, dass ich da bin. Er erhebt sich abrupt, läuft ziellos im Kreis herum, klaubt ein hellblaues Stofftaschentuch aus dem Innern seines Jacketts und wischt sich damit über das bleiche Gesicht. Am Ringfinger seiner linken Hand steckt ein Ehering mit einem riesigen Diamanten.

»Herrgott, da arbeitet man das halbe Leben, oder mehr als das, und bringt es zu einem gewissen Wohlstand und dann so etwas. Krebs mit sechsundfünfzig! Schrecklich, ganz schrecklich!«, empört er sich.

»Er hat Sie also informiert?«

»Natürlich, wir arbeiten seit dreißig Jahren zusammen, sehr erfolgreich, wie man sicher sagen kann, und trafen uns auch privat.«

»Kennen Sie seine Kinder?«

»Ach, die.«

Ich warte.

»Eine einzige Enttäuschung. Ausbildungen ohne Ende auf Gustavs Kosten, um dann ein Lotter- und Künstlerleben zu führen. Ich bin sicher, dass Armin mich nur informiert hat, weil er um sein Erbe fürchtet. Seine behämmerten Kunstwerke kauft ja niemand.«

»Sie kennen die Kinder also?«

»Na, kennen ist übertrieben. Ich habe sie ein paarmal gesehen, vor allem Armin, der alle Schaltjahre mal hereinschneite, um mit Gustav zu streiten.«

»Worüber denn?«

Er hält abrupt inne und zaubert plötzlich ein Lächeln hervor, das man niemals in seinem Fundus vermutet hätte. Das große Kundenlächeln vermutlich, reserviert für Leute, die ihm mehr als eine Million anvertrauen. »Ach, ich habe natürlich nicht mitgehört, Herr Staub. So eng befreundet waren wir dann auch wieder nicht.«

»Hatte Graf eine Geliebte?« Ich weiß nicht, warum mir diese Frage herausrutscht, aber sie zeigt jedenfalls ungeahnte Folgen. In Sekundenbruchteilen schießt Farbe in Lüthys Gesicht. Es ist, als gösse jemand Erdbeersirup in ein Wasserglas.

»Ich weiß nicht, wovon Sie sprechen«, räuspert er sich und ich lasse es dabei bewenden. Graf hatte also eine Liebschaft, die es noch aufzustöbern gilt.

»Tja, was mich interessieren würde, Herr Lüthy, ist natürlich, welcher Art Ihre Geschäfte sind.«

Alles Rot weicht aus seinem Gesicht, er ist wieder blasse, weiße Nervosität. »Wieso? Glauben Sie, dass Gustavs Tod etwas mit unseren Geschäften zu tun hat?«

Ich stelle fest, dass seine Arme wieder zu zucken begonnen haben. Und ich wundere mich, dass er einen Zusammenhang nicht von Anfang an bestreitet.

»Könnte er das?«

»Selbstverständlich nicht! Wir sind dreißig Jahre im Geschäft und man hört über uns nur Gutes, das können Sie gerne nachprüfen.«

»Was tun Sie denn Gutes, mal simpel zusammengefasst?«

Seine vorgetäuschte Selbstsicherheit ist zurück, er steht wieder auf festem Grund, sein Gesicht hat inzwischen die Farbe der Bürowand hinter ihm angenommen, ein käsiges Gelb. »Nun, wir beraten unsere Kunden in allen Lebenslagen. Immobilien, Steuern, Anlagen, Nachfolgeregelungen«, erzählt er. »Vermögensverwaltung nennt sich das.« Und er blickt mich fragend an, um zu eruieren, ob ich tatsächlich weiß, wovon er spricht.

»Sie versuchen, das Geld von Leuten, die schon ziemlich viel haben, weiter zu mehren«, sage ich.

Er lächelt jetzt breit: »Etwas salopp gesagt, trifft es das, Herr Staub.«

»Wie viel Vermögen muss man denn haben, um in den Genuss Ihrer Ratschläge zu kommen?«

»Nun, wir haben kein generelles Limit. Aber natürlich geht es um größere Beträge.«

»Ist jemals etwas schiefgelaufen? Ich meine, gibt es Leute, die mit Ihren Diensten unzufrieden sind?«

Er zögert kurz, meint dann: »Nein. Wir machen die Kunden immer auf die Risiken aufmerksam. Wer nichts riskieren wollte, hat auch in den schlimmsten Börsenjahren nichts verloren.«

»Die anderen schon?«

»Es gab bedauerliche Rückschläge, das will ich nicht bestreiten. Aber wie gesagt, es liegt am Kunden selbst, wie er sein Geld investiert. Wir geben nur Ratschläge und haben keine Verfügungsgewalt über die Konten.«

Tausende, ja Zehntausende in diesem reichen Land haben ihr Vermögen leichtfertig verspielt, weil sie nicht genug bekommen konnten. In den späten Neunzigern kauften Leute, die nicht mal wussten, was eine Börse überhaupt ist, Aktien oder angeblich sichere Fonds. Der Absturz kam und er kam überraschend, nachhaltig und gewaltig. Die Einzigen, die davon profitiert haben, sind die Banken und Leute wie Gustav Graf und Eduard Lüthy. Ob die Kurse sinken oder steigen, kann ihnen egal sein, sie profitieren von jeder Transaktion. Ich versuche es mit einem Direktschuss: »Haben Sie je Drohungen erhalten?«

Ja, sagt mir Lüthys Gesicht, in das schon wieder der Sirup schießt. »Nichts Ernsthaftes«, spricht seine Stimme.

Ich insistiere: »Haben Sie Drohbriefe erhalten? Oder vielleicht Anrufe?«

»Wir machen doch nur unsere Arbeit, Herr Staub. Unzufriedene Kunden gibt es überall, reden Sie mal mit Handwerkern! Aber deswegen köpft doch keiner seinen Treuhänder, oder?«

Ich lasse die Frage im Raum stehen.

»Viele Leute wissen nicht, was sie mit ihrem Geld machen sollen, da springen wir dann eben ein. Aber das ist ja kein Verbrechen!«

»Darf ich die Drohbriefe sehen?«

»Es gibt keine!«

»Was verschweigen Sie mir, Herr Lüthy?«

Sein Natel klingelt nach der Melodie von *Smoke on the water.* Lüthy springt auf, sein Kundenlächeln blitzt, seine Stimme wird dunkler und er verspricht, in fünf Minuten zurückzurufen. »Es kann sein, dass Gustav plante, sich umzubringen. Er hatte panische Angst vor Schmerzen«, sagt er, nachdem er wieder aufgelegt hat.

»Sie glauben, er hat sich freiwillig köpfen lassen?«, hake ich irritiert nach.

Nein, das glaubt Eduard Lüthy nicht, obwohl er es gerne möchte.

»Wir werden uns Ihre Firma genau anschauen«, sage ich. »Wir haben Spezialisten dafür. Nicht dass ich Sie irgendwelcher Untaten verdächtige, verstehen Sie mich richtig. Aber wir müssen jede Spur verfolgen. Ich bitte Sie, mit uns zu kooperieren!«

»Was im Rahmen der gesetzlichen Vorschriften abläuft, werde ich nicht behindern.«

»Gut«, sage ich. »Haben Sie einen Verdacht, wer Ihren Kompagnon umgebracht hat? Wissen Sie von Feinden?«

Ich sehe, dass es in seinem Gehirn brütet, und zum Teufel, ich wäre froh, ich könnte in ihm lesen.

»Herr Lüthy«, ermuntere ich ihn nochmals.

»Es kann nichts mit unseren Geschäften zu tun haben, so viel ist sicher. Sonst wäre ich ja auch bedroht!« Eine Aussicht, die ihn sofort wieder erblassen lässt.

»Eben«, sage ich und stehe auf. »Wann haben Sie Gustav Graf zum letzten Mal gesehen?«

»Am Samstagmorgen«, sagt er, als hätte er die Frage erwartet. »Wir ließen uns die Pläne eines neuen Einkaufszentrums oberhalb von Wädenswil erläutern, an dem wir uns beteiligen wollen. Anschließend aßen wir im *Oberen Mönchhof* zu Mittag.«

»Und am Sonntag? Was haben Sie da getan?«

Seine Arme zucken schon wieder: »Wurde er am Sonntag getötet?«

»Was taten Sie am Sonntag, Herr Lüthy?«

Er scheint sich zu überlegen, ob er antworten soll. Natürlich weiß er, worauf meine Frage abzielt.

»Ich war in unserem Apartment in Cham, meine Frau kann Ihnen das bestätigen. War nur zweimal mit dem Hund draußen.«

»Sicher haben Sie da andere Hundefreunde getroffen.«

»Sie fragen mich jetzt nicht nach deren Namen und Adressen, oder?« Seine Gesichtshaut hat auf der nach oben offenen Rotskala wieder einen Hauch mehr Farbe angenommen.

»Vielleicht ein andermal«, sage ich. »Jetzt möchte ich mir gerne noch kurz Herrn Grafs Büro ansehen, wenn Ihnen das recht ist.«

»Frau Mäder wird Sie hinführen«, sagt er und drückt auf einen Knopf seines gigantischen Telefongeräts.

»Ja, dann auf Wiedersehen, Herr Lüthy. Und wenn Ihnen irgendwas einfällt, rufen Sie mich an.« Ich gebe ihm eine meiner Karten.

Frau Mäder stöckelt vor mir her zu Grafs Büro und ich überlege mir, ob ich sie auch noch ausfragen soll. Sie böte immerhin den Vorteil, dass sich die Farbe in ihrem Gesicht niemals ändert. Aber ich denke, ich muss mich erst mal mit meinem Team besprechen.

Grafs Büro ist so spektakulär wie ein Büromöbelkatalog. Ledersessel, Pult, Metallschränke, die gleichen wie bei ihm zu Hause. Der Papierkorb ist leer, die Aussicht geht nach Westen, in einer Ecke steht ein Metallstorch. Ein Kunstwerk wohl. Ich deute auf das Teil und Frau Mäder meint trocken: »Ein Werk seines Sohnes.«

»Toll«, sage ich und verabschiede mich.

Gedankenversunken spaziere ich zurück zum Bahnhof. Dort angekommen, beschleicht mich das ungute Gefühl, dass ich etwas Entscheidendes übersehen oder vergessen habe. Fast beschließe ich umzukehren. Aber ich mache es dann doch nicht.

Um 18.00 Uhr treffen wir uns ein weiteres Mal im Sitzungssaal. Auch Mario ist wieder da, frisch gebügelt und gescheitelt. Häberli dagegen fehlt einmal mehr unentschuldigt. Ich gebe einen kurzen Überblick: Gustav Graf hatte Krebs, einen unheilbaren Gehirntumor, der ihn höchstens noch neun Monate hätte leben lassen. Das bestätigen die Aussagen der Ärzteschaft des Universitätsspitals. Wer außer Lüthy alles von diesem Befund wusste, ist noch unklar. Gret hat herausgefunden, dass sich Graf bei dem Paracelsus Spital in Richterswil eine Zweitmeinung einholte und sich Hilfe suchend an weitere Ärzte und einen Psychotherapeuten wandte. Auch die Nummer der Sterbehilfeorganisation *Exit* fand sich auf der Liste der Anrufe, die er getätigt hat. Ebenso jene des Krebstelefons, einer Gratishotline der Krebshilfe, wo Freiwillige versuchen zu helfen, indem sie einfach zuhören. Die letzten Tage seines Lebens weilte Graf vornehmlich zu Hause am Zürichberg, mit Ausnahme des Samstagmorgens und

-mittags, die er in Gesellschaft Lüthys verbrachte. Michael und Gret haben für jeden Tag in der Woche vor seinem Tod mindestens einen Zeugen aufgetrieben, der ihn vor seinem Haus gesehen hat. Morgens machte er meist einen Spaziergang, abends brannte lange Licht. Seine letzten Anrufe gingen am Sonntagmorgen an eine noch nicht identifizierte Natelnummer sowie an seinen Kumpanen Lüthy. Nicht aber an Tochter und Sohn.

»Wir brauchen den Besitzer oder die Besitzerin dieser unbekannten Natelnummer«, halte ich fest.

»Die Spezialisten sind dran. Gekauft wurde das Gerät durch einen Peter Müller, was aber offensichtlich ein falscher Name ist«, sagt Michael.

Ich seufze. Zwar müssen Mobiltelefone seit Anfang 2004 registriert werden; wer eines kauft, muss einen gültigen Personalausweis vorlegen und wird erfasst. Die Zuständigen in Bern erhofften sich dadurch, dem Missbrauch der Geräte durch Drogendealer und andere Kriminelle einen Riegel vorzuschieben. Wie das meiste aus Bern erwies sich jedoch auch dieser Beschluss als totaler Rohrkrepierer. Denn mehr als die Daten auf den Ausweisen, die man ihnen entgegenstreckt, in den Computer einzugeben, können die Verkäuferinnen in den zahllosen Handyläden leider nicht. Vor allem haben sie keinerlei Handhabe, die Echtheit der vorgelegten Dokumente zu prüfen. Zudem können Handys jederzeit weiterverkauft, verschenkt oder gestohlen werden.

»Gibt es Hoffnung, den Natelbesitzer ausfindig machen zu können?«, will ich wissen.

»Ehrlich gesagt, nur, wenn die fragliche Person das Gerät nochmals benutzt«, antwortet Michael.

»Graf soll beim Krebstelefon offen von Selbstmord gesprochen haben«, mischt sich Gret ein.

»Was?«, entsetzt sich Bea.

»Er soll gefragt haben, wie man sich am einfachsten umbringt. Vergesst nicht, dass er sich auch an *Exit* gewandt hat.«

Wir sind alle ziemlich müde und möchten langsam zum Ende kommen. Sei es, um noch irgendwo einen Drink zu nehmen, oder auch nur, um zu Hause den Fernseher einzuschalten. Aber möglicherweise hat Gret eben die entscheidenden Sätze ausgesprochen. Der Fall ist vielleicht wesentlich einfacher, als wir es befürchtet haben. Auch wenn wir den Täter natürlich selbst dann finden müssen, falls er mit Grafs Zustimmung gehandelt hat.

»Hat Gustav Graf jemanden gefunden, der ihm *Frieden* brachte?«, spreche ich es aus.

»Indem er ihm den Kopf abschlägt? Also bitte, Chef, das kann doch nicht dein Ernst sein!«, empört sich Bea.

»Der Gedanke ist durchaus nahe liegend«, korrigiere ich sie. »Graf hatte Selbstmordgedanken, das deutete auch sein Geschäftspartner an. Durchaus verständlich bei einem solchen Befund.«

»Ja, und da glaubst du, er habe innerhalb weniger Wochen jemanden gefunden, der ihn köpft?« Bea ist fassungslos.

»Es ist eine weitgehend schmerzfreie, schnelle Art des Todes«, kommt mir Gret zu Hilfe.

»Und warum lässt ihn der gutmütige Samariter dann nicht einfach zu Hause liegen?«, giftet Bea.

Eine berechtigte Frage.

»Der Täter wusste nichts von dieser Krebserkrankung«, widerspricht auch Neidhart.

»Warum nicht?«

»Lasst uns einfach mal davon ausgehen …«

»Aber es ist doch auffällig! Hirntumor und geköpft! Die

Ordnung in seinem Haus! Das griffbereite Testament!«, insistiere ich.

»In der Nacht auf Montag wurde vor Grafs Villa eine dunkelblaue Limousine gesehen. Von einem elfjährigen Kind, das nicht schlafen konnte«, sagt Michael. »Gut, das will nichts weiter heißen. Aber drei Zeugen sagen aus, dass sie mehrfach einen unbekannten, großen, bärtigen Mann in der Gegend gesehen haben, bevor diese *Frieden*-Aufschriften auftauchten. Wieso dieser Aufwand, wenn es nur um eine besonders krasse Form von Sterbehilfe geht?«

»Immerhin ist das verboten«, äußert sich Mario.

»Warum keine Pille?«, entgegnet Michael. »Es gibt doch wesentlich einfachere und sauberere Wege, sich umzubringen. Niemand lässt sich freiwillig den Kopf abschlagen, glaubt mir!«

Ich neige dazu, ihm recht zu geben.

»Wann können wir diese Leute vom Krebstelefon sprechen?«, frage ich Gret.

»Es ist vor allem einer, der sich mehrfach lange mit Graf unterhalten hat. Eugen Thommen heißt er, von Hauptberuf Pfleger in einem Behindertenheim. Wir können morgen um neun im Bahnhofbuffet mit ihm sprechen.«

Mir fällt ein, dass ich um diese Zeit bei Grafs Tochter Violetta eintreffen wollte.

»Wie hast du das bloß rausgekriegt?«, wendet sich Bea argwöhnisch an Gret. »Diese Krebshotline ist doch sicherlich absolut anonym?«

Gret lächelt: »Häberli hat mir geholfen. Wir sind persönlich vorbeigegangen und haben etwas gespendet.«

»Nimm's auf die Spesen«, sage ich. Und: »Ganz toll gemacht, Gret.«

»Die Spende zahl ich selbst«, sagt sie. »Und der Ruhm gehört Häberli. Er hat einfach nicht lockergelassen. Ich glaube, man hat ihm den Namen gegeben, um ihn loszuwerden.«

»Klingt plausibel«, nicke ich ihr zu.

Später, als alle weg sind, frage ich sie, ob sie noch mit auf einen Drink kommt.

»Klar, gerne«, meint sie und wenig später schlendern wir hinüber zur *Jules-Verne*-Bar in der nahe gelegenen Urania-Sternwarte.

Er erwachte mit einem unruhigen Herzklopfen und schweißnasser Stirn. Diese Medikamente höhlten ihn aus, er spürte, wie in seinem Körper ein ungleicher Kampf tobte, wie die chemischen Horden an die kranken Barrikaden schwappten und zurückgetrieben wurden, nur um immer von Neuem anzustürmen und ein weiteres Mal zu scheitern. Den Krieg mochte er verlieren, aber die kommenden Schlachten würde er siegreich gestalten.
Noch zwei Tage bis zum Nächsten. Zwei Tage Konzentration. Zwei Tage anschreien gegen das Bild dieses toten Hundes im Traum. Zwei Tage schweigen. Er war weder Schauspieler noch Wortakrobat. Wenn er unvorsichtig war und ihm die falschen Worte herausrutschten, konnte seine Mission Schaden nehmen, und das durfte sie nicht. Noch nicht. Vielleicht nahm er heute Morgen doch noch ein Temesta. Oder wenigstens ein halbes. Besser als Kiffen war es allemal. Marihuana löst die Muskeln und manchmal auch die Zunge.
Draußen keiften zwei Katzen. Er wälzte sich aus dem verschwitzten Bett und linste hinaus ins Dunkel. Er war viel zu früh dran. In jeder Hinsicht. Sein Schwert war scharf, Dreikantschlüssel und Baseballschläger lagen bereit, die Tanks von Limousine und Motorrad waren voll.
Es war jammerschade, dass er niemandem von seiner Mission erzählen konnte. Nur sein einziger Freund und die alte Frau wussten in etwa, was er derzeit leistete. Aber der Freund hatte ihn beschworen, sie dürften sich eine Weile nicht sehen, das sei entscheidend. Und die Mutter sprach

seit Jahren nicht mehr, und ob sie ihn hörte, wusste er nicht. Vermutlich verstand sie ihn nicht. Einzig ihre Augen leiteten noch Informationen ins Hirn weiter. Immerhin das.

Schwerter

Wir treffen Eugen Thommen im Restaurant *Arcade* im Hauptbahnhof, bevor er zur Arbeit muss.

Er trägt Jeans, ein weißes Denim-Jeanshemd und einen kräftigen, nicht sonderlich gepflegten Bart. Seine schwarzen Haare stehen ihm eher wirr vom Kopf, aber sein Lächeln signalisiert Selbstbewusstsein und Tatkraft. Er ist ganz der Typ, den man gerne dabeihätte, wenn man im kolumbianischen Dschungel abstürzt.

Er sei Kunstmaler, erzählt er, arbeite aber in einem Pflegeheim, um über die Runden zu kommen, bis ihm die Galeristenmafia endlich den Durchbruch erlaube. Jeden Mittwochabend hüte er das Krebstelefon – gratis.

»Wie kamen Sie zu dem Job?«, fragt ihn Gret.

Er zuckt die Schultern: »Ist schon eine Weile her. Ich sah wohl ein Inserat in irgendeiner Pflegezeitung. Da habe ich mich gemeldet.«

»Aus welchen Motiven?«

»Schwer zu sagen. Ich arbeite seit jeher im Sozialbereich. Außerdem starb mein Vater an Krebs.«

»Meiner auch«, sage ich. Fünfzehn Jahre ist es her und noch immer zieht der Schmerz durch meine Brust, wenn ich daran denke. An die letzten Tage im Spital. Meine zu seltenen Besuche dort. Die völlige Hilflosigkeit.

Thommen bestellt einen Grüntee, wir zwei Espressi. Der Kellner versteht uns kaum, ist nicht von hier.

»Es geht vor allem darum zuzuhören«, meint Thommen. »Menschen, die völlig verzweifelt sind und reden müssen. Müssen! Und keine Verwandten mehr haben oder sie nicht mehr belästigen wollen. In unserem kaputtgesparten Gesundheitswesen hat ja keiner mehr Zeit.«

»Ich stelle mir das sehr anstrengend vor«, sage ich.

»Jemand muss es eben machen. Wenn jeder in diesem Land auch nur drei Stunden pro Woche opfern würde, um zuzuhören, sähe vieles besser aus. Nicht dass ich mich jetzt als Held fühle. Ich mache es, weil ich es will, aus privaten Gründen und, weil ich es richtig finde.«

»Sie haben sicher recht«, stimme ich ihm zu. »Nur glauben wohl die meisten Menschen, sie hätten keine drei Stunden pro Woche übrig.«

»Sie auch?«, fragt er mich argwöhnisch. »Auch nie Zeit zuzuhören?«

»Nur wenn ganz schwierige Fälle anstehen wie der jetzige von Gustav Graf. Das fordert alles an Zeit, Energie, Belastbarkeit«, erkläre ich mich. »Ich halte mir aber stets ein wenig Zeit frei, damit sich die Erkenntnisse ordnen können. Und nehme mir Zeit für Leute, die uns weiterhelfen können. Für Sie zum Beispiel, Herr Thommen. Ich weiß, Sie müssen mir gar nichts sagen, aber Sie haben mehrfach mit Gustav Graf gesprochen in den vergangenen Wochen. Er ist ohne Zweifel ermordet worden. Geköpft! Wir müssen herausfinden, wer es getan hat. Und ob der Täter es wieder tun wird.«

»Wie soll ich Ihnen helfen?«, fragt mich Thommen. In seinem Gesicht ist der Hauch eines Lächelns zu erkennen.

»Können Sie uns ein paar Hinweise geben, worüber Graf mit Ihnen gesprochen hat?«

Thommen schweigt und schaut einem Rollstuhlfahrer nach, der sich durch die eng gestellten runden Tische zwängt.

»Er wollte sich selbst ein Ende machen, das ist es vermutlich, was Sie hören wollen«, sagt er dann.

»Wie kommen Sie denn darauf, dass ich das hören will?«

Das Lächeln ist plötzlich weg und er beginnt mit dem rechten Fuß zu wippen. »Er rief in großer Verzweiflung an und sprach offen von Selbstmord«, fährt er fort.

»Und, nahmen Sie das ernst?«

Was für eine blöde Frage, signalisieren mir seine zusammengekniffenen Augen.

»Sprach Ihr Vater nie davon?«, stößt er hervor. Plötzlich ist eine große Antipathie zwischen uns, ein Schatten, eine Aggressivität, von der ich nicht weiß, woher sie kommt. Auch Gret neben mir fühlt sich unwohl, ich erkenne es an ihrer verkrampften Körperhaltung.

»Mein Vater starb innerhalb eines Jahres an Lungenkrebs. Er hatte keine Zeit, sich mit Selbstmordgedanken zu befassen«, versuche ich, das Gespräch in Gang zu halten.

Thommens Blick schweift erneut ab. Der Behinderte in seinem Rollstuhl sitzt inzwischen an einem Tisch. Nur bedient worden ist er noch nicht.

»Herr Thommen, hat Gustav Graf durchblicken lassen, ob er andere Personen über seinen Befund informiert hat? Seine Kinder, seinen Geschäftspartner?«, will Gret wissen.

»Liebes Fräulein, unsere Aufgabe ist es nicht, die Leute auszufragen, sondern ihnen zuzuhören.«

»Wir hören Ihnen ja zu!«

»Ja, aber Sie hören mich trotzdem nicht.«

Der Typ beginnt mich zu nerven. Und das morgens um halb zehn mitten im Hauptbahnhof.

»Graf hatte Selbstmordgedanken, haben Sie gesagt. Gut. Was soll ich denn da heraushören? Was daraus schließen? Dass er froh sein kann, dass ihm jemand den Job abnahm?«

»Ich muss zur Arbeit, Herr Staub. Ich nehme an, Sie übernehmen die Rechnung.«

Thommen steht auf, er ist ein stattlicher Mann, der auf

seine Körperhaltung achtet. Er schreitet stolz davon und lässt uns belämmert zurück.

»Was für ein Kotzbrocken«, sage ich.

»Im Grunde erzählt er uns nur, was auch Lüthy sagt«, meint Gret gelassen. »Dass Graf keine Lust mehr hatte.«

»Ja, aber warum sagt er es so unfreundlich?«

»Schlechte Erfahrungen mit der Polizei wahrscheinlich«, spekuliert sie.

»Der Typ gefällt mir nicht. Ich möchte, dass wir Erkundigungen über ihn einziehen.«

»Über wen noch? Ich habe doch schon Sohn Armin im Programm.«

»Dann lass es Mario oder Bea machen. Ich muss jetzt zu Violetta.«

»Soll ich dich begleiten?«, fragt sie.

»Nicht nötig«, antworte ich. »Die war's gewiss nicht.«

Sie blickt emsig an mir vorbei. Zum Rollstuhlmann, der inzwischen umständlich an einer warmen Schokolade nuckelt.

Ich warte darauf, dass sie etwas sagt. Es dauert eine Weile, aber dann kommt es: »War sehr nett gestern mit dir, Fred. Wie immer.«

»Das Vergnügen war ganz meinerseits«, sage ich und merke, wie sich meine Laune wieder bessert. »Ich fühle mich sehr wohl in deiner Gesellschaft«, fahre ich fort. Und merke, wie ich fast ein wenig erröte. Sie blickt zum Glück immer noch an mir vorbei. »Wir können das gerne bald einmal wiederholen«, füge ich hinzu.

»Weiß deine Frau, dass du mit mir ausgehst?«

»Ja«, antworte ich wahrheitsgemäß. »Aber sie lebt in dem Glauben, dass du vollkommen unattraktiv bist.«

»Das hast du ihr erzählt?«, empört sich Gret. »Denkst du das wirklich?«

»Ehrlich gesagt, denke ich genau das Gegenteil.«

Sie öffnet kurz die Lippen, überlegt es sich jedoch anders und sagt dann doch nichts. Dafür winkt sie den Kellner herbei.

Als ich nach dem deprimierenden Gespräch mit Violetta ins Büro zurückkehre, erwartet mich fieberhafte Aktivität. Ich durchschreite wortlos den Raum, weil ich erst mal einen Kaffee brauche. Kaum siedet das Wasser, schwirrt Gret herein, ein hellblaues Tuch um den Hals, das zu ihren Augen passt.

»Wir haben die unbekannte Natelnummer festmachen können. Eine Marika Kostelic, Kosmetikerin in Höngg«, erzählt sie mir. »Sie versuchte gestern Nacht, Gustav Graf zu erreichen. Fünfunddreißig Jahre alt. Michael ist hingefahren und stellte sie in einem hübsch eingerichteten, großen Loft.«

»Und?«

»Sie war Grafs Geliebte. Vermutlich nicht wegen seines Charmes oder seiner Virilität.«

»Es soll junge Frauen geben, die auf ältere Männer stehen«, ätze ich und Gret mustert mich lange und kritisch von oben bis unten. »Graf war fünf Jahre älter als du, Fred«, meint sie. »Und er hatte keine buschigen Augenbrauen.«

Dazu fällt mir nichts ein. Deshalb schütte ich angestrengt Zucker in meinen Becher und frage: »Wusste die Frau von seiner Krankheit? Hatte sie ein Mordmotiv?«

»Michael meint, nein. Graf hat ihr Loft bezahlt und im Testament taucht sie nicht auf. Sie verliert also nur.«

»Vielleicht hatte sie ihn satt?«

»Sie soll geweint haben, als sie erfuhr, dass Graf tot ist.«

»Na gut«, sage ich. »Und wo ist Michael jetzt?«

»Er fährt weiter nach Wipkingen in die Zschokkestraße, wo Thommen wohnt. Ich treffe ihn dort.«

»Bestens«, sage ich. »Soll ich mitkommen?«

»Isst du nicht mit Anna zu Mittag?«, will sie wissen. Jeden Freitag treffe ich mich mit meiner Tochter aus erster Ehe in einer Pizzeria nahe des Kunsthauses zum Mittagessen, ein Termin, der mir seit vielen Jahren heilig ist. Nur zwei Mal habe ich ihn verpasst: als Neidhart niedergeschossen worden war und nach dem Anschlag auf die Uetlibergbahn im Zuge der Erpressergeschichte um unseren Exkollegen Ruedi Fischer. Gut, manchmal fiel der Termin auch aus, weil entweder Anna oder Leonie und ich in den Ferien weilten. Aber der Freitagmittag ist und bleibt ein Fixstern in meiner Wochenplanung.

»Doch, klar«, sage ich. »Ich könnte anschließend nachkommen.«

»Prima! Und wie lief's mit Violetta?«, fragt sie weiter.

Ich verwerfe die Hände. »Schlimm.«

»Ihr Bruder Armin hat sich gemeldet. Er ist nicht weggekommen in La Spezia. Jetzt fährt er über Nacht. Ich treffe ihn morgen früh.«

»Wenn er bis morgen nicht da ist, lasse ich ihn verhaften.«

»Na dann. Bis später«, sagt sie und flattert hinaus.

Anna kommt mir strahlend entgegen. Sie hat ihre langen schwarzen Haare zu einem Pferdeschwanz zusammengebunden und ist dezent geschminkt. Ein schönes Kind, denke ich mir wieder einmal, eine tolle junge Frau: klug, lebendig, selbstbewusst, sportlich und doch bescheiden und mit gutem Herzen. Mittlerweile ist sie siebenundzwanzig, besitzt das Lizenziat in Biologie und assistiert im tropenmedizinischen Institut in der Sumatrastraße. Ihre braunen Augen leuchten noch immer wie bei einem Kind. Sie hat etwas Lebensbejahendes, das niemand zerstören kann. Hoffe ich wenigstens. Welch Gegensatz zu Violetta Graf, die ich eben erst am Boden zerstört in ihrer Wohnung zurückgelassen habe! Wenigstens nicht allein, sondern in den Armen ihres Freundes, eines erfolgreichen Judoka und ewigen Romanistikstudenten. Noch gestern mag Grafs Tochter eine frohe Ausstrahlung wie Anna versprüht haben – vorhin war sie nur noch weinendes Elend.

Anna merkt rasch, dass ich bedrückt bin. Sie umarmt mich und fragt: »Was ist los, Papa? Hattet ihr wieder mal Streit?«

Es ist nicht so, dass sie Leonie nicht mag. Aber man merkt eben, dass sie nicht ihre leibliche Tochter ist. Anna ist das Kind meiner ersten Frau Irene, die ich schon seit Jahren nicht mehr gesehen habe und nur noch gelegentlich am Telefon höre.

»Nein, nein«, antworte ich und zögere leicht. Soll ich ihr den Tag auch noch verderben? Andererseits kann ich ohnehin nichts vor ihr geheim halten, konnte es nie. Erkläre ihr deshalb: »Es ist beruflich. Ich musste erst kürzlich einer jungen Frau in etwa deinem Alter mitteilen, dass ihr Vater ermordet wurde.«

Erschrocken weicht sie ein paar Zentimeter zurück. »O je«, sagt sie und ich weiß, dass sie jetzt unweigerlich an den Tag denkt, an dem man ihr sagen wird, dass ich gestorben bin.

»Ja, es ist schrecklich«, sage ich unbeholfen und wir hängen unseren Gedanken nach, bis die Bedienung kommt und wir die Bestellung aufgeben können: eine Pizza Vegetariana für sie, eine Quattro Stagioni für mich. Salate verde, Mineralwasser.

»Und du, wie läuft's mit deinem Neuen?«, versuche ich, das Thema zu wechseln.

»Ach Papa, du weißt doch, den Frischverliebten gehört die Welt.«

»Ich vermag mich vage daran zu erinnern«, sage ich und sie lacht endlich wieder.

»So alt bist du doch noch gar nicht!«

»Vom Gefühl her manchmal schon. Was soll denn noch Großartiges kommen?«

»Papa!«, weist sie mich zurecht. »Was ist denn das für eine Frage? Denk doch mal an die vielen Reisen, die du noch machen kannst, die Theaterstücke, die du noch sehen wirst, die Abende mit Wein und Freunden ...«

»Ja, eben«, seufze ich theatralisch.

Anna lacht mich aus und selbstverständlich weiß ich, dass sie recht hat. Natürlich werde ich noch viele wunderschöne Tage erleben, dessen bin ich mir wohl bewusst. Ich habe nie spektakulär gelebt, aber immer sehr gern. Deshalb beschäftigt mich diese Violetta Graf, deren Vater geköpft wurde. Mit sechsundfünfzig. Mitten in dieser Stadt. Diesem auf den ersten Blick so lebenswerten Flecken Erde, auf dem sich doch jeden Tag schreckliche Dramen abspielen. Wer wüsste es besser als ein Polizist.

Die Salate kommen, wie immer stupst Anna die halbe Tomate zu mir rüber. Sie berichtet mir stolz, dass sie im Institut schon wieder neue Erkenntnisse gewonnen hätten, was das Stechverhalten der Malaria übertragenden Anophelesmücken betrifft. Sie reißt das Thema an, um mich wieder einmal sachte daran zu erinnern, dass sie bald für ein Jahr nach Asien entschwindet.

»Ich bin stolz darauf, dass du zum Kampf gegen Malariamücken beiträgst, ich hasse die Viecher auch«, sage ich. »Aber musst du dafür wirklich ein Jahr in den Dschungel?«

»Papa, es geht um die Sache. Und um den Feldforschungsteil, der Bedingung für meine Doktorarbeit ist. Außerdem war ich doch schon mal zwei Monate in Kamerun und es hat mir nicht geschadet. Natürlich werde ich gehen, im September wahrscheinlich, und ich freue mich drauf!«

Ich nicht. Mir wäre es lieber, wenn sie in der Nähe bliebe, damit ich am Freitag mit ihr Essen gehen und ein Auge auf sie haben könnte.

»Und deinem Neuen? Gefällt ihm die Idee?«

»Er heißt Markus, Papa. Und er will mich besuchen kommen. Ihr seid natürlich auch jederzeit herzlich willkommen, das weißt du. Ich würde mich freuen. Sri Lanka ist ein angenehmes Reiseland, im Süden ist es völlig friedlich, es würde dir bestimmt gefallen. Per hat sich bereits angemeldet. Er will dort die Strände unsicher machen.«

»Nur die Strände?«, frage ich und sie lacht erneut.

»Du kommst ihn morgen doch sicher auch am Flughafen abholen? Um fünf landet er.«

»Selbstverständlich. Leonie würde die Scheidung einreichen, wenn ich dieses Großereignis verpasste.«

»Er soll ja eine Weile bei euch wohnen, hat mir Leonie gesagt. Da freust du dich sicher drauf!«

»Und wie«, sage ich und wir unterhalten uns in der Folge scherzend über einige von Pers schlimmeren Streichen und Vergehen. Mein Sohn, der Windsurfkönig, ist, positiv ausgedrückt, ein ziemlicher Lebenskünstler und hat schon einiges gesehen. Vieles davon im Cannabisrausch.

Die Pizzen sind verschlungen, die Espressi getrunken, meine Muratti ist verglüht. Wie immer zahle ich die Rechnung. Weil ich es so will. Ich gehe freitags mit Anna essen, seit ich mich von ihrer Mutter getrennt habe. Seit zweiundzwanzig Jahren also, immer in dasselbe Lokal. Früher gab man der Kleinen Malheft und Buntstifte, heute lassen dieselben, schwer in die Jahre gekommenen Kellner ihre Augen unauffällig über Annas wohlgeformten Körper gleiten.

Ich blicke auf die Uhr, zehn nach eins schon. »Ich muss leider los, Anna.«

»Ihr müsst ihn kriegen, Papa! Den Mörder dieses Vaters«, sagt sie ernst.

»Wir kriegen ihn!«, mache ich mir selbst Mut.

»Na, hoffen wir's. Wir sehen uns dann morgen auf dem Flughafen. Verpass das ja nicht!«, erinnert sie mich noch einmal eindringlich.

Ich stehe auf und Anna tut es mir nach.

»Soll ich dich zum Institut fahren?«, frage ich sie, als wir draußen sind.

»Ich schlendere noch rasch durchs Niederdorf«, winkt sie ab und wir schreiten zusammen bis zur Tramhaltestelle Pfauen und umarmen uns zum Abschied innig.

Ich blicke ihr nach, bis sie hinter dem Kunsthaus verschwunden ist, besteige dann meinen im Halteverbot geparkten Einsatzwagen und kurve zur Zschokkestraße.

Das Haus, in dem Thommen wohnt, ist von der Bauweise her ein prächtiger Jugendstilbau, der aber dringend mal einen neuen Fassadenanstrich bräuchte. Ich starre eine geschlagene Minute aus dem Fenster. Alles, was ich an Leben entdecken kann, ist eine vorbeihuschende grauhaarige Katze und eine zerzauste junge Blondine mit einem kichernden Mischlingskind an der Hand, die im Nachbarhaus ihren Briefkasten leert. Von den Kollegen dagegen ist nichts zu sehen. Ich fahre deshalb weiter zu Grafs Haus in der Finslerstraße. Aber auch hier finde ich lediglich einen gähnenden Streifenpolizisten in seinem Opel vor.

»Irgendwelche Bewegungen?«, frage ich ihn.

»Nur die Kollegen«, antwortet er. »Sind aber bereits wieder weg.«

»Wohin sind sie denn gefahren?«

»Keine Ahnung. Uns informiert man ja nicht.«

»Mich auch nicht«, tröste ich ihn und steuere zurück in die Zentrale. Dort finde ich die versammelte Meute vor.

»Wie geht's Anna?«, erkundigt sich Michael.

»Blendend«, berichte ich ihm, »sie ist immer noch frisch verliebt.«

Michael grinst, er kennt Anna seit Langem. Die beiden mögen sich gerne und gehen auch ab und zu zusammen aus. Wenn er nicht schwul wäre, würde ich alle Hebel in Bewegung setzen, ihn zum Schwiegersohn zu kriegen, anstatt mich mit diesen Beutelratten abzuplagen, die sich im Zweijahresturnus an ihrer Seite zeigen.

»Sie will allerdings nach wie vor nach Asien in diese Mückenhölle.«

»Na, hoffentlich«, sagt er salopp. »Das bringt der Menschheit weiß Gott mehr als alles, was wir hier machen. Anna ist Teil eines Riesenprojekts, das auf Überlegungen basiert, doch wieder DDT gegen die Malaria einzusetzen. Wobei man diesmal allfällige negative Auswirkungen schon im Voraus sehr seriös abklären will.«

»DDT?«, entsetze ich mich.

Er legt mir den Arm um die Schulter: »Fredy, deine Tochter kann schon auf sich selbst aufpassen, glaub mir! Und immerhin gelang es in den frühen Sechzigern, mit DDT die Zahl der Malariafälle drastisch zu reduzieren, nichts hat seither auch nur annähernd ähnliche Erfolge gebracht.«

Ich betrachte ihn äußerst argwöhnisch, woraufhin er schnell das Thema wechselt: »Was ich dir eigentlich sagen wollte: Wir haben Hochinteressantes über diesen Thommen herausgefunden. Schau dir das mal an!«

Die ›Beweise‹ gegen Thommen scheinen mir keineswegs besonders stichhaltig. Dennoch stimme ich dem Wunsch der Kollegen zu, ihn zu verhaften. Allerdings bestehe ich darauf, dass Thommen seinen Bereitschaftsdienst im Pflegeheim beenden kann. Deshalb packen ihn sich unsere Einheiten dann auch erst am Samstagmorgen um sieben. Wir lassen ihn in unser Verhörzimmer bringen, eine Stunde lang bearbeiten wir ihn anschließend zu dritt. Michael, Bea und ich, wobei Bea nur zuhören darf, um etwas zu lernen.

»Sie sollen vor rund einem Jahr einem Patienten mehr oder weniger angeboten haben, ihn von seinem Leiden zu erlösen«, beginnt Michael.

»Wer sagt denn so was?«, fragt Thommen. Er sitzt uns ganz ruhig gegenüber, mit durchgestrecktem Rücken und dem seligen Grinsen eines Wanderpredigers.

»Der Mann hat sich bei Ihrer Chefin beklagt«, fährt Michael fort.

»Sie haben doch keine Ahnung, wie diese Leute drauf sind. Deren Stimmungen schwanken enorm.«

»Das ist nicht das Thema«, unterbricht ihn Michael. »Haben Sie Anrufern angeboten, sie von ihren Leiden zu erlösen, oder nicht?«

Thommen zuckt gleichgültig die Schultern.

»Antworten Sie, verdammt noch mal!«, schnauze ich ihn an. »Oder müssen wir Sie erst ein paar Tage hier behalten?«

»Wenn Sie anschließend mit der Klage zurechtkommen, dann machen Sie nur, Hauptmann Staub.« Er spricht meinen Namen genauso aus, wie er Wörter wie ›Dioxinfass‹ oder ›Atomkrieg‹ ausspucken würde.

»Sie sammeln Schwerter«, ignoriere ich seine Bemerkung.

»Ich befasse mich mit der japanischen Samuraikultur, Herr Staub. Wie Hunderte andere auch in diesem Land.«

»Aus der Krebshilfe sind Sie jedenfalls rausgeflogen«, sagt Michael und das ist das Erste, was Thommen wenigstens etwas aus der Reserve lockt.

»Ja, besten Dank, ihr Bullen! Da habt ihr wirklich was Edles zustande gebracht! Was denken Sie denn eigentlich? Jeder Verzweifelte kann sich doch bei *Dignitas* melden und man bringt ihm problemlos einen schönen Becher Natriumpentobarbital vorbei, mit dem er sich selbst den Garaus machen kann. Was soll das also alles?«

Unrecht hat er nicht. Aktive Sterbehilfe ist in der Schweiz nur theoretisch verboten. In der Praxis reisen die Leute unterdessen aus halb Europa an, um in Zürich den finalen Drink einzunehmen, den ihnen eine der beiden Sterbehilfeorganisationen *Dignitas* oder *Exit* beschafft. Aktiv etwas dagegen unternommen wird schon längst nicht mehr. Vermutlich weil jedem insgeheim klar ist, dass es Situationen geben kann, in denen man den modernen Schierlingsbecher auch gern hätte. Nur die betroffenen Hoteliers beklagen sich lauthals – es ist nicht gerade förderlich für die Reputation, wenn jede dritte Woche der Leichenwagen vorfährt.

»Sie haben Graf auf dessen eigenen Wunsch hin geköpft«, versucht Michael den geraden Weg. »Geben Sie's zu, dann kommen Sie vielleicht mit einfachem Totschlag davon!«

Aber Thommen lacht nur lauthals heraus.

»Verschiedene Zeugen haben in der Nähe von Grafs Haus einen großen, bärtigen Mann gesehen«, behaupte ich.

»Interessant«, sagt Thommen unbeeindruckt.

Leider haben wir in Grafs Haus bisher keine Spur von Thommen gefunden. Und bei diesem zu Hause wiederum nichts, was den Tatverdacht begründen könnte oder darauf hinweist, dass er diese *Frieden*-Schriftzüge gesprayt hat.

»Sagt Ihnen das Wort ›Frieden‹ etwas?«

Er lacht erneut auf. »Klar. Ihnen nicht?«

So langsam könnte ich ihn schlagen.

»Wir finden schon noch etwas«, sage ich siegessicher.

»Na, dann viel Erfolg! Kann ich jetzt gehen?«

Nun lache ich. »Wie kommen Sie denn darauf? Heute Nachmittag stellen wir Sie den Zeugen gegenüber. Außerdem nehmen wir Ihre Fingerabdrücke und erstellen eine DNA-Analyse. Deswegen bleiben Sie vorläufig hier, Herr Thommen.«

»Man erwartet mich im Heim«, erwidert er.

»Haben Sie Geld für den Mord bekommen?«, mischt sich Bea schließlich doch noch ein.

Thommen schaut sie an wie eine schlafende Kuh auf der Weide und schnaubt verächtlich. Doch er ist an die Falsche geraten. Bea nimmt es persönlich. »Wir kriegen Sie, Herr Thommen!«, beteuert sie. »Wir werden nicht ruhen, bis wir Sie haben! So wie Ihren Bruder, der in der Strafanstalt *Pöschwies* einsitzt!«

Thommen lässt sich auch dadurch nicht aus der Fassung bringen: »Der hat einen Irrweg beschritten. Ich hingegen habe kein Verbrechen begangen.«

»Das wird sich noch weisen. Ihr Bruder hat auch ein halbes Jahr lang hämisch grinsend abgestritten, dass er bei jenem Überfall dabei war.«

»Ist gut, Bea«, sage ich. »Führt den Mann zurück in seine Zelle!« Ich öffne die Tür des Verhörzimmers und gebe den beiden Uniformierten davor die ausdrückliche Anweisung, Thommen Handschellen anzulegen. Sie tun es mit Freude und nehmen ihn in ihre Mitte.

Als sie davonschreiten, brüllt Thommen plötzlich laut: »Ihr bedepperten Narren! Habt ihr wirklich keinen besseren Täter? Na ja, die Zürcher Polizei, was soll man da erwarten!«

»Klappe halten!«, schnauzt ihn einer der Uniformierten an und gibt ihm einen Stoß. Thommen quittiert das Ganze mit einem bösen Lachen.

»Er war's!«, sagt Bea erbittert, als sie außer Hörweite sind.

»Schauen wir mal«, murmle ich.

»Wir müssen beweisen, dass er in Grafs Haus war«, meint Michael. »Oder das richtige Schwert finden.«

»Besser noch den Kopf«, erwidere ich.

»Wir brauchen das Okay eines Bezirksanwalts für die DNA-Analyse, Fredy. Damit sich Strichs Team an die Arbeit machen kann«, sagt Michael.

Ich stöhne vernehmlich. »Kannst du das nicht machen?«

Seine braunen Augen betrachten mich skeptisch.

»In Ordnung, ich kümmere mich umgehend darum«, gebe ich nach. Anschließend gehen wir beide in unsere Büros zurück.

Doch bevor ich mit der Plage von Bezirksanwalt telefonieren kann, stürmt Gret herein. Ich erkenne sie fast nicht wieder. Sie hat ihre weißblonden Haare zusammengebunden und sieht dadurch noch schmaler und jünger aus als sonst. Ich will sie darauf ansprechen, aber sie plaudert bereits munter drauflos. Sie hat mit Grafs Sohn Armin gesprochen, in der *Roten Fabrik* draußen, wo er bei einem Kollegen untergekrochen ist, weil wir Grafs Haus noch immer nicht freigegeben haben. Gret hat ein Faible für Künstler, für erfolglose Künstler, um genauer zu sein. Früher in Basel, wo sie herkommt, lebte sie lange mit einem Popmusiker zusammen.

»Ich denke, er hat seinen Vater nicht sonderlich geliebt«, erzählt sie mir. »Obwohl der ihn eigentlich immer unterstützt hat.«

»Irgendwie passt es nicht zu einem Erfolgsmenschen wie Graf, dass er seinen Sohn durchfüttert«, sage ich.

»Na ja, Graf hat sich in seiner Freizeit auch für den Tierschutz stark gemacht«, widerspricht sie. »Vielleicht siehst du ihn etwas zu negativ?«

»Kann sein«, räume ich ein. Denn ich mag einfach keine Treuhänder, auch wenn ich mich an Franz Studer ein Stück weit gewöhnt habe. Letztlich lassen sie die anderen arbeiten und schöpfen dann vom klimatisierten Büro aus den Rahm ab. Im Tierreich würde man sie Parasiten nennen. »Also, was denkst du nun von Grafs Sohn?«, frage ich Gret.

»Spielt das noch eine Rolle?«, antwortet sie. »Ist Thommen nicht unser Mann?«

»Ich bin mir nicht sicher«, gebe ich zweifelnd zurück.

»Klar ist, dass Armin das Erbe seit Jahren herbeigesehnt hat«, meint Gret. »Seine Skulpturen sind zwar meiner Meinung nach nicht übel, aber kaufen will sie offenbar niemand. In der Kunstszene kennt man seinen Namen jedenfalls kaum und er ist immerhin schon fünfunddreißig.«

»Blutjung also«, sage ich, im Wissen, dass sie ebenso alt ist.

»Genau, Fred. Aber nur für eine Polizistin, nicht für einen bildenden Künstler.«

»Er weilte während der Tatzeit in Ligurien?«

»So ist es. Er hat Zeugen genannt. Andere erfolglose Künstler. Graf senior hatte ein Haus in Levanto und hat ihnen erlaubt, dort zu wohnen und zu arbeiten.«

»Jetzt hat er wohl ausgesorgt.«

»Er kann den Rest seines Lebens Eisen zu Kunst formen.«

»Wie schön«, sage ich. »Danke, Gret!«

»Was treiben die anderen?«, will sie wissen.

»Sie versuchen, Zeugen aufzutreiben, die bestätigen können, dass sich Thommen in der Nähe von Grafs Haus aufgehalten hat. Mario kümmert sich um das Umfeld dieser

Kosmetikerin. Häberli hört sich um, nach was und wo, weiß ich allerdings nicht.«

»Können wir nachweisen, dass Thommen diese *Frieden*-Schriftzüge gesprayt hat?«, hakt sie nach.

»Bisher nicht«, muss ich unwillig zugeben.

»Der Künstlerkollege von Armin hat keine Spraydosen mit der Farbe Orange«, sagt sie und ich nehme mir vor, mich nachher zu vergewissern, ob Strich in Thommens Wohnung wirklich ernsthaft genug nach den Farbpartikeln gesucht hat.

»Besten Dank«, versuche ich, sie loszuwerden, und sie erhebt sich tatsächlich und verschwindet. Ich überlege mir kurz, was ich unternehmen könnte, um den Anruf beim Bezirksanwalt zu vermeiden. Schon den Haft- und Durchsuchungsbefehl für Thommen konnte ich nur mit allergrößter Mühe aus ihm herauswringen. Klar, die Beweislage ist dünn. Aber einen besseren Verdächtigen als Thommen haben wir derzeit nun mal nicht. Pech für ihn, wenn er es nicht gewesen ist.

Ich rufe diesen elenden Bezirksanwalt schließlich doch an. Warum nur fühle ich mich immer als Bittsteller, wenn ich unbestritten notwendige Dinge absegnen lassen will? Warum überhaupt muss ich einen dreißigjährigen Streber um Erlaubnis bitten, ermitteln zu dürfen? Warum können wir nicht selbst entscheiden, was richtig ist? Weil wir dann ein Polizeistaat wären, würden meine beiden Kinder sagen. Ja, dann sind wir doch lieber ein Bürokratenstaat …

Ich wähle also die Nummer der Bezirksanwaltschaft und lasse mich mit dem Zuständigen verbinden. Nachdem ich den Mann eine Weile vollgeschwatzt habe, verspricht er schließlich, die notwendigen Papiere zu unterzeichnen, will aber Ergebnisse sehen.

»Sie werden Ergebnisse sehen«, verkünde ich. »Ob Sie Ihnen gefallen, kann ich nicht garantieren.«

»Tun Sie Ihr Bestes, Herr Staub«, sagt er. Wahrscheinlich hat er mich im Verdacht, ohne diese Ermutigung würde ich locker herumplauschen oder mit abgeschaltetem Hirn lustwandeln.

»Brauchen Sie diese Liste der Kunden von *Lüthy & Graf* noch?«, fragt er weiter. »Sie wissen, dass das enorm heikel ist.«

»Ich will die Liste!«, beharre ich auf meinem Wunsch und sei es nur, damit er auch ein bisschen leiden muss. »Noch ist Thommen alles andere als überführt!«

»Vorhin haben Sie ganz anders gesprochen!«

Ich ärgere mich über meinen Fehler. Um die Unterschrift des Bezirksanwalts zu bekommen, habe ich die Verdachtsmomente gegen Thommen dramatisiert, so gut es ging.

»Sie haben mich gefragt, ob ich die Liste noch brauche, und ich habe Ja gesagt. Fragen Sie doch nicht, wenn Sie keine Antwort wünschen!«, verteidige ich mich.

»Ich werde sehen, was ich tun kann. Ohne Lüthys Einwilligung ist allerdings nichts zu machen. Und bitte schreiben Sie mal einen Zwischenbericht.«

»Aber gern«, nörgle ich und beende das Gespräch.

Später esse ich im nahe gelegenen Restaurant *Italia* mit Michael zu Mittag. Angesichts der Kälte leider drinnen statt im wunderschönen Garten. Gäste und Personal sehen aus, als kämen sie gerade von irgendeinem wilden Szenefest, und es ist auch ziemlich laut im Lokal. Aber das Essen ist es wert: ausgezeichnet schmeckende Felchen aus dem Zürichsee mit Strauchtomaten, schwarzen Oliven und Naturreis. Michael erzählt mir zwischendurch interessante Details zu dem Einkaufszentrum, an dem sich *Lüthy & Graf* beteiligen wollen.

Angeblich wird das ganze Projekt durch einen einzigen sturen alten Bauern blockiert, der sein Land nicht hergeben will. Wir sollten mit ihm reden, meint Michael. Ich stimme ihm zu, weiß aber nicht wann. Erst muss ich diesen unseligen Zwischenbericht schreiben, anschließend Thommens Gegenüberstellung beiwohnen und dann zum Flugplatz.

Vierundzwanzig Stunden später flegeln wir uns träge und übersatt in unseren bequemen Ledermöbeln. Per und ich rauchen Zigaretten, Leonie und Anna kühlen sich mit einem gespritzten Weißwein. Natürlich gab es Spaghetti Carbonara, Pers Lieblingsspeise. Er verschlang gewiss vier Teller und auch Anna und ich langten kräftig zu. Es ist ein Familiensonntag wie aus dem Bilderbuch. Ich genieße ihn, der Fall Graf kann mich heute mal. Die Gegenüberstellung brachte nichts und der Zwischenbericht wurde auch nicht fertig – offenkundig dreht sich die Erdkugel trotzdem weiter.

Per trägt Sandalen, in denen immer noch der Sand des Indischen Ozeans steckt. Dazu auf Kniehöhe abgeschnittene Jeans und ein verwaschenes, bläuliches T-Shirt, auf dem *King of the waves* steht. Er ist braun gebrannt und unrasiert, die schwarzen Locken fallen ihm weit über die Schultern. Kurz gesagt, er ist der Typ, von dem gelangweilte Bürofrauen träumen. Auch weil er muskulös ist, aber wenig spricht. Aus dem wenigen, was wir ihm entlocken konnten, schließe ich, dass er auch die Zeit nach unserem Besuch vor rund einem Jahr im Wesentlichen damit verbrachte, Süßwasserratten das Surfen beizubringen, bevor er sich mit ihnen ins grandiose Nachtleben warf.

Meine Woche Kuramathi war wesentlich weniger glamourös abgelaufen. Am ersten Abend litt ich an Dünnschiss, am zweiten an schwerem Sonnenbrand. Am dritten wollte ich allein sein, um zu verarbeiten, dass ich tagsüber zwanzigmal vom Surfbrett gestürzt war, ohne auch nur einen einzigen Meter weit übers Wasser geglitten zu sein. Dafür quetschte ich mir am vierten Tag zwei Finger beim Versuch, einen Liegestuhl aufzustellen. Ich habe meiner Familie unter Todesdrohungen verboten, über unsere Malediven-Ferien zu sprechen, und bisher halten sich auch alle daran.

Anna nippt an ihrem dritten Glas Wein und Per lümmelt sich auf unserem Sofa wie ein zufriedener Seefahrer, der kürzlich ein paar frische Inseln entdeckt hat, aber zu müde ist, davon zu berichten.

Leonie durchblättert mit leuchtenden Augen ein Hochglanzmagazin, in dem lauter Pferde abgebildet sind. Sie fordert Anna einmal mehr dazu auf, wieder mal reiten zu gehen, ihr Pferd stünde jederzeit für sie bereit. Anna freut sich über dieses großzügige Angebot, weist aber auf ihr anstrengendes Leben als forschungswütige Biologin hin, deren nächstes Ziel die Doktorarbeit sei.

»Wie kann man nur Mücken studieren?«, unkt Per.

»Wie wär's, wenn du überhaupt mal was studieren würdest, Sohn?«, knurre ich.

»Ach, lass ihn doch, Papa, er ist doch noch jung«, weist mich Anna zurecht und springt aus ihrem Sessel hoch. »Lasst uns eine Runde spazieren gehen!«

Fast hätte ich gesagt, sie sei auch noch jung und trotzdem um Welten zielorientierter als ihr Halbbruder. Aber ich lasse es bleiben. Ich habe mich immer darüber gefreut, dass die Tochter aus erster Ehe den Kleinen aus zweiter Ehe beschützt hat. Wenn Anna, von ihrer Mutter nicht gerade mit guten Wünschen für uns versehen, am Wochenende bei Leonie und mir eintrudelte, hätschelte sie das im Vergleich zu ihr schon damals recht träge Baby stundenlang. Leonie hingegen wurde nur schwer akzeptiert, lange waren Annas Blicke auf meine neue Frau von Skepsis geprägt, wie auch immer sich Leonie um sie bemühte.

»Ich werfe lieber einen Blick aufs Formel-1-Rennen, wenn das für euch okay ist«, spricht Per in Richtung seiner Mutter.

»Da bin ich auch dabei«, meldet die sich hinter ihrer Zeitschrift hervor. Das erstaunt mich nicht, Leonie würde sich mit unserem Sohn auch ohne Zögern die Europameisterschaft im Schneckensammeln anschauen, Hauptsache, sie hat ihn eine Weile für sich.

»Also komm, Tochter«, sage ich. »Lass den dynamischeren Teil der Familie aufbrechen!«

»Na, hör mal!«, mault Leonie. »Ich bin im Gegensatz zu dir ja wohl genug draußen unterwegs!«

»Wenn auch nicht auf deinen eigene Füßen, Reiterkönigin. Aber genießt ruhig das Autorennen, da geht's ja auch um Pferdestärken.«

»Welch knuspriges Witzlein, Fred«, höhnt Leonie.

»Sprecht ja nicht über mich!«, gähnt Per und aus dem Fernseher brüllen bereits die Motoren.

Die Strecke durch das Küsnachter Tobel ist mir wohlbekannt, ich kenne jeden Felsbrocken am Wegrand und sogar einige der grüßend Entgegenkommenden. Anna schwärmt von Sri Lanka und man könnte meinen, dort sei der reinste Garten Eden. Wie es in diesem ethnisch tief gespaltenen, zerrütteten Land wirklich aussieht, sehe ich fast jede Woche im Fernsehen. Woher nur kommt die Reiselust meiner Nachkommen? Kaum ist der entschwundene Sohn wieder mal im Land, um sich vom strapaziösen Leben eines Surflehrers zu erholen, muss dafür die Tochter in den Dschungel. Ich persönlich langweile mich im Ausland in der Regel zu Tode.

»Sieh mal!«, schreit Anna plötzlich auf und deutet auf einen morschen Wurzelstock im moosigen, lehmig braunen Dreck. Sie springt hin und ruft triumphierend: »Ein scharlachroter Feuerkäfer! Wahnsinn, so einen hab ich schon lange nicht mehr gesehen! Komm mal her!«

»Toll«, sage ich, als ich den Wurzelstock erreicht habe. Und knie mich neben sie, um den Sechsbeinigen näher zu beäugen.

»Die sind enorm selten, Papa«, erläutert sie. »Europaweit geschützt durch die Berner Konvention. Gehört zur Gruppe der Xylobionten!«

»Eine neue Partei?«

»Käfer, die sich von Totholz ernähren. Ich frage mich, was er hier macht, so nahe am Weg?«

»Ein Selbstmordversuch vielleicht?«

Sie hält das Krabbeltier unterdessen in ihrer Hand gefangen und betrachtet es von allen Seiten. »Das grenzt an eine Sensation, den hier vorzufinden.«

»Wir leben in einer faszinierenden Welt.«

»Sieh mal, der Panzer ist wirklich scharlachrot!«, hält sie das zappelnde Ding vor mich hin.

Ich zucke zurück, aber Kinderliebe fordert nun mal manches Opfer, auch wenn die Kleinen längst groß sind. So spähe ich denn angestrengt durch ihre gespreizten Finger auf den lustigen Käfer. Er ist etwa zwei Zentimeter lang und sieht gemütlich aus.

»Fantastisch«, sage ich. »Willst du ihn mitnehmen?«

Sie lacht. »Nein, keine Angst, diese Zeiten sind vorbei. Wir lassen ihn, wo er ist. Die Zeit und die Fundstelle werde ich melden.«

Anna setzt das Tier behutsam auf den Boden zurück und wischt sich die Hände an ihren schwarzen Jeans ab. Als

Schulkind trug sie ständig Viecher nach Hause und lagerte sie in irgendwelchen Gefäßen, aus denen sie früher oder später entwischten und für Schrecken sorgten. Ich vergesse nie, wie ich auf der Toilette die Hosen runterließ und unverhofft in eine Kloschüssel voller Feuersalamander blickte. Wie sie dahin gelangt waren, blieb für immer unklar. Klar war dagegen, dass ich die Kerle mit einer Suppenkelle eigenhändig rausfischte und auf die Straße setzte. Am nächsten Tag präsentierte mir Anna in einem leeren Konfitürenglas mit stolzgeschwellter Brust eine schleimige Kröte. Das war dann einer der wenigen Momente, in denen ich ihr gegenüber laut geworden bin. Ihre Leidenschaft für Viecher aller Art hat sich aber, ungeachtet meines Widerwillens, gehalten und heute bin ich stolz auf meine Biologin.

»Wir könnten doch noch hoch bis zum Rumensee und Glorious besuchen«, schlägt sie vor.

Ich willige ein, auch wenn ich mit Leonies Pferd kaum viel mehr anfangen kann als damals mit der Kröte. Insgeheim denke ich bereits an das nahe Ausflugsrestaurant dort oben.

In diesem Moment klingelt mein Natel. Nach wie vor gehöre ich leider zu den Schwachköpfen, die jedes Gespräch annehmen, anstatt wie Leonie erst mal zu warten, wer da auf die Combox spricht, und mich danach zu entscheiden, ob ich Lust habe auf den Störenfried oder nicht.

»Staub«, spreche ich ins Gerät.

Es ist ein Korporal Fehr vom Kantonspolizeiposten in Andelfingen: »Entschuldigen Sie die Störung, aber ich dachte mir, ich sollte Sie unbedingt darüber informieren, dass ...«

»Wo brennt's denn?«

»Vor rund einer Stunde wurde in Alten eine Leiche von der Holzbrücke in den Fluss geworfen.«

»Eine Leiche?«

»Ja, genau. Aber das ist nicht der Grund, weshalb ich Sie anrufe.«

Hoffentlich, denn für derlei Dinge gibt's nun wirklich noch allerhand andere Abteilungen bei uns. »Warum dann?«, frage ich deshalb.

»Die Leiche hat keinen Kopf, Hauptmann!«

Ich halte das Natel vor mein Gesicht und schüttle es ungläubig. Anna betrachtet mich besorgt.

»Hallo?«, tönt es fragend aus dem Gerät.

Ich halte es wieder an mein Ohr und erkundige mich: »Wo genau ist das geschehen?«

»Auf der Holzbrücke, die Kleinandelfingen mit dem Weiler Alten verbindet. Autobahn Richtung Schaffhausen, Ausfahrt Andelfingen. Ihr Kollege Neidhart ist bereits unterwegs.«

»Hat er empfohlen, mich anzurufen?«

»Nein«, sagt der Mann. »Aber ich habe im System gesehen, dass Sie federführend sind im Fall eines Geköpften in einem anderen Fluss.«

Siehe da, ein Landpolizist, der auf dem Laufenden ist und mitdenkt. »Wie war Ihr Name noch mal?«

»Fehr.«

»Ich werde in einer guten halben Stunde da sein. Lassen Sie alles, wie es ist!«

»Wir mussten die Leiche ans Ufer ziehen. Es bestand die Gefahr, dass sie sonst weggeschwemmt worden wäre.«

»Bis gleich«, sage ich und beende das Gespräch.

»Musst du weg?«, fragt Anna.

»Leider. Schon wieder ein Kopfloser in einem Fluss.«

»Ein anderer Vater?«, will sie wissen.

»Das weiß ich noch nicht. Erklärst du's Leonie und Per?«

Sie betrachtet mich eine Weile stumm. Und sagt dann: »Klar.«

»Ich hoffe, ich bin zum Abendessen zurück.«

»Wir auch, Papa!«

Ich nehme unseren eigenen Toyota und rase auf der Seestraße ins Stadtzentrum, durch den Milchbuck- und den Schöneichtunnel Richtung Schwamendingen und dann auf die A1 Richtung Winterthur/Schaffhausen. Das Verkehrsaufkommen ist gewaltig, erst auf der Höhe der Abfahrt Richtung Schaffhausen lässt es etwas nach.

Ich verlasse die Autobahn bei Andelfingen und fahre rechts ran, um eine Straßenkarte zu suchen. Natürlich finde ich keine. Fluchend steuere ich nach Andelfingen rein und frage vor dem Hotel *Löwen* eine Passantin nach dem Weg nach Alten. Sie empfiehlt mir, vor der *Boutique am Rank* links abzubiegen, dann sähe ich schon bald den Wegweiser.

Ich mache, was sie sagt, und finde die Brücke erstaunlich schnell. Drei Streifenwagen am Straßenrand sind das untrügliche Zeichen dafür, dass ich richtig bin.

Ich stelle meine Karre neben Michaels dunkelblauen Citroën auf den kiesigen Parkplatz. *Abfälle bitte mitnehmen!* steht auf einer Metalltafel, unterzeichnet vom Gemeinderat Andelfingen. Hinter mir liegen Maisfelder und einzelne Bauernhöfe. Vor mir die Holzkonstruktion, welche die Thur überquert.

Ein junger Mann in Uniform kommt auf mich zu. Fünfundzwanzig schätze ich ihn, in seinen klaren, braunen Augen lese ich Intelligenz. »Korporal Fehr«, stellt er sich vor, »ich habe Sie angerufen.«

»Sie sind vom Posten Andelfingen?«

»Exakt. Wir erhielten einen Anruf, eben habe jemand eine Leiche ins Wasser geworfen. Ich bin natürlich sofort hergefahren und tatsächlich, da war eine Leiche.«

Wir stehen unterdessen auf der Brücke. Unten fließt träge die Thur, am Ufer wuseln allerhand Leute umher.

»Sieht modern aus, die Brücke«, sage ich.

»Wurde erst 1992 eingeweiht«, meint Fehr.

Ich nicke. Vom Wasser her dringt aufgeregtes Stimmengewirr zu mir hoch. Dennoch will ich erst das Schild lesen, das links in den Boden gerammt ist. Der Gemeinderat habe sich in seiner Weitsicht für die teuerste Variante, eine Holzkonstruktion, entschieden, steht da unter anderem. Wohl dem, der in diesem reichen Land geboren ist! Die Luxusbrücke ist gut hundert Meter lang, die Fahrspur allerdings nur einspurig, sodass sich die Fahrzeuge beim Überqueren des Flusses abwechseln müssen. Dafür gibt's an der Linken eine mit Teermatten ausgelegte Fußgängerpassage. Zwischen den massiven Holzbalken hängen Spinnweben.

»Hauptmann Staub?«, höre ich die Stimme des jungen Fehr.

»Ja?«

»Wollen wir runtergehen?«

Ich seufze und schreite erst noch ein paar Meter auf die Brücke hinaus. Es ist eine schöne Brücke und ihr Ende führt in eine ansteigende Kurve, welche ein großes Kornfeld durchschneidet. Ich verspüre nicht geringe Lust, mich umgehend in dieses Kornfeld zu legen und mir Gedanken über den Lauf der Planeten zu machen. Aber man soll Jungspunden wie Fehr ja ein Vorbild sein.

Ich zünde mir eine Muratti an, kehre um und stolpere hinter Fehr her, einen schmalen Lehmpfad hinunter zum Ufer. Die kopflose Leiche liegt, vollständig bekleidet, auf einer großen Plastikplane. Ein gedrungener Glatzkopf in einem weißen Arztkittel kniet vor ihr und gestikuliert gerade heftig mit den Armen.

»Hallo, Fredy«, begrüßt mich Michael. Er lächelt müde und trägt einen weinroten Trainingsanzug. Sieht aus wie nach einer langen Nacht aus der Sonntagsruhe gerissen. Wahrscheinlich wollte er sich entspannt das Spiel von Inter Mailand ansehen, dem Club, dessen Fan er ist, aus welchem Grund auch immer. Aber nein, irgendein Wahnsinniger missgönnt uns das wohlverdiente Wochenende und wirft kopflose Leichen in unsere schönen Zürcher Flüsse. Ich werde für jede einzelne Stunde, die ich hier draußen vertrödle, statt sie mit meiner Familie zu verbringen, zwei Stunden freimachen, nehme ich mir vor. Vielleicht sogar drei.

Um den Toten herum machen sich allerhand Leute mit Handschuhen und Plastik um die Schuhsohlen zu schaffen, dirigiert vom Weißkittel. Weiter hinten kauert eine verschüchterte Familie samt Schäferhund. Ich ignoriere sie vorerst, denn der blutverschmierte Torso auf der Plane zieht mich schnell in seinen Bann.

Ich fürchte nämlich, ich kenne den Toten. Ja, ich bin mir nach genauerem Hinsehen eigentlich sicher, dass dies die Überreste von Eduard Lüthy sind, Grafs Geschäftspartner. Figur und Größe stimmen und an der rechten Hand erkenne ich den diamanten funkelnden Klunker von Ehering. Eine Verwechslung ist ausgeschlossen.

»Ich weiß, wer das ist«, sage ich.

»Wir auch«, meint der junge Fehr trocken. »Seine Ausweise steckten noch im Jackett.«

»Eduard Lüthy«, wende ich mich erklärend an Michael. »Grafs Partner.«

»Wenn der nicht zufällig auch Krebs hatte, ist Thommen draußen«, meint er.

Ich kicke einen Stein in den glitzernden Fluss. Die Sonne brennt, der Kies am flachen Ufer leuchtet weiß. Fliegen surren mir um den Kopf. Weit im Westen ziehen dunkle Wolken auf.

Tatsächlich ist die Theorie Thommen in diesem Moment in sich zusammengefallen wie ein anatolischer Ziegenstall nach einem schweren Erdbeben. Nicht nur, dass Thommen in Haft sitzt. Der tote Lüthy lässt vermuten, dass auch Graf seinen Tod keineswegs gewollt hat.

»Gibt's Zeugen?«, frage ich.

»Da hinten«, sagt Michael und deutet auf die Familie mit dem Hund. »Und ein Spaziergänger will einen dunkelblauen Mercedes gesehen haben, der vom Parkplatz in Richtung Andelfingen gerast ist.«

Ich betrachte die Zeugenfamilie von Weitem. Sie hocken eng beieinander auf einem dicken Tuch, wie Murmeltiere, die sich gegenseitig wärmen wollen. Hinter ihnen räuchert der Grill, Fleisch ist hoffentlich keines mehr drauf. Vati hält den Schäferhund straff an der Leine und nuckelt an einer Büchse Bier. Mutti raucht und hat ihren Arm um den jüngeren Buben gelegt.

»Staub«, stelle ich mich vor, als ich vor ihnen stehe. »Aus Zürich. Ich leite diese Ermittlungen. Was haben Sie gesehen?«

Der Mann lässt sich Zeit mit der Antwort und nimmt erst einen weiteren gewaltigen Schluck aus der Büchse. Die beiden Kinder betrachten mich verschüchtert. Ich zwinkere ihnen zu, möchte jetzt aber hören, was Vati zu sagen hat.

»Nun?«

»Ich sah etwas Großes, Schweres in den Fluss fallen. Platsch! Ich stand gerade knietief im Wasser, mit der Angelrute, und bin sofort hingerannt. Und verdammt, es war eine Leiche.«

»Er rief sofort nach mir«, fällt ihm Mutti ins Wort. »Gaby, rief er, das glaubst du nicht, jetzt schau dir das mal an!«

»Lupo kam als Erster angesprintet«, unterbricht sie ihr Göttergatte.

»Wer ist denn das?«, will ich wissen.

»Na, der hier«, sagt der Mann und zerrt den Köter hinter sich hervor, der hechelt, als habe er gerade ganz allein die Kalahari durchquert.

»Und dann?«

»Ich musste fast kotzen! Ruf sofort die Bullen, öh, die Polizei, sagte ich zu meiner Gaby. Mit dem Natel. Und halte die Kinder fern!«

»Ich wusste aber erst die Nummer nicht.«

»117, das weiß doch jeder, das sagte ich ihr auch«, meint Vati. »Hab den Kerl dann gesichert!«

Ich starre ihn an.

»Mit großen Steinen verkeilt«, prahlt er.

»Wir haben gar nichts gesehen. Nur diese schreckliche Leiche. Das schlägt dem Fass wirklich den Boden aus!«, empört sich Mutti.

»Und ihr?«, wende ich mich an die Kinder. Ich schätze, die Buben sind so etwa neun und elf Jahre alt.

»Vati hat uns verboten, den Toten anzuschauen«, berichtet der Ältere. »Aber ich hörte einen Motor aufheulen und dann ist ein Auto quietschend davongefahren.«

»Bist du dir sicher, Timo?«

»Ganz sicher, Papa. Es hörte sich an wie ein Sportwagen.«

»In welche Richtung ist er gefahren?«, will ich wissen.

»Weg von hier!«

»Also nicht über die Brücke?«

»Nein«, sagt der Junge. Das stimmt mit der Aussage des Fußgängers überein. Hoffentlich kann der uns eine Beschreibung des Wagens liefern.

»Sonst noch etwas?«, will ich wissen.

»Geht es um ein Sexualverbrechen?«, fragt Mutti und aus ihren überschminkten Augen leuchtet die Hoffnung, endlich mal bei etwas Spannendem dabei gewesen zu sein.

»Wie kommen Sie denn darauf?«

»Nun, vor zwei Jahren schlich hier ein Pädophiler herum. Onanierte vor wildfremden Leuten. Die Polizei hat ihn nie gefasst, es ist eine Schande!«

»Überlegen Sie noch mal«, sage ich. »Haben Sie irgendetwas gehört oder gesehen? Womöglich auch schon, bevor der Mann ins Wasser geworfen wurde? Jede Kleinigkeit kann wichtig sein.«

»Nö«, sagt der Mann. »Wir sind seit heute Morgen um elf hier. Alles war wie immer.«

»Kommen Sie öfter her?«

»Klaro! Wir wohnen in Wülflingen.«

»In einem Block«, erklärt der ältere der Jungen.

»Uns gefällt's hier draußen«, meint sein Vater.

»Na schön«, sage ich und überreiche ihm meine Visitenkarte. »Korporal Fehr wird Ihre Personalien aufnehmen. Anschließend gehen Sie wohl am besten nach Hause. Und wenn Ihnen noch etwas einfallen sollte, melden Sie sich einfach ungeniert.«

»Der Polizist hat unsere Namen schon längst aufgeschrieben«, sagt Mutti und fügt aufgeregt hinzu: »Wir haben den *Blick* angerufen!«

»Toll! Da können Sie stolz auf sich sein!«

»Meinst du, wir kriegen die Prämie?«, fragt der jüngere Sohn und Vatis Gesicht versteinert. Ich bin sicher, er hätte dem Junior eine geklebt, wenn ich nicht dabeigestanden wäre.

»Das Gelände ist unterdessen weiträumig abgesperrt«, erklärt mir der hinzugetretene Michael ungefragt. Wir gehen ein paar Schritte weg von der Familie.

»Der Spaziergänger?«

»Außer dass es sich möglicherweise um einen blauen Mercedes gehandelt hat, kann er leider gar nichts sagen«, meint Neidhart. »Wir nehmen ihn nachher mit auf den Posten und zeigen ihm Bilder. Weitere Zeugen haben wir nicht bis jetzt, leider.«

»Sag den *Blick*-Leuten, sie sollen einen Zeugenaufruf veröffentlichen. Dafür dürfen sie von mir aus auch den Leichensack fotografieren.«

»Das Risiko, das der Täter eingegangen ist, ist unglaublich. Mitten am Sonntagnachmittag! Man könnte meinen, es sei ihm egal, ob wir ihn kriegen oder nicht. Er muss gesehen worden sein, zumindest sein Auto.«

»Hoffen wir's! Ich informiere jetzt die Zuger Kollegen. Sie sollen sofort jemanden in Lüthys Wohnung schicken. Bea kann sie begleiten. Und Mario soll sich das Büro in Kilchberg vornehmen.«

»Ohne Bezirksanwalt?«, fragt Michael.

»Vereitelung eines geplanten Verbrechens. Wir beschaffen uns die Papiere später. Ich will wissen, wo Lüthy getötet worden ist.«

Michael nickt. »Was ist hier los, Fredy?« Er wirkt ratlos wie selten.

»Jemand köpft Leute und wirft sie ins Wasser. Und das immer sonntags, wie es scheint. Viel mehr wissen wir nicht.«

»Vor allem ist noch vollkommen unklar, ob es das jetzt war oder nicht.«

Der kahlköpfige Weißkittel tritt hinzu und fragt, ob wir jetzt mal Zeit für ihn hätten. »Übernimm du«, delegiere ich ihn an Neidhart. »Ich seh mir zwischenzeitlich an, wohin die Brücke führt. Fehr, kommen Sie!«

Der junge Polizist springt heran und ich bitte ihn, mich

nach Alten zu kutschieren. An seinem Gesichtsausdruck ist deutlich zu erkennen, dass er wenig Lust hat, den Tatort zu verlassen. Aber er begleitet mich notgedrungen zu seinem Wagen. Allerdings muss ich erst noch telefonieren. Bea erreiche ich zu Hause, im Hintergrund röhrt ein Fernseher. Ich informiere sie kurz und befehle ihr, die Zuger aufzuschrecken und selbst nach Cham zu fahren, um nach dem Rechten zu sehen. Fehr blickt derweil sehnsüchtig zum Tatort hinüber. Anschließend stöbere ich Mario auf und beauftrage ihn, zum Geschäftssitz von *Lüthy & Graf* nach Kilchberg zu fahren und nach Blutspuren zu suchen. Er stottert, er werde sich sofort auf den Weg machen und anrufen, falls er Fragen hätte.

»Auf geht's«, fordere ich Fehr auf und kraxle in den Opel. Wir rattern im Schritttempo über die Brücke, bis uns ein rot-weißes Absperrband stoppt. Fehr kurbelt das Fenster herunter und ruft energisch nach einem Kollegen, der in der Sonne steht und raucht. Das Band wird entfernt und Fehr erklärt dem Polizisten, wir kämen bald zurück.

»Es ist die einzige richtige Straße nach Alten«, erläutert er mir. »Sie führt durchs Dorf und weiter nach Marthalen. Sonst gibt's nur noch eine Schotterpiste durch den Wald nach Ellikon.«

Er gibt Gas und wir preschen in flottem Tempo den Hügel hoch. Das Kornfeld ist wirklich groß und die Garben sehen reif aus. Nach wenigen Dutzend Metern erscheint bereits das Ortsschild.

»Stopp! Anhalten! Sofort!«, schreie ich, wie von der Tarantel gestochen, und Fehr steigt auf die Bremsklötze, dass es quietscht.

»Gut so?«, fragt er mich ungerührt. Ich hänge mit Herzklopfen in den Gurten, vermutlich ist mein Cholesterinspiegel gefährlich in die Höhe geschossen. Immerhin ohne dass die Herzkammer explodiert ist.

»Wollen Sie in die Formel 1?«, frage ich, erhalte darauf aber keine Antwort. Habe die Gurte ohnehin schon gelöst und die Tür aufgestoßen.

»Ich stell den Wagen zur Seite«, sagt Fehr.

Ich ignoriere ihn und renne zur weißen Ortstafel. Unschuldig steht sie in einer Magerwiese, einen Meter vom Straßenrand entfernt. Eine von einer runden Metallstange umfasste, blecherne Tafel. Spinnweben in den Ecken. *Alten* steht darauf in schwarzen Großbuchstaben. Und quer darüber steht noch etwas anderes. *Heim,* in Anführungs- und Schlusszeichen. Man könnte es für den mittelmäßig gelungenen Gag eines Schweizer Satirikers halten. Wenn es nicht in diesem verfluchten Orange dastünde. Dem gleichen Orange wie die *Frieden*-Schriftzüge um Grafs Haus.

Ich nestle mein Natel aus der Hosentasche und wähle Michaels Nummer. »Ihr müsst herkommen, mit dem ganzen Zirkus«, spreche ich ins Gerät. »Du wirst es nicht glauben, wir haben hier eine orangefarbene Sprayerei.«

»Frieden?«

»Heim«, kläre ich ihn auf. »Auf der Ortstafel. Alten-*Heim!*«

»Wir kommen«, sagt Michael und beendet das Gespräch.

Ich rufe Mario an. Er ist schon auf dem Weg nach Kilchberg, aber das ist mir egal. Ich will alle verfügbaren Leute hier haben. Gret ist auf einer Familienfete in Basel, und Häberli aufzuscheuchen, getraue ich mich nicht. Sicher sitzt er momentan an einem See und fischt. Ein Natel hat er ohnehin nie dabei.

»Bewachen Sie das Schild«, weise ich Fehr an. »Ich fahre ins Dorf hoch. Bin gleich zurück.«

Fehr ist offensichtlich nicht ganz wohl bei dem Gedanken, dass ich seinen Streifenwagen benutze. Aber er gehört nun mal dem Staat und nicht ihm persönlich.

»Mein Kollege Neidhart kommt gleich«, tröste ich ihn und fahre los, wobei das Getriebe ein wüstes Stöhnen von sich gibt, weil ich den Gang erst nicht richtig reinkriege. Dafür gebe ich dann umso mehr Gas und bin eine Minute später bereits in dem Weiler angelangt. Ich lasse die Fenster herunter und denke mir, dass wir uns Cabriolets zulegen sollten. Während ich um mich blicke, erkenne ich, dass Alten ein Stück Schweiz ist, wie ich sie aus meiner Jugend kenne. Beziehungsweise aus deren nostalgischer Verklärung: blumengeschmückte Riegelhäuser, schlummernde Bauernhöfe, aufgeschichtete Brennholzhaufen. Ich stelle den Wagen vor den örtlichen *Volg*-Lebensmittelladen und schlendere zu Fuß durch die Gegend. Auf einer eingezäunten Wiese blöken ein paar Schafe, hinter einem besonders prächtigen Riegelbau schnattern Gänse in einem kleinen Teich.

Die einzige Wirtschaft des Ortes heißt *Zur frohen Aussicht* und ist bis Ende August geschlossen. In der Vitrine unter dem klobigen grünen *Falkenbier*-Emblem wird Ochsenmaulsalat versprochen. Für acht Franken fünfzig. Schade, das wär's jetzt gewesen. Ich weiß nicht, wie viele Jahre ich keinen Ochsenmaulsalat mehr verspeist habe. Aber ich weiß, dass ich nie im Leben mehr Lust darauf gehabt habe als gerade jetzt. Auch auf ein Falkenbier im Übrigen. Aber das Dorf ist menschenleer.

Wir müssen nachher die Häuser durchkämmen und nach Zeugen suchen. Jemand muss den Sprayer gesehen haben. Und somit auch den Täter. Es kann nicht sein, dass man in unserem dicht besiedelten Kanton am Sonntagnachmittag eine Leiche von einer Brücke werfen kann, ohne dass irgendwer irgendwas sieht. Ich blicke nochmals um mich. Auch diese Idylle kann allerdings nicht sein, nur fünfundzwanzig Minuten von der City entfernt. Was verpassen wir nicht alles, wir Stadtidioten.

Als ich zurück am Ortsschild bin, sehe ich, welche Maschinerie ich in Gang gesetzt habe. Unterdessen sind wir in Bataillonsstärke vor Ort, und zwar mit dem ganzen Klimbim von Suchhunden bis zu Metalldetektoren. Die Überstunden werden unermesslich sein.

Die verschorften Lippen der alten Frau verzogen sich zu einem feinen Lächeln. Endlich. Ihr Hirn mochte nur noch Pappe sein, weicher Brei, grauer Matsch, bestenfalls gesprenkelt mit ein paar bunten Erinnerungsflecken. Und doch erkannte sie, was er ihr zeigte. Endlich zeigte sie eine Reaktion. So, wie schon die letzten beiden Sonntage. Ihr gefiel, was sie sah, und sein Herz pochte vor Glück. Er horchte aufmerksam, ob sich die Schwester näherte. Präsentierte die Trophäe, solange es ging. Sie war ziemlich schwer und tropfte ein wenig.
Als das Lächeln der Alten erlosch, ließ er sein Mitbringsel behutsam zurück in den Plastiksack gleiten. Die gelb unterlaufenen Augen der Frau starrten wieder ins Leere. Warum nur erkannte sie ihn nicht? Sie musste doch spüren, dass er da war. Er nahm ihre fleckige Hand. Staubtrocken war sie und leicht wie eine Feder. Zu fest drücken wollte er sie nicht, er wusste nicht, ob die Knochen hielten. Sie sah durch ihn hindurch wie durch einen Geist. Reagierte auf nichts mehr, musste gefüttert und gewickelt werden wie ein Baby. Aber ihr Lächeln beim Anblick seiner Trophäe hatte er gesehen. Er hatte es sich nicht eingebildet. Nein. So viel Einbildungskraft besaß er nicht. Vielleicht konnte er ihr helfen, sich wiederzufinden. Wer, wenn nicht er?
Der Rücken der Alten krümmte sich plötzlich zusammen. Ihr Atem wurde schwer, ein kurzer Schauer durchfuhr sie, als hätte sie der Eiswind gestreift. Ihre Augen ruhten teilnahmslos auf der Stelle, wo ihre Hand in seiner lag. Ver-

ärgert sah er einen Flitter Orange unter seinem Zeigefingernagel. Hier im Zimmer roch es streng. Der Geruch erinnerte ihn daran, wie oft er als Kind vergessen hatte, die Hundehütte zu reinigen. Seine Mutter hatte es ihm nachgesehen, wie so vieles. Sie hatte Besseres verdient als dieses Heim. Er würde sie wieder mit nach Hause nehmen. Aber erst mussten ihre Hirnströme in Ordnung gebracht und die Schuldigen bestraft werden.

Schädel

Zwei Tage später sind wir kaum viel weiter. Während das Erkenntnisbarometer unverändert ein dumpfes Tief anzeigt, hat sich über unseren Köpfen gewaltiger Druck zusammengebraut. Reporter von nationalen und lokalen Radio- und TV-Stationen laufen Sturm und die Presse überbietet sich mit blutrünstigen Schlagzeilen. Nachdem der *Blick* gestern den Erstschlag gelandet hat, sind in der Folge auch die seriöseren Blätter des Landes voll in die Geschichte eingestiegen. Man will Ergebnisse sehen. Und Neues veröffentlichen. Im *Blick* ist heute bereits zum zweiten Mal das Bild der Familie abgebildet, die Lüthy in der Thur aufklatschen gehört hat. Dazu eine ganze Seite über Grafs Beerdigung. Noch schlimmer ist ein Foto von mir, welches anlässlich der gestrigen Pressekonferenz aufgenommen wurde. Man könnte meinen, ich litte gleichzeitig an schwerem Blutzucker und heftigen Zahnschmerzen. Jeder im Land weiß inzwischen, dass ich, Fred Staub, die Ermittlungen in diesem Fall leite. Und ähnlich wie beim Fußball hat auch jeder eine gescheite Theorie parat, wie man es besser machen könnte. Wir haben der Pressemeute so ziemlich jeden Knochen vorgeworfen, den wir haben. Einzig Grafs Kosmetikerin und seinen Krebsbefund haben wir unterschlagen. Leider ist an den Knochen zugegebenermaßen kaum Fleisch, weil wir tatsächlich auf der Stelle treten. Eine Woche ist vergangen, seit uns Violetta vom beunruhigenden Verschwinden ihres Vaters berichtet hat, zwei Tage seit dem Ableben seines Geschäftspartners Lüthy. Die Hintergründe der Taten sind uns weiterhin so unbekannt wie die Paarungsgebräuche Außerirdischer. Kein

Mensch hat irgendetwas gesehen in Alten, bekannt ist uns nur, dass Lüthys Torso wohl mit einer blauen Limousine angekarrt wurde. Möglicherweise handelte es sich um einen Mercedes der S-Klasse. Der Fahrer dürfte auch der Täter sein, nur gibt es leider Zehntausende von Mercedesfahrern im Land. Ohne Zweifel will uns der Unbekannte mit Alten beziehungsweise Alten-*Heim* etwas mitteilen. Sonst hätte er Lüthy an dessen Wohnort Cham in die nahe gelegene Lorze geworfen. Wo genau er Lüthy erwischt hat, ist allerdings nach wie vor unklar. Fest steht lediglich, dass auch Lüthys französischer Hirtenhund Theo verschwunden ist.

Die Logik sagt uns, dass die beiden Mordfälle einen Zusammenhang und mit den Geschäften der Herren Lüthy und Graf zu tun haben. Die Tatsache, dass das *Heim* in Alten und die *Frieden*-Schriftzüge um Grafs Haus höchstwahrscheinlich aus ein und derselben Spraydose stammen, bestätigt diese Hypothese.

Unser kränkelnder Kommandant, das Phantom, hat es irgendwie zustande gebracht, dass wir Borho von der Abteilung *Vermögensdelikte 2* der Stadtpolizei hinzuziehen konnten, einen ausgewiesenen Finanzfachmann, wie ihn unsere eigene, für Betrug und Geldwäscherei zuständige *Spezialabteilung 1* leider nicht zu bieten hat. Borho hat schon früher mit uns gearbeitet und hilft in Kilchberg emsig, die beschlagnahmten Ordner zu durchforsten. Was genau wir in ihnen suchen, wissen wir allerdings nicht. Die Palette der von *Lüthy & Graf* dargebrachten Dienstleistungen ist groß und reicht von der Steueroptimierung über Erbschafts-, Immobilien- und Scheidungsfragen bis hin zur Anlageberatung. Drohbriefe haben wir bislang keine gefunden.

Eugen Thommen ist längst wieder auf freiem Fuß und hat uns wegen Freiheitsberaubung verklagt.

Was von Gustav Graf übrig geblieben ist, wurde gestern eingeäschert. Die Stimmung auf der Beerdigung entsprach vermutlich in etwa jener im Wartezimmer seines Krebsarztes. Violetta, ihr Freund, ihr Bruder Armin und Grafs Kosmetikerin Marika haben alle hieb- und stichfeste Alibis. Von einem möglichen Täter ist weit und breit nichts zu sehen. Und doch läuft er irgendwo da draußen herum. Kein Mensch außer ihm selbst weiß, was er vorhat. Vielleicht brütet er gerade über dem Plan für den nächsten Mord, vielleicht liegt er aber auch irgendwo im Thermalbad und denkt sich, dass die Köpferei doch eine ziemlich anstrengende Sache ist und er künftig lieber wieder Golf spielt.

Michael ist zu diesem alten Bauern gefahren, der das Einkaufszentrum verhindert. Gret und ich selbst können am Nachmittag endlich mit Frau Lüthy sprechen; sie weilte während des Ablebens ihres Gatten auf einem Segeltörn im Mittelmeer und musste erst zurückkehren. Der Kommandant der Zuger Kapo hat mir vorhin versichert, er habe nichts gegen unseren Besuch. Seine Leute seien eifrig auf der Suche nach dem Tatort. Leider erschwere der Dauerregen der vergangenen zwei Tage das Unternehmen erheblich. Wir seien aber herzlich eingeladen mitzuwirken.

Ich kann mir kaum vorstellen, dass ich in Gummistiefeln durchs Gebüsch krieche, weiß der Himmel, was dort für Käfer lauern. Aber Gret und ich werden den Zugern heute Nachmittag ein wenig auf die Finger klopfen: Lüthy muss dem Mörder beim Spaziergang mit seinem Hund begegnet sein und es sollte nun wirklich im Rahmen des Möglichen liegen, festzustellen, welche Routen er zu begehen pflegte.

Bis es so weit ist, habe ich uns zum Nachdenken freigegeben. Um halb zehn wollen wir uns im *Storchen* zum Kaffee treffen. Meine Omega sagt mir, dass es bis dahin noch eine gute Dreiviertelstunde dauert. Ich erinnere mich daran, dass mein Gehirn erfahrungsgemäß am besten arbeitet, wenn ich ziellos herumschlendere, und handle danach.

Draußen schimmert kurz die Sonne durch die Wolken. Ich passiere das Sihlpost-Gebäude und tauche in die Fußgängerunterführung unter dem Hauptbahnhof ab, schreite mit großen Schritten an Passanten und Panflötenakrobaten vorbei, lasse mich von einer Rolltreppe wieder hochtragen und stehe schon bald an der Sihl. Sie ist ein trüber, brauner Fluss, der kaum irgendwo tiefer als einen Meter ist und modrig riecht. Da mag Bea so viele Forellen herausziehen, wie sie will. Häberli würde niemals in der Sihl fischen, davon bin ich überzeugt.

Ich trabe den Sihlquai entlang und über das Brücklein, das zum *Drahtschmidli* hinüberführt. Auf halbem Weg steht ein kreisrunder Brunnen mit einer Betonplastik, die zwei sich umschlingende Menschen zeigt. Wenige Meter davon entfernt fließen die beiden Stadtflüsse Sihl und Limmat zusammen. Braune Sihlbrühe vereinigt sich mit dem frischen Grün der Limmat, gleich nachdem diese tosend über das Lettenwehr gestürzt ist. Ich betrachte das Schauspiel eine Weile, ohne dass mich der ganz große Geistesblitz trifft. Versuche es mit einer Muratti. Das Nikotin löst zwar eine Welle von Gedanken in mir aus. Sie verebbt allerdings schnell wieder und lässt ebenfalls keine schillernden Erkenntnisse zurück.

Ich trete den Stummel aus und schlendere durch den Platzspitz-Park in Richtung Hauptbahnhof. Großformatige Fotoplakate säumen den Weg. Eine Freiluftausstellung erinnert daran, dass dies einst der europaweit bekannte und berüchtigte Needle Park war. Ein Ort, an dem Dutzende junger Menschen bei lebendigem Leib verfault sind, weil die liberale Drogenpolitik der Achtziger nichts anderes wusste, als dem Treiben der Dealer hilflos zuzusehen. Die ausgestellten Fotografien zeigen drastisch, dass es auch heute noch Fixer gibt und ihr Leben nichts an Glamour gewonnen hat. Die Spaziergänger können sich das Elend ansehen und sie tun es gerne. Solange man ihm nur auf Fotoplakatwänden oder im Fernsehen begegnet und nicht im eigenen Hauseingang, ist alles halb so wild.

Das Bild meines Sohnes Per flackert in mir auf. Vermutlich liegt er immer noch irgendwo im Bett, wenn auch nicht bei uns zu Hause. Gestern Nacht ist er jedenfalls nicht mehr aufgetaucht. Gut, er muss uns selbstverständlich keine Rechenschaft ablegen. Aber ein Stundenhotel mit Gratiskost sind wir natürlich auch nicht. Nicht dass er je gefixt hätte oder gefährdet gewesen wäre, damit zu beginnen. Dazu liebt er den Sport viel zu sehr. Aber beim Kiffen gehört er schon zu den ziemlich Großen. Hoffentlich erwischen sie ihn nie bei irgendeinem jämmerlichen Haschdeal. Wobei er mir gestern beim Abendessen versprochen hat, er werde brav sein und sich überlegen, ob er im Herbst nicht doch mit einem Studium beginnen wolle. Leider hat er keine Ahnung, welche Studienrichtung ihn interessieren könnte, das ist sein Problem. Meiner Meinung nach wenigstens.

Per selbst sieht grundsätzlich keine Probleme. Er ist freundlich zu allen und überall beliebt. Er tat schon früh einfach das, was er für richtig hielt. Er war kein Kind, das einen Pullover, der ihm nicht gefiel, tobend in die Ecke warf. Stattdessen ließ er sich später einfach von irgendwem denjenigen überziehen, den er für den richtigen hielt. Bis heute hört er sich kluge Ratschläge aus seinem Umfeld zwar geduldig an, in seine Überlegungen fließen sie allerdings nicht im Geringsten mit ein.

Ich kann mich nicht entsinnen, dass er uns je um Hilfe oder Unterstützung gebeten hat. Er wohnt derzeit bei uns, weil es seine Mutter glücklich macht, und er erwartet, dass man ihn dafür in Ruhe machen lässt, wonach immer es ihn dürstet. Leonie kommt damit weit besser klar als ich. Es ist nicht so leicht, die Leute einfach machen zu lassen, wenn man nicht so ganz überzeugt ist, dass sie auf dem richtigen Weg sind. Besonders dann nicht, wenn man diese Leute liebt. Gestern ist Per um zehn Uhr abends noch losgezogen zu einer Party. Zu wem ist mir so unbekannt wie die Antwort auf die Frage, ob er eine Freundin hat, je eine hatte oder je eine haben will. Vermutlich weiß Leonie mehr. Und Anna sowieso. Seine ältere Halbschwester war immer die Einzige, auf die er wenigstens ein bisschen gehört hat.

Ich gehe den Bahnhofquai entlang am Globus Provisorium vorbei. Dichter Autoverkehr umtost mich, links grüßt die Rudolf-Brun-Brücke, rechts die Uraniawache, das Schaltzentrum der Kollegen von der Stadtpolizei. Ich lasse den Verkehr hinter mir, biege in die Schipfe ein, ins denkmalgeschützte Mittelalter. Schmale Kopfsteinpflastergässchen führen mich den Fluss entlang zum Hotel *Storchen.* Der Legende nach hat das Haus seinen Namen deshalb, weil hier in einer Sturmnacht vor mehreren hundert Jahren ein seltenes schwarzes Storchenpaar vom Dach gefegt wurde und einige unausgebrütete Eier zurückließ, darunter ein Glück bringendes schwarzes. Ein Mosaik auf dem Fußboden der Hotelhalle zeigt das schwarze Ei. Wer es mit dem Fuß berührt, soll das Glück nachher angeblich an den Schuhen in die weite Welt hinaustragen.

Sind wir denn schon so verzweifelt, dass wir schwarze Eier brauchen, um endlich voranzukommen? Nein, Gret hat vermutlich eher gedacht, die gemütlich vorbeifließende Limmat könnte uns inspirieren. Sie sitzt draußen im Schatten an einem der kleinen Tischchen vor einem Tee und blättert in der *Basler Zeitung.* Ich begrüße sie herzlich und bestelle mir einen klassischen Café Crème.

»Heimweh?«, frage ich sie mit Blick auf die Zeitung.

»Manchmal«, sagt sie. »Ich bin immer noch nicht richtig angekommen in Zürich.«

»Ist auch schwer. Wir sind nicht besonders gastfreundlich. Es kommen einfach viel zu viele. Wobei einige ja schon sehr nett sind.«

»Ich habe mir überlegt, dass der Fundort von Graf eine Bedeutung haben muss«, ignoriert sie mein Kompliment.

»Leimbach?«

»Ja«, sagt sie. »Ist logisch, oder? Alten und *Heim* gehören zusammen. *Frieden* und Leimbach müssen es auch.«

»Die *Frieden*-Aufschriften wurden aber ziemlich weit weg von Leimbach gesprayt.«

»Um Grafs Haus herum, ja. Aber es hätte von dort aus nähere Flüsse gegeben als die Sihl bei Leimbach.«

»Zum Beispiel?«

»Zum Beispiel die Glatt, Fred.«

»Scheinst dich ja doch schon ganz gut auszukennen im Kanton Zürich. Vorhin ist mir eingefallen, warum der Täter ausgerechnet diese zwei Flüsse gewählt haben könnte.«

»Weshalb denn?«

»Weil sie flach sind. Weil Leichen darin schnell gefunden werden.«

»Er will uns was sagen, Fred!«

»Das ist mir klar. Alten-*Heim* ist klar. Nur was meint er damit? Dass er im Altersheim lebt? Arbeitet? Sich davor fürchtet? Dass man dort seinen Frieden findet?«

»Vergiss nicht, dass das F in den *Frieden*-Schriftzügen geköpft war. Und dass *Heim* in Anführungs- und Schlusszeichen stand.«

»Worauf willst du hinaus?«

»Keinen Schimmer. Aber Leimbach muss eine Bedeutung haben. Mir fällt dazu das Verb *leimen* ein. Jemanden hereinleimen. Umgangssprachlich für hereinlegen. Bescheißen. Oder der Ausdruck *jemandem auf den Leim gehen.*«

Ich denke eine Weile darüber nach, was sie sagt. »Jemand wurde hereingelegt? Von *Lüthy & Graf*?«

»Vielleicht. Und um seinen Frieden gebracht.«

»Könnte sein«, sage ich. »Wir müssen abwarten, ob Borho und Bea in den Geschäftsunterlagen irgendwas finden.«

»Fahren wir nach dem Besuch bei Frau Lüthy bei den beiden vorbei?«

»Ja. Willst du noch einen Tee?«

»Nein, danke«, antwortet sie.

Wir blicken eine Weile auf den grünblauen Fluss hinaus. Ich schlürfe meinen Kaffee leer und zünde mir nachdenklich eine Zigarette an. »Wir haben keine Ahnung, was läuft, oder?«, frage ich Gret.

»Ich habe vorhin mit unserem Polizeipsychologen gesprochen«, erzählt sie. »Er meint, jemanden zu köpfen sei eine stark ritualisierte Handlung. Bei der es um die Vernichtung des Gegenübers gehe. Indem man jemandem den Kopf abschlägt, nimmt man ihm alle Macht, man erniedrigt ihn, man ›entmenscht‹ ihn. Es geht nicht einfach darum, jemanden zu töten, sondern es ist eine Machtdemonstration.«

»Deshalb geschah sie früher öffentlich«, stimme ich ihr zu.

»Unser Täter sucht aber nicht die Öffentlichkeit«, bemerkt sie. »Sonst würde er den *Blick* oder *Tele Züri* anrufen.«

»Dennoch hinterlässt er Spuren«, wende ich ein.

»Unser Psychologe meint, das sei ein typisches Verhaltensmuster von Serientätern. Sie wollen nicht gefasst werden und irgendwie wollen sie es doch. Ihre größte Angst sei, dass niemand sie beachtet.«

»Er will also überführt werden?«

»Denk an den blauen Mercedes und die beträchtliche Wahrscheinlichkeit, dass ihn jemand hätte sehen können in Alten.«

»Das sind vielleicht alles falsche Spuren«, sage ich. »Das Auto ist so auffällig, das Risiko ist doch viel zu hoch.«

»Sag ich ja.«

Ein flaches Limmatschiff kämpft sich flussaufwärts, gefüllt mit einer lärmenden Schulklasse. Und auf der anderen Seite des Flusses kriecht ein Opel Vectra durch das Fahrverbot am Limmatquai.

»Der Psychologe sprach wirklich von einem Serientäter?«

»Leider ja.«

Mir kommt die Sekretärin von *Lüthy & Graf* in den Sinn. »Wir müssen diese Frau Mäder überwachen lassen«, sage ich.

»Stimmt«, erwidert sie. »Ich rufe Michael an, er müsste momentan in Kilchberg draußen sein.«

»Ist er nicht bei diesem Bauern?«

»Den trifft er erst heute Nachmittag, Fred.« Sie klaubt ihr Handy aus den engen weißen Jeans und wählt. Michael ist sofort dran und Gret erklärt ihm, was Sache ist. Ich betrachte derweil den sich stetig vergrößernden Taubenschwarm zu meinen Füßen und wedle mit Grets Zeitung durch die Luft, sodass die Viecher ein Schrecken durchfährt, der sie meterweit davonstieben lässt. Aber unmittelbar danach sammeln sie sich erneut.

»Frau Mäder liegt krankgeschrieben zu Hause. Michael schickt eine Streife hin«, berichtet Gret, nachdem sie das Gespräch beendet hat.

»Toll«, sage ich und frage dann: »Äußert sich der Psychologe irgendwie zum Profil des Täters?«

»Nur dass er höchstwahrscheinlich ein Mann und möglicherweise alleinstehend ist. Und er hat auf den Sonntag als Tattag hingewiesen.«

»Vielleicht arbeitet der Mörder unter der Woche.«

»Am Samstag auch?«, meint sie schnippisch.

»Da erledigt er seine Einkäufe«, schlage ich vor. »Was soll denn der Sonntag bedeuten?«

»Da reinigt man sich. Von seinen Sünden.«

Ich seufze: »Diese Psychologen. Sie meinen's ja gut, aber sie überinterpretieren die Dinge gern.«

Gret zuckt mit den Schultern. »Der Typ ist noch nicht am Ende. Es wird sicher weitere Opfer geben, wenn wir ihn nicht kriegen.«

»Sagt das auch der Psychologe?«

»Das sagt mir mein Gefühl, Fred.«

Sie fragt mich anschließend noch, was ich gegen die Kampagne im *Blick* unternehmen wolle. Mich damit abfinden, sage ich, alles andere sei zwecklos. Und vorwärtskommen. Darauf hoffen, dass die Kollegen in Andelfingen doch noch jemanden aufstöbern, der Genaueres über den Mercedes sagen kann. Dass die Zuger Lüthys Hund finden. Dass die Geschäftsunterlagen etwas hergeben.

Wir zahlen und spazieren gemeinsam zurück zur Zeughausstraße. Ich fühle mich jung an ihrer Seite. »Mach weiter so, Gret«, sage ich zu ihr. »Vielleicht ist es ein Puzzle, das man mit Nachdenken lösen kann. Mir ist zwar schleierhaft wie, aber wer weiß.«

»Wir brauchen mehr Hinweise«, sagt sie. »Leimbach, Frieden, Alten, Heim. Daraus ergibt sich einfach nichts.«

Sie erscheint mir heute weit weniger fröhlich als sonst.

Möglicherweise belastet sie der Fall. Oder sie hat private Sorgen.

Wo sie so neben mir herläuft, hätte ich große Lust, den Arm um sie zu legen. Aber ich fürchte ihre Reaktion.

»Und sonst?«, frage ich. »Geht's dir gut?«

Sie blickt mir ins Gesicht und lächelt. Aber sie sagt nichts.

Kaum habe ich mich gedankenverloren auf meinem Bürostuhl niedergelassen, tritt unvermutet John Häberli herein und verpestet die Luft mit einer brennenden Gauloise. Er hustet umständlich, sieht sich um, als ob er diesen Raum noch nie betreten hätte, und keucht dann hervor: »Das Internet kann eine spannende Sache sein.«

»Zweifellos, John. Schön, dass mir das mal jemand sagt.«

»Gustav Graf und Eduard Lüthy.«

»Was ist denn mit ihnen?«, frage ich, bereits etwas unbeherrscht. »Sind sie von den Toten auferstanden?«

»Und Daniel Grolimund. Ist doch seltsam, oder?«

»Wovon sprichst du?«

Häberli schaut sich hilflos um, sucht wohl einen Aschenbecher, um seine stinkende Gauloise auszudrücken. Da er keinen sehen kann, behilft er sich an meinem Lavabo. Er dreht den Wasserhahn auf, es spritzt nach allen Seiten, der Stummel zischt und mein Kollege blickt erneut mit gerunzelter Stirn um sich. Endlich entdeckt er den Abfalleimer unter meinem Pult und wirft den Stummel hinein.

»Seltsam, sehr, sehr seltsam«, brummelt er.

»John!«, herrsche ich ihn an. »Ich habe zu arbeiten. Was wolltest du mir denn nun berichten?«

»Dieser Finanzakrobat, der im Tessin verschwunden ist. Du weißt, der Einzige, der damals vom Alter her infrage kam, bevor wir wussten, dass Graf der Tote von Leimbach ist. Sowohl Grolimunds Büro als auch sein Haus stehen in der Stadt Zug.«

Irgendetwas in Häberlis Stimme macht mich nun doch neugierig. Auch wenn er bisher nichts Überraschendes gesagt hat. Der Kanton Zug ist voller Finanzakrobaten. Nirgendwo im Land müssen weniger Steuern bezahlt werden, was das Finanzgesindel naturgemäß anzieht wie das Licht die Motten.

»Und jetzt?«

»Ihr habt es noch nicht mitbekommen?«

»Verdammt noch mal, nein, John! Was denn überhaupt?«

Er nickt wissend, als habe er mich eben des Analphabetentums überführt, und tastet dann sein schäbiges, hellbraunes Jackett ab. Hoffentlich nicht nach weiteren Zigaretten.

»John!«, ermahne ich ihn.

»Na ja, dieser verschwundene Finanzakrobat. Grolimund. Er steht in geschäftlichem Kontakt zu Eduard Lüthy und Gustav Graf.«

Ich fühle mich, als sei ich in eine Glastüre gerannt. »Was sagst du da?«

»Sie führen zusammen eine exquisite Internet-Whiskyhandlung. Schottische Single Malts vom Feinsten.«

»Zeig her«, fordere ich ihn auf und deute auf den Computer an meinem Schreibtisch. Häberli zündet sich erst eine weitere Zigarette an, findet die angesprochene Website dann aber überraschend schnell. Tatsächlich, die Whiskyhandlung figuriert unter derselben Adresse wie das Treuhandbüro von *Lüthy & Graf.* Und unter den Gesellschaftern befindet sich neben den beiden Treuhändern ein gewisser Daniel Grolimund, von Beruf offenbar *Financial Consultant.*

»Das ist der Vermisste? Ich denke, er wurde von den Tessinern gemeldet.«

»Zuletzt gesehen wurde er in seinem Ferienhaus in Ascona«, erklärt mir Häberli. »Wohnhaft ist er aber an einer noblen Adresse in der Stadt Zug.«

»Gibt es was von den Kollegen dort?«, will ich wissen. Aber Häberli betrachtet nur schweigend seine gelb verfärbten Fingerkuppen, zwischen denen seine filterlose Gauloise verglimmt.

»Ausgezeichnet, John«, lobe ich ihn trotzdem. »Wir müssen sofort Kontakt zu den Zuger Kollegen aufnehmen. Ich weiß nicht, warum zum Teufel sie nicht selbst angerufen haben. Unsere Geköpften waren doch sogar im *Blick* erwähnt, verflucht!«

»Es muss ja keinen Zusammenhang geben, Boss«, wirft Häberli ein, »niemand sagt, dass Grolimund geköpft wurde. Er ist lediglich verschwunden.«

»Kannst du mit den Tessinern sprechen? Mein Italienisch ist ziemlich erbärmlich.«

»Ich bin sehr früh aufgestanden heute. War schon um sechs beim Fischen.«

»Welch Freude für die Fische«, kommentiere ich. »Übernimmst du also die Tessiner?«

»Soll ich rasch runterknattern?«, schlägt er vor.

Was bezweckt er denn damit? Von rasch kann keine Rede sein. Bis er durch den Gotthard ist, dürfte der Tag fast um sein. Und abwesend ist er weiß Gott genug. Andererseits ist es möglicherweise tatsächlich sinnvoll, wenn jemand vor Ort klärt, was es mit dem Verschwinden Grolimunds auf sich hat.

»Sie sollen in den Flüssen nach ihm suchen«, sage ich.

Er nickt.

»Und nach orangefarbenen Sprayereien.«

»Logisch.«

»Melde dich sofort, wenn es irgendwas zu berichten gibt.«

»Mach ich, Boss.« Er drückt die Gauloise in meinem Lavabo aus und schlurft hinaus.

Als er draußen ist, öffne ich das Fenster, zünde mir eine Muratti an und betrachte nochmals die Website der Whiskyhandlung. Forste unsere Dateien nach Grolimund durch. Das Telefonbuch. Das Verwaltungsratsverzeichnis. Die schweizerische Mediendatenbank.

Grolimund hat einen Partner, Robert Fisch, und die beiden fungieren als Verwaltungsräte von Firmen mit hochtrabenden Namen wie *Nettoinvest, New Supertec, Premiumtec Portfolio* oder *Performance Value.* In der Wirtschaftszeitung *CASH* findet sich ein Artikel aus dem Vorjahr, der Böses über die Geschäftspraktiken von Grolimund und Fisch schreibt. Auch in einem internen Papier der Zuger Kollegen ist von ihnen die Rede, und zwar im Zusammenhang mit der Anlage von Schwarzgeld. Die Namen Eduard Lüthy und Gustav Graf leuchten aus dem Bericht hervor wie Supernovas aus einem schwarzen Loch, ihr Treuhandbüro ist die Revisionsstelle der Gesellschaften von Grolimund und Fisch.

Warum nur hat niemand angerufen aus Zug? Wegen unseres elenden Föderalismus, gebe ich mir selbst die Antwort. Jeder Schweizer Kanton hat seine eigene Kantonspolizei. Und wenn ich ehrlich sein soll: Außer der Zürcher, Basler, Genfer und allenfalls noch der Berner Kapo sind das alles Dorfvereine, die bei komplexeren Fällen heillos überfordert sind. Wir Zürcher senden den ganzen Tag Leute in die Provinz aus, Sprengstoffspezialisten, Urkundenforscher, Hundestaffeln oder die schwer bewaffnete Einsatztruppe *Diamant,* weil die Kollegen im restlichen Teil der Schweiz mit ihrem Latein wieder einmal am Ende sind. Nicht dass diese

Leute Pfeifen wären. Aber die Kriminalpolizei des Kantons Appenzell Innerrhoden beispielsweise besteht nun mal nur aus ungefähr vier Leuten und zwei Fahrzeugen. Das reicht, um entflohene Kanarienvögel einzufangen, vielleicht sogar, um einen tumben Totschlag in einer Bauernschenke aufzuklären. Aber zu viel mehr halt nicht.

Überdies setzt jede Kapo ihre Prioritäten anders. Während man im Aargau nach wie vor blindwütig Hasch rauchenden Jugendlichen hinterherjagt, konzentriert man sich in Graubünden darauf, Leute zu stellen, die außerhalb der offiziellen Jagdzeit Steinböcke niederballern. Als ob das für die Steinböcke von Belang wäre!

Natürlich sitzt man ab und an zusammen und informiert sich gegenseitig. Der Sitzungsgott hat große Freude am Föderalismus. Millionen von Arbeitsstunden vergehen mit Koordinationsversuchen und dem Faxen von allerlei Papieren. Wir haben bei uns extra eine Frau eingestellt, die das Wichtigste aus allen Kantonen herausdestilliert und täglich per Mail an uns weiterleitet. Ich lese diese Zusammenfassungen selten bis nie, muss ich zugeben.

Ich rufe Michael in Kilchberg an und bitte ihn, nach Verbindungen zu Grolimund zu suchen. Dann melde ich mich bei der Kantonspolizei in Zug und verlange der Einfachheit halber gleich direkt den Kommandanten. Der weilt aber inzwischen auf einer Tagung, vermutlich um irgendetwas zu koordinieren. Auf der Vermisstenstelle hat man den Namen Grolimund schon mal gehört, der Zuständige ist aber nicht da. Man verbindet mich falsch in die Abteilung für Schifffahrtskontrolle, weiter zur Sitte und zurück zur Vermisstenstelle.

Endlich habe ich einen Mann am Apparat, der weiß, wovon ich spreche. Er heißt Baumgartner.

»Grolimund wurde am Samstag vor drei Wochen zum letzten Mal gesehen. Vor seinem Ferienhaus in Ascona. Seither fehlt von ihm jede Spur«, berichtet er.

»Und?«, frage ich. »Habt ihr irgendwas unternommen?«

»Wir haben uns überlegt, ob wir demnächst sein Haus hier in Zug durchsuchen sollen. Aber seiner Frau ist dort nichts aufgefallen. Und am Sonntag ist sie nach Ascona gefahren.«

»Durchsucht das Haus«, empfehle ich. »Es besteht die Möglichkeit, dass Grolimunds Verschwinden mit zwei ungewöhnlichen Mordfällen bei uns zusammenhängt.«

»Was für Fälle denn?«

»Die zwei Toten ohne Kopf. Lesen Sie die Zusammenfassungen von uns denn nie?«

»Nein«, sagt er. »Lesen Sie unsere?«

»Natürlich«, sage ich. »Ihr Grolimund stand in geschäftlicher Verbindung mit den beiden Toten.«

»Er ist nicht unbedingt unser Grolimund, Hauptmann. Die Vermisstenanzeige wurde bei den Tessiner Kollegen aufgegeben.«

»Herr Baumgartner! Ich wäre Ihnen wirklich sehr verbunden, wenn Sie sofort Grolimunds Haus, sein Geschäft, seine Garage, sein Stammlokal, sein was auch immer aufsuchen, durchsuchen und untersuchen – einfach alles, wo er sich gelegentlich aufhalten mag. Soll ich mich an Ihren Kommandanten wenden?«

»Warum dieser Ton, Hauptmann? Selbstverständlich machen wir uns sofort an die Arbeit.«

Ich atme erleichtert auf. »Wenn Sie einverstanden sind, schicke ich jemanden von uns zur Unterstützung.«

»Nichts dagegen, solange der Mann weiß, wo seine Kompetenzen enden«, sagt Baumgartner. »Sollen wir warten, bis er da ist?«

Ich blicke auf meine Speedmaster. Überlege mir kurz, ob ich selbst hinfahren soll. Aber es ist schon 11.42 Uhr und um eins wollen wir bei Frau Lüthy sein.

»Starten Sie ruhig«, sage ich daher. »Ich muss mir erst noch überlegen, wen ich hier entbehren kann.«

»Seid ihr auch derart unterbesetzt? Es ist eine Frechheit, was da läuft. Euch wollen sie schon wieder die Löhne kürzen, habe ich gehört.«

»Ich werde schon jemanden auftreiben«, unterbreche ich ihn. »Bitte melden Sie sich sofort, wenn Sie irgendwas finden.«

»Haben Sie eine Vorstellung, was wir finden sollten?«

»Blutspuren zum Beispiel oder orangefarbene Sprayereien«, sage ich.

Daraufhin schweigt er.

»Weshalb haben wir eigentlich nichts von Ihnen gehört?«, insistiere ich. »Ihr Grolimund hatte doch bekanntermaßen Kontakt zu unserem ermordeten Eduard Lüthy.«

»Lüthy? Ist das einer der Kopflosen?«

Herrgott! Mit wem spreche ich da? Wenigstens den *Blick* sollte er doch gesehen haben. »Fragen Sie mal ein wenig rum, dann werden Ihnen womöglich allerhand Lichter aufgehen.«

»Ich weiß, dass es blöd klingt. Aber wir sind hier einfach total überlastet. Eine Info hätte ich aber noch, die Sie interessieren könnte.«

»Und die wäre?«

»Grolimunds Partner Robert Fisch ist sehr besorgt. Er rief erst gestern wieder bei uns an.«

»Interessant, ich danke Ihnen. Wie kann mein Kollege Sie erreichen, wenn er in Zug ist?«

Baumgartner gibt mir eine Natelnummer und verabschiedet sich.

»Mario!«, brülle ich in den Gang hinaus. Es vergehen keine zehn Sekunden und er steht in meinem Büro und fragt, ob ich einen Kaffee möchte.

»Ich will, dass du nach Zug fährst. Sofort. Melde dich bei dieser Nummer, sobald du angekommen bist.«

Sein Gesicht leuchtet auf. Endlich wieder einmal eine Aufgabe, die in seinem Fähigkeitsbereich liegen könnte. Ich erkläre ihm, was ich von ihm erwarte, und er notiert sich alles in ein in blaues Leder gebundenes Notizheft.

»Ich erwarte stündlichen Bericht«, schließe ich. »Wir kommen später nach.«

»Alles klar, Fred«, sagt Mario und trollt sich. Er hinterlässt den Geruch von Haargel und frisch polierten Schuhen. Da sind mir Häberlis Gauloises doch lieber. Zum Glück steht das Fenster immer noch offen. Gerade dringt der Lärm eines anfahrenden Trams herein.

Ein Blick auf meine Speedmaster verrät mir, dass wir losmüssen nach Cham, Gret wartet sicher schon. Ich streife mir gerade mein Jackett über, als das Telefon klingelt. Natürlich nehme ich den Hörer ab. So wie ich jeden Anruf sklavisch entgegennehme.

Es ist der junge Fehr aus Andelfingen. »Wir haben einen weiteren Zeugen aufgestöbert, dem eine dunkelblaue Limousine aufgefallen ist«, berichtet er.

»Wie schön«, sage ich.

»Mit einem Unterschied: Die Frau ist sich sicher, dass es sich um einen alten Lexus 400 handelt. Ein Irrtum scheint ausgeschlossen, ihr Mann ist Garagist.«

»Kein Mercedes?«

»Die beiden Autos sehen sich zum Verwechseln ähnlich. Der Lexus 400 ist eine japanische Billigkopie der S-Klasse.«

Aha, immerhin etwas, denke ich. »Sie wissen nicht zufällig, wie viele dieser Fahrzeuge in der Schweiz zugelassen sind?«

»Doch, zufällig weiß ich das. Ich habe nachgesehen. Es sind sechshunderteinundsechzig Stück.«

»So viele?«, entfährt es mir entsetzt.

»Es gibt rund achtunddreißig Garagen, die das Fabrikat Lexus reparieren. Plus einige Gebrauchtwagenhändler, die welche verkaufen.«

Ich stöhne.

»Wollen Sie, dass ich mal die Autowerkstätten der Umgebung abklappere?«

Ich überlege. Wahrscheinlich bringt das nichts. Andererseits schadet es aber auch nichts. »Tun Sie das! Und vielen Dank. Ein Stück weit haben Sie uns schon geholfen. Wir stecken ziemlich fest. Der Fahrer des Wagens könnte groß und bärtig sein, wenn Ihnen das etwas hilft.«

Fehr verspricht, am Ball zu bleiben. Ich bin sicher, dass er die Geschichte als Chance sieht, zur Kripo aufzusteigen. Und mehr als die Pfeife Mario würde er auf jeden Fall bringen, verflucht!

Cham überrascht mich positiv. Ich stellte mir auf der Hinfahrt einen grauenhaften Ort vor, Cham wie *lahm, zahm* oder *gähn.* Aber wir finden nicht nur gleich vor der *St. Jakob Kirche* einen freien Parkplatz, es reicht sogar noch zu einem schnellen Kaffee im *Plaza,* wo wir von einer Thailänderin überaus freundlich bedient werden. Als wir anschließend entspannt in Richtung See schlendern, erblickt mein Auge schon nach wenigen Metern eine kostenfreie Toilettenanlage. Mehr noch, am Eingang hängt ein Selbstbedienungskasten für die Süchtigen der Gegend: zwei Spritzen à 1 ml, zwei Alkohol- und Trockentupfer, ein Gramm Ascorbinsäure. *Flash Boy* nennt sich das praktische Paket zu drei Franken und es beweist, dass die Chamer im Unterschied zu den meisten anderen Gemeinden im Land nicht nur einfach darauf vertrauen, dass die ollen Zürcher ihren Fixern schon helfen werden.

Ich bin wirklich beeindruckt, fast komme ich in Versuchung, Geld einzuwerfen, um die Sache zu unterstützen. »Meinst du, da kommt wirklich was raus?«, frage ich Gret.

»Na, logisch«, erwidert sie. »In Basel haben wir das auch.«

»Wie lautet schon wieder Lüthys Adresse?«

»Da vorn muss es sein«, deutet sie statt einer Antwort auf eine Reihe bunkerartiger Gebäude aus hellem Beton und dunklen Betonbacksteinen. Lüthys residieren im untersten der Häuser, See und Lorze am nächsten, in den obersten beiden Stockwerken. Im Lift riecht es nach der flüchtigen Süße von Melonen und der stechenden Schärfe eines Desinfektionsmittels.

Gret klingelt und wir hören durch die Tür ein gedämpftes »Herein!«.

Wir schauen uns an, drücken dann aber die Klinke herunter und treten ein.

»Hier bin ich«, nölt uns eine Stimme entgegen. Unterlegt ist sie mit brummigen Jaultönen.

Unsicher tappen wir durchs Halbdunkel, die Rollläden sind alle geschlossen, nur ein paar flackernde Kerzen spenden etwas Licht. Dann endlich sehen wir sie. Das heißt, wir sehen einen wohlgeformten, weißen Hintern. Frau Lüthy steht nämlich kopf. Ihr dunkles Haar ruht mitten in einem spitzwinkligen Dreieck aus hellblauem Plüsch, um das kreisförmig schlanke, dunkelblaue Kerzen lodern. Ihre gespreizten Beine ragen in die Höhe wie Jungbuchen auf der Suche nach Licht. Als sie uns hört, dreht sie sich auf dem Kopf zu uns um und lächelt. Der weiße Hintern ist weg, dafür erfreuen jetzt straffe Brüste den emsigen Polizeihauptmann.

»Wir haben ein Herein gehört und sind eingetreten«, sage ich schüchtern, noch muss ich mich an den Anblick der Nackten im Kopfstand gewöhnen. Immerhin glaube ich, inzwischen das Gejaule aus den *Bang-&-Olufsen*-Boxen entlarvt zu haben: Es sind Walgesänge. Ja, ich bin mir sicher, denn die esoterisch angehauchte Frau meines Bruders schenkte mir einst welche zum einundfünfzigsten Geburtstag. Gret scheint die Szenerie komplett die Sprache zu verschlagen und auch ich fühle mich wie betäubt.

Die nackte Frau Lüthy klatscht ihre Beine gegeneinander, klappt zusammen wie ein Stellmesser, kugelt sich über den Plüsch und wechselt vor uns in den Yogasitz. Ihre Hände faltet sie vor den Brüsten wie zu einem buddhistischen Gebet. Sie ist eine schöne Frau, gelenkig und zierlich.

Trotzdem, mir reicht es jetzt und ich taste nach einem Lichtschalter. Gret ist allerdings schneller, sie kurbelt einfach die Rollläden hoch.

Unerwartet brutal schneidet das Tageslicht ins Zimmer, aber Frau Lüthy lässt sich dadurch nicht aus der Ruhe bringen. Einzig ihre grünbraunen Augen bohren sich tief in meine Seele und sehen vermutlich wenig Aufregendes. Deshalb schürzt sie nun doch ihre prallen Lippen und fragt mit klarer, heller Stimme: »Wer sind Sie?«

»Staub«, sage ich, »und das ist meine Kollegin Gret Kraus. Wir untersuchen den Tod Ihres Mannes. Unser herzliches Beileid.«

»Möchten Sie eine Tasse Tee?«

»Nein, danke. Aber könnten Sie vielleicht diese Geräusche abstellen?«, deute ich auf die Musikanlage. Ich weiß nicht, worüber die Wale gerade sprechen, aber besonders beruhigend ist es jedenfalls nicht, für mich klingt es eher nach verzweifelten Brunftschreien.

Vielleicht hat Frau Lüthy jüngst einen japanischen Modekatalog verinnerlicht, denn ihr steifes Lächeln könnte einen Granitklotz erweichen. Sie steht langsam auf und stolziert nackt an mir vorbei. Ihre Figur ist ein Traum. Ich bringe sie einfach nicht zusammen mit dem hamstergesichtigen Männlein, das in Kilchberg so nervös vor mir herumzappelte. Kann man Frauen wirklich kaufen? Oder ist es nur Leasing? Oder doch ein abgerutschter Pfeil Amors?

Gret sagt weiterhin gar nichts und schaut sich betont locker im Wohnzimmer um. Die Wale verstummen abrupt und Venus Lüthy stellt sich direkt vor mich. Immerhin hat sie sich jetzt eine halb durchsichtige Seidenbluse übergeworfen. Sie ist nicht wesentlich größer als ihr enthaupteter Mann. Knapp eins sechzig. Ihre Haut ist bronzefarben und die Brüste sitzen mir zu hoch für eine Fünfundvierzigjährige mit zwei Kindern. Gut, ich weiß ja nicht, wie lange sie täglich kopfsteht, vielleicht hat sie die Schwerkraft einfach ausgehebelt. Aber auch ihre Haare sind zu schwarz, um ungefärbt zu sein.

»Stehen Sie oft auf dem Kopf?«, frage ich sie.

»Mir hilft das, es unterstützt die Blutzirkulation und entspannt. Möchten Sie wirklich keinen Tee?«

Ich zögere. »Wir haben's leider ziemlich eilig.«

»Womit kann ich Ihnen dienen?«

»Zuerst natürlich nochmals unser Beileid. Ich kann Ihnen versichern, dass wir alles Menschenmögliche tun werden, um den Täter zu fassen.«

»Jedes Leben kommt in irgendeiner Form wieder«, sagt Frau Lüthy.

»Ist denn Ihr Hund bereits wieder aufgetaucht?«

»Leider nicht. Er war ein lieber, lustiger Kerl, ich vermisse ihn wirklich sehr.«

Ich brauche eine Sekunde, um zu realisieren, dass sie tatsächlich von ihrem Hund spricht und nicht etwa von Lüthy.

»Wie haben Sie Ihren Mann kennengelernt?«

»Ach, das ist schon eine Weile her. Ich traf Eduard mit siebenundzwanzig und wir heirateten, ohne viel zu überlegen. Kennen Sie das Gefühl?«

»Aber sicher«, sage ich und fahre fort: »War Ihre Ehe glücklich?«

»Durchaus. Erst waren die Kinder da, später habe ich mich sehr auf mich selbst konzentriert.«

»Kannten Sie Herrn Graf?«

»Selbstverständlich, wir waren befreundet. Seine Frau starb leider schon vor vielen Jahren.«

»Hatte Graf Feinde?«

»Das müssen Sie ihn selbst fragen. Oh, Pardon! Das geht ja nicht mehr. Entschuldigen Sie, aber ich weiß es nicht.«

»Kennen Sie einen Daniel Grolimund?«, äußert sich Gret erstmals. Ich habe ihr im Auto von Häberlis Fund im Internet erzählt.

Frau Lüthy beachtet sie nicht. Sie forscht immer noch in meinen Augen herum. Hoffentlich entdeckt sie nicht, dass die geschenkte Wal-CD nur unseren Abfalleimer beruhigte.

»Frau Lüthy?«, ermuntere ich sie.

»Wer soll das sein?«

»Ein Finanzakrobat aus Zug, der mit Ihrem Mann bekannt war.«

»Ach so. Wissen Sie, wir kennen so viele interessante Leute.«

»Ich nehme an, die Zuger Kollegen haben Sie schon ausführlich befragt?«

»Sie haben mich angerufen. Ich bin ja erst heute Morgen zurückgekehrt.«

»Ein Segeltrip?«

»Besuche bei unseren Säugetierbrüdern und -schwestern im Meer!«

»Wale? Im Mittelmeer?«

Sie strahlt mich an wie ein Maikäfer: »Delfine. Wunderbare Tiere, finden Sie nicht?«

»Großartige Kerle«, stimme ich ihr zu. »Wissen Sie zufällig, wo Ihr ermordeter Mann jeweils mit dem Hund spazieren ging?«

»Nein, nicht wirklich. Ich selbst ging aber immer in den Villettepark.«

In diesem Moment klingelt es an der Tür. Gret fährt zusammen und auch ich bin irritiert.

»Warten Sie«, sage ich zu Frau Lüthy und äuge vorsichtig durch den Spion. Es sind zwei Kollegen, Zuger Kollegen.

»Hallo«, begrüßt uns der Größere der beiden. »Gessert mein Name. Wir wurden informiert, dass ihr hier seid. Können wir helfen?«

»Wir sind bald fertig«, sage ich. »Wartet ihr draußen?«

»Unten am See, kommt doch nachher rasch runter«, meint Gessert und linst interessiert zu Gret hinüber.

»Machen wir.«

Sie poltern die Treppe hinunter, den Lift sehen sie entweder nicht oder er liegt unter ihrer Würde. Ich betrachte nochmals die schöne Frau Lüthy. Die Bluse reicht ihr nur knapp über die Scham, der Nagel des großen Zehs am linken Fuß ist blau lackiert.

»Haben Sie irgendeine Ahnung, was geschehen sein könnte?«, frage ich sie. »Gab es Streit, Konflikte, Unruhe? Verhielt sich Ihr Mann in letzter Zeit seltsam?«

»Der Tod Gustavs hat ihn sehr mitgenommen. Ich habe ihn beschworen, mitzukommen auf unsere Jacht. Aber er wurde immer so schnell seekrank.«

»Ein Jammer«, sage ich und habe keine Vorstellung, was ich Frau Lüthy noch fragen soll. Ich blicke zu Gret, aber auch sie zieht nur die Schultern hoch. »Es werden weitere Fragen auftauchen«, sage ich deshalb unverfänglich.

»Sie sind jederzeit willkommen, Herr Staub.« Sie sagt es eindeutig nur zu mir. »Wann haben Sie denn Geburtstag?«, fügt sie hinzu.

»Im Oktober«, antworte ich und sie lächelt wissend.

»Wollen Sie wirklich keinen Tee?«

»Wir müssen leider los, Frau Lüthy.« Ich überreiche ihr eine meiner Karten und schüttle ihr die Hand. »Danke für den Empfang.«

»Die hat doch einen Schuss!«, meint Gret, kaum dass wir aus dem Haus sind.

»Deswegen können wir sie nicht einsperren.«

»Irgendwas an ihr stimmt nicht. Sie nimmt das einfach alles viel zu locker. Wie wärst du denn drauf, wenn man deine Frau geköpft hätte?«

»Ich wäre ein Wrack.«

»Eben«, meint sie.

Die Lorze liegt wirklich nur zehn Meter vor Lüthys Haus. Gemütlich strömt sie aus dem See am verschnörkelten grünen Holzhaus des Fischervereins Cham vorbei. Unterdessen hat es zu nieseln begonnen. Ein paar Ruderer heben gerade ihr Boot aus dem Wasser, misstrauisch beobachtet von ein paar Schwänen.

Auf dem Weg zu den Zuger Kollegen müssen wir durch eine Bahnunterführung. Drei schwarz-weiß gestreifte Metallpoller liegen am Straßenrand, vermutlich sorgen sie im Normalfall dafür, dass keine Autos in die Naherholungszone dringen. Jetzt allerdings stehen zwei Polizeiwagen in der weitläufigen Parkanlage im englischen Stil. Gessert lehnt lässig an einem davon und winkt uns zu.

»Haben Sie die Poller entfernt?«, deute ich nach hinten zur Unterführung, als wir ihn erreicht haben.

»Ja klar, mit einem Dreikantschlüssel.«

»Irgendwas gefunden?«

»Den Park haben wir bereits durch. Der verfluchte Regen zerstört natürlich alle Spuren. Wir machen jetzt am Uferweg weiter.«

»Schön«, ermuntere ich ihn. »Habt ihr irgendwelche Zeugen auftreiben können?«

Gessert schielt zu Gret und gestikuliert wild mit den Händen. »Wir haben alle regelmäßigen Spaziergänger und die ganze Nachbarschaft durch. Zwei Leute wollen am Sonntagmorgen einen unbekannten Mercedes gesehen haben.«

»Einen dunkelblauen Lexus 400«, korrigiere ich ihn. »Zumindest wurde die Leiche so an die Thur transportiert. Der Fahrer könnte unser Mann sein. Melden Sie sich bitte, wenn Sie was finden.«

»Sie können gerne mitmachen«, meint er und mustert Gret noch einmal ausgiebig.

»Wir haben leider einen wichtigen Termin«, beteuere ich. Und so ist es auch, selbst wenn es nur einer im warmen Auto ist. Der Regen hat nämlich zugenommen, ich merke bereits, wie er mein Sakko aufweicht.

Wir erreichen den Wagen gerade noch, bevor es richtig losschüttet. Grets weißblonde Haare hängen in Fäden an ihr herunter, ihre beigefarbene Jeansjacke sieht aus wie eine gescheckte Emmentalerkuh.

»Wohin jetzt?«, will sie wissen.

»Entweder zu den Kollegen nach Kilchberg …«

»Oder?«

»Wir könnten Mario besuchen, Zug liegt ja nahe. Oder Grolimunds Partner Fisch die Aufwartung machen.«

»Gute Idee, die dritte«, meint sie und steuert die Arche durch die niederprasselnde Sintflut. Schwere Tropfen peitschen an die Frontscheibe, der Lieferwagen vor uns stößt Gischt hoch wie ein prustender Wal, der zappelnde Scheibenwischer quietscht bei jeder Bewegung.

Kaum sind wir im Zentrum von Zug, ist der Spuk vorbei, das Gewitter zu einem leisen Nieselregen verkümmert. Ich dirigiere Gret vor das richtige Gebäude, auch hier ist ein Parkplatz für uns frei. Ein kurzer Blick die Fassade entlang nach oben zeigt mir ein mächtiges Denkmal für die Erfinder des Glases. Hinter uns donnert ein roter Ferrari los, vor uns glitzert eine Batterie blank polierter Firmenschilder.

Wir gehen ein paar Steinstufen hoch zu einer gläsernen Pforte, lächeln in die Überwachungskamera und klingeln. Ein Surren ertönt und wir treten in ein marmornes Entree. Kein Mensch ist zu sehen, dafür aber weitere Kameras, Briefkästen und Klingelknöpfe. Wir befinden uns am Nabel der Finanzwelt, könnte man meinen, wenn man die Namen auf den Briefkästen liest. Gret findet schließlich den richtigen Knopf und drückt ihn energisch. Die Person an der Gegensprechanlage will uns aber nicht einlassen und besteht darauf, dass wir unsere Ausweise vor die Kamera halten. Wir tun, was man uns sagt, und hören erst einmal nichts mehr.

»Hallo?«, rufe ich in die Anlage.

»Wir sind dabei, Sie zu verifizieren. Einen Moment noch«, antwortet man uns blechern.

Ich fühle mich wie eine Ratte in einem Versuchskäfig. Wahrscheinlich besprühen sie uns nächstens auch noch mit einem Desinfektionsmittel, bevor wir eintreten dürfen.

»Alles in Ordnung«, spricht die Stimme aus dem Apparat schließlich. »Herr Fisch hat genau zwei Minuten Zeit für Sie.«

»Wie gütig von ihm.«

»Hängen Sie Ihre Jacken an die Garderobe und gehen Sie zum Lift.«

Die Tür des Aufzugs öffnet sich von selbst. In seinem Innern sieht es aus wie in einem Spiegelkabinett: Hunderte von Grets und Staubs, eine richtige kleine Armee auf dem Weg nach oben.

Ein metallisches *Pling* beendet die Höhenfahrt, die Tür schiebt sich zur Seite und gibt den Blick frei auf eine junge Frau in einem schicken, braunen Kostüm und einen bärbeißigen Mittdreißiger, Typ Türsteher. Herr Fisch habe in wenigen Minuten eine wichtige Sitzung, meint die junge Frau, wenn wir uns also beeilen möchten.

Sie stolziert vor uns her in einen Sitzungsraum von der Größe einer Turnhalle, der Bärbeißige folgt uns und stellt sich an die Tür. Vorn sehe ich durch blaues Glas auf den Zuger See hinunter, in den Ecken stehen mannshohe Zitronenbäume, an den Wänden hängen in schwere Bronzerahmen gefasste, riesige Fotografien ferner Planeten.

Fisch keucht herein, groß und schwer. Schmal an ihm ist nur die lange Nase, die seinen rundlichen, fast haarlosen Kopf quasi zweiteilt. Ich schätze ihn auf gute fünfzig.

»Kommen Sie wegen Daniel?«, fragt er mit einem großen Kundenlächeln.

»Eher wegen Eduard Lüthy und Gustav Graf«, stelle ich klar und sein Lächeln erstirbt augenblicklich. »Ihr Partner Daniel Grolimund hatte Kontakt zu den beiden.«

Er fasst sich wieder: »Ach, Sie meinen diese Whiskyhandlung? Die ist schon lange nicht mehr aktiv, es wurde wohl nur vergessen, sie aus dem Netz zu nehmen.«

»*Lüthy & Graf* sind auch die Revisionsstelle vieler Ihrer Firmen«, fahre ich fort.

Sein Lächeln kommt langsam wieder. »Da muss eine Fehlinformation vorliegen. Es stimmt, früher waren sie das mal. Aber die Geschäftsbeziehungen wurden schon vor Längerem eingefroren.«

»Weshalb?«

»Weshalb? Also, ich weiß nicht. Was hat das denn mit Daniels Verschwinden zu tun?« Er blickt nervös auf seine protzige Rolex.

»Die Fragen müssen Sie schon uns überlassen, Herr Fisch«, stelle ich klar.

Er mustert mich wie einen entflohenen Sträfling, seine breite Stirn hat sich in Falten geworfen und das Lächeln ist auch schon wieder weg. Ein schwarzes Kästchen an seinem Gurt piept.

»Entschuldigen Sie, aber ich muss weiter, nehmen Sie es mir bitte nicht übel. Kunden aus Bahrain, die sehr allergisch auf Verspätungen reagieren.«

»Weshalb diese Vorsichtsmaßnahmen?«, frage ich ihn mit Blick auf den Bärbeißigen an der Tür und einen kleinen Moment lang habe ich das Gefühl, dass er kurz davor steht, uns sein Herz auszuschütten. Aber es piept schon wieder an seinem Bauch. »Ich muss wirklich los. Meine Sekretärin kredenzt Ihnen gerne noch einen Kaffee. Gute Reise.«

Und weg ist er.

»Darf ich Sie zum Lift begleiten?«, sülzt die Frau im Kostüm und wir folgen ihr verdattert. »Unsere Cafeteria befindet sich im obersten Stock.«

»Lassen Sie uns einfach raus«, herrsche ich sie an.

Sie stoppt ihren Gang unverzüglich, wirft uns ein schnippisches »Auf Wiedersehen« zu und entschwindet durch eine

Tür aus Milchglas. Kaum ist sie fort, öffnet sich bereits wie von Geisterhand der Lift.

»Weg hier«, sage ich zu Gret, als wir wieder draußen sind. Mir ist, als sei ich gerade eben einem gläsernen Sarg entkommen.

»Lassen wir uns einfach so abwimmeln?«, fragt sie mich kritisch.

»Was sollen wir tun? Erstens befinden wir uns nicht im Kanton Zürich. Und zweitens glaube ich nicht, dass der Mann viel weiß.«

Eine krasse Fehleinschätzung meinerseits, wie sich später herausstellen sollte. Aber zu dem Zeitpunkt, als ich sie von mir gebe, kann ich das wirklich nicht wissen.

Gret immerhin scheint etwas zu ahnen. »Das stinkt doch alles, von Frau Lüthy bis zu Herrn Fisch.«

»Das ist das Geld, Gret«, antworte ich. »Aber Gestank ist nicht strafbar.«

»Bist du jetzt unter die Sozialisten gegangen?«, erdreistet sie sich.

»Fahren wir nach Kilchberg«, überhöre ich ihre Frage. »Vielleicht haben die Kollegen ja was gefunden.«

Oben in Sihlbrugg regnet es bereits wieder. Gret fährt über den Hirzel und die A 3. Sie schaltet das Autoradio an und DRS 3 berieselt uns mit alten Pophits, die sogar ich schon tausendmal gehört habe. Der Refrain *It's raining man, halleluja!* scheint mir besonders passend, das *Hotel California* dagegen bleibt leider ferne Sehnsucht.

Dazwischen plärren die Nachrichten: Probleme in Nahost, Krise im Gesundheitswesen, Regen auch morgen. Wir hängen unseren Gedanken nach und sind schon bald in Kilchberg angekommen.

In den Büroräumen der *Lüthy & Graf Treuhand* sieht es aus wie nach einem Bombenangriff. Mitten aus dem papierenen Schlachtfeld ragt der schlaksige Borho und hebt zu unserer Begrüßung müde die Hand. Bea kämpft sich zu uns hin und zu meiner großen Freude erkenne ich in ihrer Hand die rote Thermoskanne.

»Sehr gern«, sage ich schon, bevor sie fragen kann.

Strahlend klaubt sie zwei Pappbecher aus ihrer sackartigen Jacke und schenkt uns ein. Zaubert zwei Kaffeerähmchen und zwei Zuckertütchen hervor und rührt sie unter. Überreicht uns den Gaumenschmaus und sagt: »Michael ist noch bei diesem Bauern.«

Ich sehe weitere Mitarbeiter aus Borhos Abteilung *Vermögensdelikte 2* über Papierbergen brüten. »Und? Habt ihr was?«

»Das sind Tausende Seiten Papier«, jammert Borho. »Vieles konnten wir erst überfliegen. Klar ist, dass es eine Reihe überaus unzufriedener Kunden gibt.«

»Habt ihr Drohbriefe gefunden?«

»Bisher leider nicht. Aber dein Tipp mit Grolimund war äußerst interessant.«

»Gibt's diesen Whiskyhandel doch noch?«

»Darüber weiß ich nichts. Aber *Lüthy & Graf* haben verschiedenen ihrer Kunden die *QualityTopinvest* in Zug empfohlen, das geht aus dem Papiersalat hier klar hervor. Einige haben der Gesellschaft in der Folge riesige Summen überantwortet. Der Clou: Die *QualityTopinvest* gehört Daniel Grolimund und Robert Fisch. Eduard Lüthy saß aber bis vor zwei Jahren ebenfalls im Verwaltungsrat.«

»Und? Haben die Kunden Geld verloren?«

Borho lacht hämisch auf. »Das kann man wohl sagen. Insbesondere in den Jahren um 2000 herum, als alle die Gier packte, weil die Börsenkurse weltweit in die Höhe schossen.«

»Da haben sich auch andere verspekuliert«, wende ich ein.

»So ist es, Fred. Aber die Sache hier ist schon sehr speziell. Wenn ich diese Papiere richtig verstehe, gründete die *QualityTopinvest* mit den Kundengeldern nämlich vorzugsweise Beteiligungsgesellschaften in Panama.«

»In Panama?«

»Ein alter Trick«, führt Borho aus. »Angeblich, um Steuern zu sparen. In Wahrheit geht es darum, den Geldfluss außerhalb jeder Kontrolle zu stellen.«

»Was genau ist eine Beteiligungsgesellschaft?«, will Gret wissen. »Sorry, wenn ich so naiv frage, aber diese Dinge sind nicht unbedingt mein Kerngebiet.«

Ich erkenne ein leichtes Lächeln in Beas Gesicht. Aber sie überlässt die Erklärungen weiterhin Borho.

»Letztlich kauft eine Beteiligungsgesellschaft einfach Aktien«, erläutert dieser, »beteiligt sich also an Unternehmen, daher der Name. Solange die Aktien steigen, ist alles prima. Grolimund und Fisch allerdings fielen grausam auf die Nase. Mehrere Firmen, an denen sie sich über ihre panamaischen Gesellschaften beteiligten, gingen Konkurs.«

»Kannten die Kunden das Risiko denn nicht?«, wundert sich Gret.

»Welcher Normalsterbliche versteht diese Dinge schon?«, fragt Borho zurück. »Natürlich wollten die Leute ihr Geld sicher angelegt haben. Gleichzeitig schrien sie allerdings nach satten Gewinnen. Die Dümmsten gaben den Herren Vollmachten über all ihre Konten. Ein Wahnsinn!«

»Ich nehme an, *Lüthy & Graf* und die *QualityTopinvest* haben trotzdem profitiert?«

»Na, logisch«, lacht Borho. »Sie zwackten happige Gebühren ab und profitierten sicher auch von Kickbacks und als Frontrunner.«

Niemand sagt etwas dazu. Weil niemand weiß, wovon die Rede ist. Borho erklärt es uns mit einem gütigen Lächeln im hageren Gesicht.

»Unter Kickbacks versteht man, vereinfacht gesagt, Geldrückflüsse von Gesellschaften, von denen man – mit Kundengeldern – sehr viele Aktien kauft. Beim Frontrunning kauft man selbst, bevor man den Kurs mit Kundengeldern hochtreibt.«

»Ist das nicht verboten?«, frage ich.

»Doch, heute schon«, bestätigt Borho. »Aber weise mal nach, dass die Käufe von irgendwelchen Gesellschaften in Panama mit jenen zum Beispiel der Liechtensteinischen Landesbank zu tun haben, die wiederum im Auftrag einer Tessiner Immobilienfirma, die den Ehefrauen irgendwelcher Zuger Treuhänder gehört, handelt. Dies nur als Beispiel. Stichfeste Beweise für Kursmanipulationen sind kaum je zu erbringen.«

Ich möchte nicht allzu sehr in die Details involviert werden, merke ich.

»*Lüthy & Graf* empfahlen ihren Kunden also Grolimund und Fisch und die verzockten deren Geld?«

»So ungefähr. Alle profitierten, außer die Kunden.«

»Ließen die sich das einfach gefallen?«, will Gret wissen.

»Wir haben ein paar bittere, sehr bittere Schreiben gefunden. Und sogar wüste Briefe von Anwälten. Aber so, wie es aussieht, verlief alles im Sand. Die *QualityTopinvest* änderte ihren Namen in *Premiumtec Portfolio* und verlegte ihren Geschäftssitz nach Wollerau in den Kanton Schwyz. Die Gesellschaften in Panama wurden aufgelöst und durch neue auf Mauritius und Tonga ersetzt.«

»Aber Robert Fisch haben wir gerade eben in Zug angetroffen«, wende ich ein.

»Der Geschäftssitz ist eine theoretische Größe und hat nichts damit zu tun, wo die Angestellten arbeiten, Chef«, belehrt mich Bea.

Ich habe ihren Kaffeebecher unterdessen leer getrunken und weiß jetzt nicht, wohin damit. Hilfe suchend schaue ich um mich. Doch alle Papierkörbe sind ausgekippt und stehen kopfüber an die Wand gelehnt. »Sehr gut, Leute«, lobe ich die Runde. »Ich denke, ihr arbeitet in die richtige Richtung. Aber was wir brauchen, sind Verdächtige. Konkrete Namen.«

»Klar«, meint Borho. »Wie du siehst, arbeiten wir daran.«

»Haben wir genug Personal?«, will ich wissen.

»Natürlich nicht«, klagt Borho. »Wir sind zu dritt, plus Bea und phasenweise Michael. Und du siehst, was hier ansteht.«

Wahrhaftig. Noch immer schlummern Hunderte fetter, bisher unberührt gebliebener Ordner in den Regalen und Stahlschränken und warten darauf, durchgesehen zu werden.

»Hat John Häberli schon was erreicht?«, erkundigt sich Bea.

»Er hat sich noch nicht gemeldet. Und Frau Lüthy war auch nicht sehr ergiebig. Immerhin wissen wir jetzt, dass der blaue Wagen in Alten ein Lexus 400 war.«

»Ach«, sagt Bea. »Suchen wir bereits nach ihm?«

»Nicht wirklich«, muss ich einräumen. »Ich kümmere mich darum, sobald ich zurück in der Zentrale bin.«

Ich höre draußen den Lift anfahren und wenig später tritt Michael herein. Er trieft vor Regen und schüttelt seine hellbraunen Haare prustend wie ein Hund.

Bea betrachtet ihn argwöhnisch, sie fürchtet wohl um die ausgebreiteten Papiere zu unseren Füßen. Gret dagegen grinst und ich gebe zum Besten, was wir in Lüthys Apartment und Fischs Glaspalast angetroffen haben.

»Die stand wirklich nackt vor euch?«, fragt Borho interessiert nach.

»Nackter ging's nicht«, bestätige ich und er schnalzt unappetitlich mit der Zunge, was mich an Gerüchte erinnert, Borho treibe sich zuweilen im Rotlichtmilieu herum. Michael wirft mir einen schnellen Seitenblick zu, er denkt wahrscheinlich das gleiche wie ich.

»Interessiert euch, was der alte Bauer aussagt?«, fragt er uns.

»Erzähl schon«, fordert ihn Gret auf.

»Er glaubte erst, ich sei ein weiterer Gesandter der Baumafia, wie er sich ausdrückte. Es gelang mir nur schwer, ihn zu überzeugen, dass dem nicht so ist.«

»Was sagt er zu den Todesfällen?«

»Sinngemäß meint er, es wundere ihn nicht und hätte ja so kommen müssen. Gustav Graf habe ihm gedroht und ihn eingeschüchtert. Aber niemals werde er das Land verkaufen, das er sein Leben lang bewirtschaftet habe.«

»So was gibt's«, kommentiere ich.

»Ja, aber selten. Sie haben ihm am Ende über zwei Millionen Franken geboten«, sagt Michael.

»Kann er der Täter sein?«, frage ich.

»Nein. Er kann kaum noch laufen und seine Kinder kommen auch nicht infrage. Die wollen alle verkaufen und sollen sogar versucht haben, den Alten entmündigen zu lassen.«

Das wundert mich nicht. Land am richtigen Ort ist auch heute noch wie eine Lizenz zum Gelddrucken. Viele Bauern hat es schon in den Sechziger- und Siebzigerjahren, als allenthalben Wohnblocks aus den grünen Wiesen gestampft wurden, finanziell ganz nach oben geschwemmt. Nicht alle haben diesen gesellschaftlichen Gipfelsturmlauf geistig verkraftet. Mancher träumt im Alter von seiner Bauernjugend und schämt sich der durch ihn verursachten Wohnsilos. Andere politisieren in der rechtspopulistischen SVP und wollen uns ständig die Löhne kürzen.

»Frau Mäder wird überwacht?«

»Sie liegt ja krank zu Hause in Rüschlikon«, berichtet Michael. »Ein Streifenwagen steht vor dem Haus.«

»Gehen wir«, wende ich mich an Gret. »Viel Vergnügen mit all dem Papier. Ich erwarte euch morgen um neun zur Sitzung. Meldet euch, wenn ihr schon vorher was Weltbewegendes findet.«

»Gleichfalls, Fred«, meint Michael und tippt mir kurz auf die Schulter. Borho und Bea kauern bereits wieder am Boden und wühlen im Papier herum. Ich stopfe den leeren Pappbecher beim Hinausgehen diskret in einen der offen stehenden Metallschränke.

Es ist Viertel nach neun geworden und der Anruf von Mario scheppert mitten in den *Kassensturz* hinein, eine meiner Lieblingssendungen. Leonie, die sich im Seidenpyjama neben mir auf dem bequemen Sofa räkelt, reicht mir schweigend den Hörer; sie weiß, dass ich den Anruf ohnehin entgegennehme.

»Die Zuger haben die Stelle«, berichtet mir Mario. »Rund siebenhundert Meter von Lüthys Apartment entfernt. Soll ich hinfahren? Wir sind ohnehin noch in der Nähe.«

»Geh nach Hause und ruh dich ein bisschen aus. Ich guck mir die Sache selbst an«, sage ich und Leonie betrachtet mich stirnrunzelnd.

Ich drücke ihr einen Kuss auf die Wange und stemme mich hoch. »Warum bin ich nur Polizist geworden?«, stöhne ich der Form halber.

»Weil du das am besten kannst«, meint sie trocken. »Wohin musst du denn?«

»Nach Cham.«

»Seit wann beackert ihr denn den Kanton Zug? Reichen euch die Kriminellen hier nicht mehr?«

»Unser Täter arbeitet multikantonal«, antworte ich. »Ist ein netter Flecken übrigens, dieses Cham.«

»Besonders um halb zehn Uhr nachts«, unkt sie, aber sie ist es letztlich gewöhnt, dass ich zu allen Tages- und Nachtzeiten in den Einsatz gerufen werden kann, und hat sich nie daran gestört. Solange ich pünktlich zu den für sie wichtigen gesellschaftlichen Ereignissen erscheine, gibt es keine Probleme. Das gemeinsame Betrachten von *Kassensturz* ist für sie kein derartiges Ereignis.

»Fahr vorsichtig«, meint sie und ich küsse sie jetzt richtig und beauftrage sie, Per zu grüßen, falls er wieder einmal auftauchen sollte.

Kaum bin ich losgebraust, klingelt mein Natel. Häberli ist dran und erzählt, sie hätten noch nichts. Aus seinem Ferienhaus sei Grolimund nicht entführt worden, das spüre er. Frau Grolimund weigere sich im Übrigen kategorisch, über ihren Mann zu sprechen. Bevor ich mir überlegen kann, was das nun wieder bedeuten soll, berichtet Häberli mir umständlich, morgen wolle er mit dem Helikopter die Flüsse abfliegen. Die Kollegen seien überaus liebenswürdig und hilfsbereit. Als er schließlich zu einer weitschweifigen Betrachtung der kulturellen Unterschiede zwischen Tessinern und Deutschschweizern ausholt, unterbreche ich ihn und beende das Gespräch.

Auf Höhe der Allmend Brunau pralle ich im dichten Regen beinahe in einen liegen gebliebenen Lastwagen aus Slowenien. Ich presche hupend an ihm vorbei und rufe Gret an. »Ich fahre schon wieder nach Cham«, erzähle ich ihr.

»Ich sitze bei Frau Mäder in Rüschlikon«, antwortet sie lallend in den Hörer.

»Bist du betrunken?«

»Wir trinken bloß ein wenig Wein zusammen. Aber ich glaube, es lohnt sich.«

»Erzähl«, fordere ich sie auf.

»Morgen ist auch noch ein Tag«, sagt sie fidel und ich belasse es dabei. Hoffentlich fährt sie mit dem Zug nach Hause.

Zwanzig lange Minuten später bin ich endlich in Cham und fahre zum See hinunter in der Hoffnung, dass ich die Kollegen schon finden werde. Dem ist aber nicht so. Die schwarzweißen Poller vor der Unterführung stecken wieder in ihrer Verankerung und ich habe leider keinen Dreikantschlüssel dabei.

Ich sehe mich gezwungen, den Zuger Kommandanten anzurufen. Er scheucht mich zurück ins Dorf und lotst mich ein paar Hundert Meter später durch enge, verwinkelte Nebenstraßen auf einen Naturweg voller Wasserpfützen. Mein Toyota ächzt bei jeder Vertiefung, hoffentlich bricht er nicht gerade hier und heute unter mir zusammen.

Ich schalte die Nebelleuchten ein und erkenne am Wegrand weitere schwarz-weiße Poller. Der Zuger Kommandant hat längst aufgelegt und ich kann nur hoffen, dass ich richtig fahre und nicht plötzlich in einen Sumpf rolle. Wenigstens ist mein Tank noch voll, sodass ich nicht befürchten muss, irgendwo auf der Strecke stehen zu bleiben.

Endlich entdecke ich den Tatort, er ist von mehreren Scheinwerfern hell erleuchtet, von Weitem sieht es aus, als sei ein UFO gelandet. Ich fahre mitten in die sich kreuzenden Lichtkegel und steige aus.

Ein rot-weiß gestreiftes Absperrband und der Kies eines schmalen Weges, der größtenteils am See entlangführt, sind zu erkennen. Auf der einen Seite des Weges steht Schilf, die andere säumt mannshohes Gebüsch. Vorn wird gerade eine

Plane über den Weg gespannt, darunter wuseln etliche Techniker herum.

»Tierhaare und Blut, vermutlich von Lüthys Hund«, erklärt mir jemand.

»Wurde er geköpft?«, frage ich.

»Nein, lediglich totgeschlagen, es sind nur ein paar Tropfen. Gefunden haben wir ihn bisher allerdings noch nicht. Auch Lüthy wurde mit einem stumpfen Gegenstand niedergeschlagen, vermuten wir. Richtig fertiggemacht wurde er erst später hinter dem Gebüsch dort.«

»Das sagen euch die Schleifspuren, oder?«, vergewissere ich mich.

»Genau«, antwortet der Mann. Unterdessen hat uns der Zuger Kommandant erreicht. Ich schüttle ihm die Hand. Der Mann ist groß und hager und hat eine qualmende Pfeife im Mund. Er spricht daher kaum mehr als unser Kommandant in Zürich, das Phantom. Immerhin aber sieht er um einiges gesünder aus.

»Können wir die Geschichte unter uns regeln?«, frage ich ihn. »Ich nehme an, Sie haben auch kein Interesse an offiziellen Koordinationsversuchen, oder?«

Er gönnt mir einen amüsierten Blick und quetscht ein »Machen Sie nur!« zwischen seinen Lippen hervor. Dann wendet er sich ab und betrachtet paffend seine im Dreck herumwatenden Untergebenen.

Einer von ihnen ist Gessert. Als sein Kommandant ihm einen Wink gibt, kommt er auf mich zu und erweist mir die Gnade einer Zusammenfassung: »Eine Hundebesitzerin, die wir erst heute Abend getroffen haben, erzählte uns, Lüthy habe immer diesen Weg genommen, seit Jahr und Tag. Von seinem Haus durch die Unterführung, am See entlang aufs Inselchen und weiter bis zum Steg dort vorne. Dies zweimal am Tag, morgens um halb sieben und abends um neun, präzise wie ein Uhrwerk. Der Täter zerrte Lüthys Körper hinter die Stechpalme dort. Dem vielen Blut nach zu urteilen, hat er ihn dort übel bearbeitet.«

»Er enthauptete ihn«, sage ich.

»Wenn Sie meinen. Er schleppte die Teile dann zu seinem Auto. Dorthin, wo jetzt Ihre Karre steht. Man kann bis dahin fahren, muss aber die Poller entfernen können.«

»Hat der Mann irgendwelche Spuren hinterlassen?«

»Der verdammte Regen hat fast alles weggespült. Es gibt ein paar Stofffasern im Gebüsch und die Reste von Fußspuren. Größe vierundvierzig.«

»Haben Sie irgendwo orangefarbene Sprayereien bemerkt?«

»Nein.«

»Das Auto muss voller Blut sein«, bemerke ich.

»Es geht«, sagt Gessert. »Das läuft schnell raus. Ich denke, dass über zwei Liter schon hier im Boden versickert sind.«

»Aha«, kommentiere ich.

»Grüßen Sie Ihre hübsche Mitarbeiterin von mir«, gibt er mir mit auf den Weg und kehrt zu seinen Kollegen zurück.

Ich gehe ein paar Schritte und stelle mich ins Halbdunkel. Der Wind rauscht unheimlich durchs Schilf. Weit entfernt kläfft ein Hund. Tausende Motten kreisen um die Scheinwerfer. Ich möchte nach Hause.

Der Zorn brandete in ihm hoch wie eine Stichflamme. Kurz, schmerzhaft und grell. Er kämpfte ihn schnell nieder, das Schwert würde seinen Durst löschen, schon bald. Aber eben doch erst am Sonntag. Die Warterei war das Schlimmste. Wer wartet, der denkt. An den weißen Hund zum Beispiel oder an die Sitzung damals. Er schritt zum Fenster, draußen tröpfelte es ununterbrochen aus dem fast schwarzen Himmel.
Ganz kurz zog er in Erwägung, die Sache vorzuziehen. Es konnte nicht mehr lange dauern, bis sie ihm auf den Fersen waren, genug Hinweise hatte er ihnen wahrlich gegeben. Vielleicht wussten sie schon Bescheid, auch wenn sie nichts verstanden. Sie würden nicht begreifen, dass er gar keine andere Wahl hatte. Dass ihm die Betroffenen selbst den Pfad geleuchtet hatten, den er jetzt ging. Sein Freund hatte es genauso gesehen. Dass es Grenzen gab – wenn schon nicht für Geld, dann wenigstens für die Moral. Dass Unkraut vernichtet und kranke Triebe abgeschnitten werden mussten. Dass er darauf vorbereitet sein musste, dass sie ihn bremsen wollen würden.
Natürlich, er selbst war auch krank. Nicht im Körper: Er besaß große Kräfte, vor allem in den Armen, seit er als Junge viele Jahre im Turnverein gewesen war. Aber in seiner Seele stimmte wohl manches nicht, sonst wäre er nicht so allein.
Immerhin nicht ganz so allein wie Robert Fisch mit seiner Angst. Fisch konzentrierte sich derzeit mehr auf die Todesanzeigen als auf seine Aktienkurstabellen, da war er

sich sicher. Bald würde seine eigene in der Zeitung stehen. Und später die der alten Frau.
Sie war kerngesund gewesen, bis die sie kaputt gemacht hatten. Oft sah er ihr Bild in einer Lichtsäule zwischen Himmel und Erde schweben. Den Weg nach oben galt es freizuräumen. Zum Glück hatte er die Mittel dazu.

Sorgen

Mario ist so gütig und reicht mir eine Tasse Kaffee. »Ich wäre schon nach Cham gefahren, Fred. Ehrlich, es hätte keine Umstände gemacht.«

»Ich langweilte mich eh«, sage ich und frage ihn, ob er irgendetwas über Grolimund herausgebracht habe.

»Leider nicht. Ums Haus konnte ich nichts Auffälliges entdecken und bei seiner Firma ließ man mich erst gar nicht rein. Jemand meinte, die Polizei sei doch bereits da gewesen.«

Höre ich da einen leisen Vorwurf in seiner Stimme? Wahrscheinlich täusche ich mich, auch wenn ich zugeben muss, dass ich ihn gestern über unseren Besuch bei Fisch hätte informieren sollen.

»Grolimund scheint eher verschlossen gewesen zu sein«, fährt er fort und ich verstehe die versteckte Botschaft in diesem Satz auf Anhieb: Mario hat rein gar nichts erfahren. Es hätte mich auch gewundert.

»Frag mal nach, wie es um diesen Lexus 400 steht«, weise ich ihn an.

Er zögert kurz und sagt dann: »Ich habe mir überlegt, dass Grafs Kinder jetzt natürlich noch mehr erben, wenn Grafs Geschäftsanteile nicht mehr an Lüthy übergehen.«

Ich blicke ihn an. »Ist dem so?«

»Es gibt eine solche Klausel im Testament«, erklärt er mir eifrig. »Die Erbvereinbarung gilt lediglich zwischen den beiden Geschäftspartnern und nur, falls der Überlebende das Geschäft weiterführen will. Ich kann natürlich nicht sagen, ob das irgendwie von Bedeutung ist. War nur so eine Idee von mir.«

»Wir sehen uns in fünf Minuten«, sage ich und scheuche ihn raus.

Punkt neun sind wir komplett im Sitzungssaal versammelt. Falls Gret gestern wirklich zu viel getrunken hat, ist ihr das jedenfalls nicht anzusehen. Im Gegenteil, sie trägt eine gesunde, rosa Gesichtsfarbe zur Schau. Bea hingegen sieht käsig aus und trommelt mit ihren Handknöcheln nervös auf einen Papierstapel. Auch Borho steht spürbar in den Startlöchern. Sie möchten loslegen. Aber erst muss ich den hereinhumpelnden Klauser begrüßen, Borhos Kollegen der *Vermögensdelikte 2.*

Dann gebe ich eine Zusammenfassung der dürftigen Ergebnisse meiner nächtlichen Fahrt nach Cham zum Besten. Die Euphorie hält sich naturgemäß in Grenzen und Bea klopft unterdessen in nervtötender Lautstärke aufs Pult, ein klares Signal, dass jetzt endlich sie an der Reihe ist. Hoffentlich hat sie wirklich was.

Ich nicke ihr wohlwollend zu und sie redet sofort los: »Borho und ich haben die ganze Nacht durchgearbeitet und versucht, aus den Tausenden von Seiten die schlimmsten Fälle herauszufischen. Die Leute also, die durch unsere Getöteten am meisten Geld verloren haben.«

»Sehr gut, Bea«, ermutige ich sie. »Wenn der Täter aus diesem Zusammenhang heraus gehandelt hat, war das genau das richtige Vorgehen.«

Sie wächst zwei Millimeter und fährt fort: »Wir haben uns auf drei besonders krasse Fälle konzentriert. Sie alle haben einen Anwalt auf *Lüthy & Graf* und die *QualityTopinvest* gehetzt. Ohne Ergebnis übrigens, das Geld war futsch.«

»Was für drei Fälle sind das denn nun?«, fragt Michael sie ungeduldig.

Doch Bea eilt es nun nicht mehr und sie zieht die Sache genüsslich in die Länge. »Zuerst ist da mal das St. Galler Ehepaar Monica und Erich Röhricht. Sie planten einen ruhigen, finanziell gesicherten Lebensabend, verkauften Haus und Tierarztpraxis und vertrauten ihrem Treuhänder Gustav Graf offenbar blind. Dieser stellte ihnen den Finanzfachmann Grolimund vor. 1999 überantworteten Röhrichts der *QualityTopinvest* 1.257.000 Franken Vermögen zur Verwaltung. Ende 2000 waren 850.000 Franken davon verschwunden. Dafür gehörte dem Ehepaar Röhricht eine wertlose panamaische Firma namens *Stockvalue Inc.*«

»Das Prinzip hat Borho gestern schon geschildert«, werfe ich ein. Sie soll endlich zum Punkt kommen, sofern sie denn einen sieht.

Aber sie fährt ungerührt fort: »Röhrichts fuhren schweres Geschütz auf, ihr ältester Sohn wandte sich sogar an die Presse und schaltete einen Anwalt ein. Vergebens. Es gibt hier einen Brief, in dem Röhrichts regelrecht darum flehen, man möge ihnen doch wenigstens einen Teil ihres Geldes zurückerstatten.«

»Und? Geschah das?«, fragt Gret.

»Natürlich nicht«, sagt Borho.

»Und die anderen Fälle?« Ich möchte wirklich, dass Bea endlich voranmacht.

»Eine Frau Grünenfelder, ehemalige Besitzerin einer Metzgerei in Winterthur«, fährt sie fort. »Das gleiche Muster. Rund eine halbe Million ging flöten. Es kam wie bei Röhrichts zu einer Aussprache, an der auch ein Anwalt und Frau Grünenfelders Sohn teilnahmen. Aber es war nichts zu machen.« Sie macht eine kleine Kunstpause, wartet wohl auf Applaus. Ich signalisiere ihr mit kreisenden Handbewegungen, dass sie fortfahren soll.

»Dann ist da noch ein Herr Capaul, ebenfalls ehemaliger Veterinär. Auch von ihm gibt's Schreiben mit bitteren Vorwürfen. Kein Wunder, sein Geld schmolz binnen dreier Jahre von 650.000 auf 169.000 Franken zusammen. Ich sage nur *Miracle* und *Gretag Imaging.*«

»Zwei Gesellschaften, die ums Jahr 2000 herum Konkurs anmelden mussten«, ergänzt Borho.

Ich warte, ob noch mehr kommt, aber augenscheinlich haben sie ihr Pulver bereits verschossen. Borho gähnt demonstrativ und Bea schiebt die vor ihr liegenden Unterlagen erschöpft in die Tischmitte. »Könnt euch gerne selber nochmals durcharbeiten«, ächzt sie.

»Verschiedene Leute wurden also um ihr Geld gebracht«, fasst Gret zusammen. »Nicht absichtlich wahrscheinlich, aber trotzdem. Jetzt sind zwei der Verantwortlichen tot und einer wird vermisst.«

»Wir müssen Fisch ab sofort überwachen«, meint Michael.

Ich zweifle, ob sich Fisch bewachen lassen will. Aber sprechen müssen wir mit ihm, das ist klar. »Mach einen Termin mit ihm aus«, stimme ich Michael zu. »Und bestehe darauf, dass er mindestens eine halbe Stunde Zeit hat. Ihr anderen klärt bitte ab, wo und wie die Anlageopfer heute leben. Ich rufe Häberli an, die Suche nach Grolimund muss unbedingt intensiviert werden.«

Gret, welche die ganze Zeit über still zwischen uns gesessen hat, macht keine Anstalten, sich zu äußern. Vielleicht hat sie der Wein doch mehr geschlaucht, als es auf den ersten Blick aussieht.

»Du warst bei Frau Mäder, Gret«, wende ich mich ihr zu und alle Augen richten sich auf sie. »Komm, erzähl schon!«

»*Lüthy & Graf* sollen einen Riesenstreit mit Grolimund und Fisch gehabt haben«, beginnt sie. »Elvira Mäder weiß leider nicht, um was genau es ging. Der Ton zwischen den beiden Parteien sei aber sehr gehässig gewesen und schließlich sei der Konflikt eskaliert.«

Ein Raunen geht durch den Saal. Alle sind plötzlich hoch konzentriert. Baut sich da plötzlich eine ganz andere Möglichkeit vor uns auf? Vielleicht ist Grolimund ja gar nicht tot.

»Weiter«, fordere ich Gret auf.

»Laut Frau Mäder haben Graf und Lüthy den Kontakt zu Grolimund und Fisch vor ein paar Wochen komplett abgebrochen. Früher seien die vier teilweise sogar zusammen in die Ferien gefahren. Frau Mäder unterstellt Grolimund und Fisch, sie hätten die *Lüthy & Graf Treuhand* über den Tisch ziehen wollen. Möglicherweise im Zusammenhang mit einem Liegenschaftsprojekt.«

»Wisst ihr was darüber?«, frage ich Borho.

»Leider nein«, antwortet der.

»Wir brauchen diesen verfluchten Grolimund. Tot oder lebendig«, halte ich fest.

»Was macht denn John eigentlich?«, fragt Bea daraufhin.

»Er fliegt mit dem Helikopter rum«, kläre ich sie auf, ohne weiter ins Detail zu gehen. »Also los, an die Arbeit.«

Gret packt sich Beas Unterlagenstapel. »Vielleicht finde ich eine Verbindung zu den orangefarbenen Sprayereien«, sagt sie.

»Versuch es«, ermuntere ich sie und erhebe mich.

Zurück in meinem Büro tippe ich Häberlis Nummer ins Natel, vergebens natürlich. Dafür klingelt kurz darauf das Telefon auf meinem Pult. Es ist ein Kollege namens Renggli von der *Spezialabteilung 4,* die sich mit Bränden, Explosionen und vor allem Betäubungsmitteldelikten befasst. Er erzählt mir von einer nächtlichen Razzia in einer noblen

Villa in Herrliberg, bei der sie vierhundert Gramm Kokain gefunden hätten.

»Na und?«, erwidere ich wenig freundlich. »Was interessiert uns das?«

»Unter den Verhafteten ist auch Ihr Sohn, Herr Staub. Ich dachte nur, ich sage Ihnen das anstandshalber persönlich.«

Ich fahre aus meinem Stuhl hoch, als sei er unter Strom gesetzt worden. »Vielen Dank. Ich bin Ihnen wirklich sehr verbunden«, stammle ich. »Wo ist er denn zurzeit?«

»Im Bezirksgefängnis Meilen. Er bestreitet, irgendwas mit dem Kokain zu tun zu haben, und wir glauben ihm. Aber er war nun mal in diesem Haus, zusammen mit acht weiteren jungen Leuten. Wir müssen ihn ermittlungstechnisch behandeln. Ich hoffe, Sie verstehen das.«

»Natürlich«, sage ich. Und nach einer kleinen Pause: »Wissen Sie, ob er den Dreck auch konsumiert?«

»Wenn Sie wollen, kann ich Ihnen später eine Kopie der Blutprobe zukommen lassen. Streng vertraulich natürlich.«

»Ach nein, lassen Sie das mal. Ich kümmere mich selbst darum. Nochmals vielen Dank, dass Sie sich gemeldet haben. Das ist wirklich nett.«

»Keine Ursache«, sagt Renggli und hängt auf.

Ich bin völlig paralysiert. Verfluchter Mist, ich habe es kommen sehen! Und nichts dagegen getan. Soll ich jetzt Leonie anrufen? Nach Meilen brausen und dem Idioten die Leviten lesen? Warten, bis er von selbst wieder auftaucht? Ich weiß es nicht, zum Teufel. Aber im Moment könnte ich ihm wirklich eine scheuern.

Zum Glück betritt in diesem Augenblick Michael mein Büro.

»Sie haben Per verhaftet«, informiere ich ihn sofort.

»O je!«, sagt er. »Was hat er verbrochen?«

Was erzählte der Kollege vorhin noch mal? Mir scheint, ich habe die Hälfte schon wieder vergessen. »Bei einer Razzia wurde Kokain gefunden und er war zur gleichen Zeit im betreffenden Haus«, fasse ich die Lage hoffentlich richtig zusammen.

»Das heißt ja nichts, Fredy«, versucht mich Michael zu beruhigen. »Sag mir, wenn ich irgendwas tun kann.«

Ich zucke resigniert mit den Schultern. »Ich muss ihn später wohl besuchen.«

»Fisch will in zehn Minuten zurückrufen. Wir können ja dann über Meilen fahren, wenn du willst.«

»Diese blöde Knalltüte!«, verfluche ich meinen Sohn.

»Wart erst mal ab, was tatsächlich gegen ihn vorliegt«, empfiehlt mir Michael und lässt mich allein in meinem Büro zurück.

Die Nachricht von Pers Verhaftung bläht sich in meinem Kopf auf wie eine Eiterbeule und schnürt mir jeden vernünftigen Gedanken ab. Ich stehe kurz davor, Leonie anzurufen, kann es mir aber gerade noch verkneifen. Stattdessen versuche ich es erneut bei Häberli, aber der hat scheinbar Gescheiteres zu tun, als Anrufe seines Vorgesetzten entgegenzunehmen. Sollte er ›Flüsse absuchen‹ mit ›Fischen gehen‹ verwechseln, dann gnade ihm Staub!

Ich rufe in Zug an und verlange nach Gessert. Der immerhin spricht mit mir.

»Hat sich noch irgendwas ergeben?«, frage ich ihn.

»Neuen Regen haben wir«, meint er trocken. »Und ein Tränenmeer von Frau Lüthy, seit wir ihr mitteilten, ihr Hund sei wohl hin. Mit dem Lexus hatten Sie übrigens recht. Auch andere Leute haben ihn gesehen, aber niemand hat sich die Nummer gemerkt oder den Fahrer beachtet.«

»Irgendwelche seltsamen Aufschriften?«

»Der übliche lachhafte Quark bekloppter Jugendlicher in den Unterführungen. Aber keinerlei Schlagworte in Orange.«

Ich bedanke mich bei ihm für die wertvollen Informationen und schleiche bedröppelt hinunter zum kriminaltechnischen Dienst.

»Ah, der Kollege Staub«, begrüßt mich Strich. »Willkommen in unseren Katakomben. Womit kann ich dienen?«

»Irgendwas Neues von eurer Seite?«

»Nicht die Spur, Kollege. Nicht die kleinste Faser rund ums Ortsschild Alten oder auf der Brücke, nicht mal ein paar brauchbare Fußspuren. Die Gerichtsmedizin hat sich bisher damit begnügt, mir eine Auflistung zu faxen, was bei Lüthys Dekapitation – so nennen sie den Köpfvorgang – alles durchtrennt wurde: Rückenmuskulatur, Luft- und Speiseröhre, die Wirbelsäule zwischen den Halswirbeln C6 und C7, der Nervus vrenicus, die Schilddrüse …«

»Verschonen Sie mich mit grauslichen Details«, unterbreche ich ihn.

»Aber gerne, Kollege! Ich wollte lediglich zum Ausdruck bringen, dass der Täter gewisse Schwierigkeiten gehabt haben muss, Lüthys Kopf abzutrennen.«

»Logisch, vermutlich macht er das nicht täglich. Ist denn wenigstens irgendetwas in Arbeit bei euch, was uns eventuell helfen kann?«

»Wir versuchen herauszufinden, welche Spraydosenmarke verwendet wurde. Ist aber nicht ganz einfach.«

»Na, großartig«, sage ich.

»Sie sehen schlecht aus, Staub«, meint Strich. »Darf ich Ihnen einen frischen Nussgipfel anbieten?«

»Nein, danke«, murre ich und kämpfe mich die Treppe hoch, zurück in mein kärglich eingerichtetes Büro.

Michael kommt, um mich zu informieren, dass Robert

Fisch erst um fünf Uhr für uns Zeit habe. Dafür sei er bereit, uns bei sich zu Hause in Unterägeri zu empfangen. »Wollen wir später zum Singhalesen im *Migros City* mittagessen gehen?«, fragt er mich.

Ich überlege kurz, ob ich mich nicht doch sofort nach Meilen begeben soll. Aber es reicht wohl, wenn wir auf der Fahrt nach Unterägeri kurz vorbeischauen. »Von mir aus«, beantworte ich Michaels Frage. »Frag Gret, ob sie mitkommen will.«

Als er draußen ist, wähle ich ein weiteres Mal Häberlis Natelnummer. Das Wunder geschieht und er nimmt ab. Allerdings verstehe ich ihn im Gebrüll der Rotoren kaum. Maggia-Tal ist alles, was ich mitbekomme. Ich schreie Erfolgswünsche in den Hörer, was er mit einem Husten quittiert. Nicht auszudenken, was er heraufbeschwört, wenn er selbst im Helikopter nicht auf seine stinkenden Gauloises verzichtet! Da hätten die Fische sicherlich wenig Freude, wenn der lodernde Heli in die Maggia klatschen würde.

Den restlichen Morgen versinke ich in Trübsal. Ab und an kommt jemand und erzählt mir irgendetwas. Brauchbares ist nicht darunter. Ich ahne, dass die Zeit drängt, und kann doch nichts anders tun als warten.

Zu Mittag verschlingen wir Teigfladen, die wir mit verschiedenen weich gekochten Gemüseklumpen und sämigen Saucen bestreichen. *Roti* heißt die Mahlzeit und sie ist ziemlich scharf, wie alle sri-lankischen Speisen. Ich merke, wie ich ins Schwitzen gerate und erinnere mich daran, dass solch schweißtreibendes Essen für Tochter Anna bald die Regel sein wird. Zum Glück liebt sie pikante Gerichte. Vielleicht sollte ich Anna über Pers Probleme informieren, denn auf sie hört er wenigstens.

Michael trinkt ein Bier und philosophiert mit Gret über Gott und die Welt. Beziehungsweise über unseren Kommandanten, das Phantom, und das jämmerliche Versagen der Kollegen von der Stadt in einem Milieumordfall.

Ich trage wenig zur Konversation bei, weil ich unentwegt an Per denke. Er hat nichts verbrochen, sage ich mir immer wieder, er war nur zur falschen Zeit am falschen Ort. Vielleicht waren das auch Eduard Lüthy und Gustav Graf. Vielleicht hat der Fall einen ganz anderen Hintergrund. Aber der Verdacht, dass ihr Tod mit ihren Geschäften zu tun hat, ist natürlich nicht von der Hand zu weisen. Ebenso wenig jener, dass Per doch einen gröberen Fehler begangen hat. Gret und Michael versuchen abwechselnd, mich zu beruhigen, aber ich will nichts hören. Es ist mir einfach peinlich, dass mein eigener Sohn verhaftet wurde. Was denken denn die Kollegen außerhalb meiner Abteilung? Für die ist das doch ein gefundenes Fressen. Wenn nur die Presse nicht Lunte riecht! Sonst muss ich wohl in Kürze eine Gesichtsoperation in Angriff nehmen oder ins Wallis auswandern. Warum tut er mir das an? Das kommt von dieser Larifari-Erziehung, die heute in ist. Leonie würde ihm wahrscheinlich auch dann noch pudergezuckerten Kuchen in die Zelle tragen, wenn er den Stoff eigenhändig fabriziert hätte.

»Soll ich mich vielleicht um ihn kümmern?«, fragt Michael schließlich. »Das kommt vermutlich besser, als wenn du selber vorfährst.«

»Ich danke dir wirklich. Aber da muss ich wohl durch.«

Mein Natel klingelt. Es ist Bea, die stört. Sie habe eine Riesenüberraschung für mich. Ich wimmle sie mit der Begründung ab, ich sei noch am essen, würde aber demnächst zurück sein. Sie mimt die Beleidigte, aber ein paar Minuten wird die Überraschung nun wirklich noch warten können, wir sind ja bereits beim Espresso. Ich bekomme mit, dass sich Gret und Michael für morgen Abend ins Kino verabreden. Recht so, schließlich leben sie beide allein, auch wenn Michael einen großen schwulen Freundeskreis hat. Attraktive Frauen wie Gret sind da gern gesehen und fühlen sich auch wohl, wie mir von Anna her bekannt ist. Soll Michael sich ruhig ein wenig um Gret kümmern. Ich habe ja meine Familie. Eine spannende Frau, eine liebenswerte Tochter und einen behämmerten Sohn.

Ich zahle der Einfachheit halber die ganze Rechnung, bevor wir im Stechschritt zurück in die Zeughausstraße hetzen. Bea hat sich mit verschränkten Armen vor meiner Bürotür aufgebaut und mustert uns vorwurfsvoll.

»Sorry«, sage ich. »Wir hatten eine dringende Sitzung. Was gibt's denn?«

»Ratet mal, wer im Zusammenhang mit den Anlageopfern wieder aufgetaucht ist.«

»Wer denn?«

»Thommen!«

»Wie bitte? Doch nicht etwa unser Thommen vom Krebstelefon?«

»Genau der«, deklamiert sie genießerisch. »Dieser dritte Fall, den ich euch geschildert habe, dieser Capaul, ist sein Onkel. Ich hielt Thommen von Anfang an für den Täter!«

»Eugen Thommens Onkel wurde von *Lüthy & Graf* um sein Geld gebracht?« Ich kann es kaum glauben.

»Eher von Grolimund und Fisch«, erklärt sie. »Aber tatsächlich war er Kunde der *Lüthy & Graf Treuhand* und wurde von dieser an Grolimund und Fisch weitervermittelt. Mit den bekannten Folgen.«

Wir schweigen eine Weile. Müssen das Gehörte erst verdauen. Gret findet die Worte als Erste wieder: »Das kann kein Zufall sein, dass der Mann schon wieder auftaucht im Zusammenhang mit diesen Morden, oder?«

Eigentlich nicht, so klein ist die Welt nicht. »Wer weiß«, sage ich trotzdem.

»Thommen muss sofort verhaftet werden, Chef, das ist doch wohl sonnenklar!«, herrscht Bea mich an.

»Schaff ihn her«, stimme ich ihr zu und sie stapft entschlossen in ihr Büro und schmettert die Tür zu.

»Geh du trotzdem weiter der Frage nach, warum sich Graf und Lüthy mit Grolimund und Fisch zerstritten haben«, weise ich Gret an. Zu Michael sage ich, dass wir in einer halben Stunde losfahren können.

Im Büro versuche ich, mich mit aller Kraft an unsere Gespräche mit Thommen zu erinnern. Das gelingt mir zwar halbwegs, gibt aber nichts her. Ich rufe Strich an.

»Ah, Sie schon wieder, Staub«, begrüßt er mich. »Man könnte fast meinen, Sie haben Sehnsucht nach mir. Oder möchten Sie jetzt doch einen Nussgipfel?«

»Ihr habt damals doch Thommens Wohnung auseinandergenommen«, ignoriere ich seine Sticheleien. »Fand sich da wirklich überhaupt nichts, was ihn mit Gustav Graf in Verbindung gebracht hätte?«

»Weshalb denn? Ist der Mann wieder im Rennen?«

»Beantworten Sie doch bitte einfach meine Frage.«

»Aber gern. Nein, leider haben wir nichts von Belang bei ihm vorgefunden, Kollege. Sollen wir nochmals nachsehen?«

»Wenn es Ihnen nicht zu viel ist.«

»Dafür sind wir doch da. Aber machen Sie sich keine Hoffnungen, wir haben schon beim letzten Mal gründlich gearbeitet.«

»Klar, aber da lebte Lüthy noch. Finden Sie mir irgendeinen Bezug zu Lüthy, Grolimund oder Fisch. Wenden Sie sich an meine Kollegin Bea Tschannen, wenn Sie mehr Informationen benötigen.«

»Ist gebongt«, sagt er und ich ahne irgendwie, dass ich ihn umsonst herumscheuche. Nur worauf sich diese Ahnung begründet, weiß ich nicht.

Im Bezirksgefängnis Meilen ist man soweit freundlich. Man lässt uns, ohne zu zögern, zu Per vor und zieht sich dann diskret zurück.

Mein Sohn kauert auf einer dünnen Matratze und sieht schlecht aus für seine Verhältnisse, vermutlich hat er wenig geschlafen.

Ich umarme ihn kurz und er lässt es geschehen. »Na los, erzähl mal«, fordere ich ihn auf.

»Ich weiß überhaupt nicht, um was es geht, Dad, das erkläre ich denen schon seit Stunden. Ich war zu einer Party eingeladen. Von einem Mädchen, das ich auf den Malediven kennengelernt habe, sie machte da Urlaub. Es waren etwa zwanzig Leute da, rund die Hälfte ist getürmt, als die Bullen kamen.«

»Du nicht?«

»Wieso sollte ich?«

Ich antworte darauf nicht und zünde mir eine Zigarette an. Per brütet dumpf vor sich hin. »Weiß Mama Bescheid?«, fragt er schließlich.

»Bisher noch nicht. Aber jetzt sag mir verdammt noch mal, was los war auf dieser blöden Party!«

»Gar nichts, Dad. Klar, die einen puderten sich ziemlich die Nase, aber das kommt halt vor.«

»Trotzdem ist es ein Scheißdreck, Per!«

»Von mir aus! Aber seit wann interessiert sich die Polizei dafür, was sich das Volk auf Privatpartys reinzieht?«

»Seit man verfluchte vierhundert Gramm von dem Mist gefunden hat, Per! Das ist deutlich mehr, als es für jede noch so behämmerte Party braucht, wenn ich mich nicht täusche.«

»Vierhundert Gramm?«, staunt er selbst.

»Genau.«

»Also, ich brachte den Schnee weder mit noch habe ich ihn konsumiert. Du kannst dir gerne meinen Bluttest kommen lassen. Ich habe mit der Sache absolut nichts zu tun. Kannst du das deinen Kollegen bitte klarmachen?« Er deutet zur Zellentür hinaus.

»Keine Sorge, sie müssen dich eh bald rauslassen«, muntert Michael ihn auf.

»Du schwörst, dass du nichts mit dem Zeug zu tun hast?«, hake ich vorsichtshalber noch mal nach.

»Bist du taub? Ich schwöre dir, ich weiß nicht das Geringste!«

»Na gut«, sage ich. »Ich frag mal nach, was genau gegen dich vorliegt.«

Dann trete ich mit der brennenden Zigarette hinaus ins Labyrinth der Gänge und mache mich in den oberen Stockwerken auf die Suche nach dem zuständigen Bezirksanwalt. Michael trottet schweigend hinter mir her. Ich frage, wen immer ich antreffe, nach dem Weg und schließlich stöbere ich den Zuständigen vor dem Kaffeeautomaten auf. Es ist ein älterer, graubärtiger Mann mit Hornbrille und Hörgerät.

»Unser Problem ist, dass wir den Stoff niemandem zuordnen können«, erläutert er mir. »Er lag in einem Plastikbeutel im Badezimmerschrank und Fingerabdrücke waren keine drauf. Das Haus gehört dem Vater der jungen Frau. Die hatte zwar gehörig Stoff im Blut, beteuert aber, sie habe keine Ahnung von dem Paket im Badezimmer. Was sie konsumiert habe, stamme von einem ihr namentlich unbekannten Kleindealer, den sie mal im *Kaufleuten* getroffen habe. Wir können ihr das Gegenteil nicht beweisen und sie höchstens wegen des Konsums an sich drankriegen. Die Anwälte ihres Vaters machen uns allerdings bereits die Hölle heiß.«

Der Mann macht einen gequälten Eindruck. Ich bin froh, dass ich Leonie nicht informiert habe. Die Anwälte ihrer Kanzlei hätten ihm den Rest gegeben, auch wenn sie eigentlich nur Urheberrechtsfragen bearbeiten.

»Wie kam es überhaupt zu dieser Razzia?«, fragt Michael.

»Anonymer Tipp«, stößt der alte Mann hervor.

»Aha«, sage ich nur.

»Sie können Ihren Sohn gerne mitnehmen, wenn Sie wollen. Falls wir ihn wieder brauchen, melden wir uns.«

»Wir müssen noch ein Haus weiter«, erkläre ich ihm. »Er kann den Zug nehmen.«

»Wie Sie meinen«, sagt der Mann und reicht uns die Hand. »Nichts für ungut«, meint er entschuldigend.

»Schon okay«, sage ich. »Eine kleine Warnung schadet ihm nicht.«

Wir kehren zu Per zurück und überbringen ihm die freudige Botschaft. Die Begeisterung meines Sohnes hält sich allerdings in engen Grenzen. Seine größte Sorge ist nämlich Mutter Leonie. Ich muss ihm versprechen, ihr nichts zu erzählen. Er will heute Abend auf jeden Fall zu Hause bleiben und fragt, wann ich nach Hause komme.

»Sobald wie möglich. Wir müssen dringend noch nach Unterägeri. Sollten eigentlich schon dort sein.«

»Danke, dass du gekommen bist, Dad«, meint er und sieht schon wieder etwas besser aus. »Ehrlich, ich hatte keine Ahnung von dem Stoff.« Er drückt mir kurz, aber kräftig die Hand und wir ziehen los.

»Seltsame Geschichte«, meint Michael, als wir draußen sind.

»Konzentrieren wir uns auf unsere«, antworte ich knapp.

Kaum sind wir losgefahren, klingelt mein Natel. Es ist John Häberli.

»Glaub mir, wenn es hier unten regnet, dann regnet's wirklich«, teilt er mir mit.

»Wie interessant«, sage ich. »Und was bedeutet das jetzt konkret?«

»Das Tessin ersäuft im Regen. Wir mussten die Suche vorläufig einstellen, der Pilot weigerte sich weiterzufliegen, sorry. Sobald es aufklart, machen wir uns wieder an die Arbeit. Kann aber morgen werden.«

Auch das noch. »Mit dem Auto rumfahren geht nicht?«

»Ist dir klar, wie viele Flüsse es hier gibt, Boss? Und man sieht derzeit wirklich kaum die Hand vor den Augen, ehrlich.«

»Melde dich, wenn es was Neues gibt«, seufze ich ergeben und beende das Gespräch.

Mein Natel will aber scheinbar nicht zum Schweigen gebracht werden und protestiert laut mit neuerlichem Getröte. Diesmal ist es Bea und sie ist empört. Thommen sei ausgeflogen, berichtet sie. Niemand wisse, wo er stecke. Am Arbeitsplatz im Behindertenheim habe er sich für zwei Wochen in die Ferien abgemeldet.

»Knöpf dir seinen Onkel vor«, befehle ich ihr. »Vielleicht weiß der, wo er steckt. Und sonst befrage ihn zu seinen Erfahrungen mit Graf und Co. Sei vorsichtig! Wenn Thommen der Täter ist, ist er ohne Zweifel sehr gefährlich. Nimm Gret mit.«

»Die ist an was anderem dran«, entgegnet Bea.

Stimmt, Gret versucht, diesem Konflikt zwischen Grolimund, Fisch und *Lüthy & Graf* auf den Grund zu gehen. »Dann fahr mit einem Einsatzteam hin.«

»Meinst du?«

»Jawohl, das meine ich. Und melde dich, sobald es Neuigkeiten gibt.«

Ich stopfe das Natel zurück in meine Hosentasche und stelle mir vor, wie es wäre, wenn sich wirklich alle melden würden, denen ich das aufgetragen habe. Ohne Zweifel würde mich das Dauergeklingel in einen Selbstmordkandidaten verwandeln, der freiwillig in ein Schwert liefe. Ich erzähle Michael, was Sache ist, und beschließe Gret anzurufen.

Wie schön, dass man heute durch die Gegend gondeln und gleichzeitig arbeiten kann. Im Grunde könnte ich auch an der Côte d'Azur sitzen und die Geschicke meiner Abteilung von dort aus leiten. Oder in Panama. Allerdings ist der Akku meines Natels bald leer. Ich wähle trotzdem und Gret nimmt sofort ab.

»Im Tessin schüttet es. Keine Chance, Grolimund zu finden«, informiere ich sie.

»Ich weiß«, sagt sie zu meinem Erstaunen. »John hat mich vorhin angerufen. Grolimunds Frau sei auf dem Rückweg nach Zug. Ich würde gerne mit ihr sprechen und möchte mir auch Frau Lüthy nochmals vorknöpfen, wenn du nichts dagegen hast.«

»Nur zu«, sage ich und sie schweigt ein paar Sekunden.

»Wie geht's dem Sohnemann?«, fragt sie schließlich.

»Sie haben ihn gehen lassen.«

»Wenigstens etwas«, sagt sie und ein Blick aus dem Fenster zeigt mir, dass wir unterdessen bereits in Sihlbrugg sind und soeben in einen kleinen Stau hineinfahren.

»Bis morgen«, verabschiede ich mich.

Michael fährt rechts ran und ich steige aus und suche die Sirene, die irgendwo an Bord sein muss. Finde sie schließlich im Kofferraum. Knalle sie aufs Dach und werfe sie an.

Der Effekt ist wie immer beeindruckend. Eben noch frech in die Mitte drängelnd wie deutsche Touristen am Skilift, kuschen dieselben Blechbüchsen sofort und fahren diskret beiseite, um uns Platz zu machen. Die Sirene ist wahrscheinlich das, was ich nach der Pensionierung am meisten vermissen werde.

In Unterägeri sirrt der Lärm der Baumaschinen. Fast nirgendwo in der Schweiz liegt der Steuersatz noch tiefer als hier. Die Reichen zieht das magisch an. Ihre Lakaien rammen Pfähle und Stahlplatten in den Grund, dass es eine Freude ist. Darauf pflanzen sie Behausungen jeder Art, Hauptsache teuer und protzig. Vor dreißig Jahren noch ein idyllisches Bauernkaff, präsentiert sich Unterägeri heute als architektonisches Stilgemisch vom Schlimmsten. Traditionelle Zuger Schindelhäuser stehen eingezwängt zwischen unförmigen Klötzen aus Sichtbeton, Glas und Stahl. Quer durch den historischen Dorfkern und weit den Hang hinauf sprießen immer noch mehr Apartmenthäuser für gehobene Ansprüche wie Pilze aus dem Boden. Alles in allem hat Unterägeri den Charme einer Rumpelkiste, deren Inhalt über die grünen Hänge geworfen wurde.

Ich möchte jedenfalls nicht hier wohnen, trotz der netten Badeanstalten am Ägerisee, den lieblichen Voralpenbergen, der Nähe zu Zug, Luzern und Zürich. Denn wenn ich etwas hasse, dann sind es Baumaschinen, Baukräne und die lauten Stimmen von Bauarbeitern morgens um sieben. Neureiche mag ich auch nicht, da sind mir die Immer-schon-Reichen von Küsnacht lieber, die müssen wenigstens nicht ständig beweisen, dass sie Geld haben. Auch möchte ich nie an einem Ort leben, dessen Name mit ›Unter-‹ beginnt. Es reicht, wenn ich später mal unter der Erde liege.

Vielleicht liegt da auch bald Robert Fisch. Derzeit atmet er allerdings noch und residiert in einer teuren Terrassenwohnung mit Blick auf den See. Er atmet zwar, aber ziemlich flach, wie mir scheint, und sieht darüber hinaus recht bleich aus. Von der gestrigen Dynamik ist nicht mehr viel zu spüren. Er bittet uns fahrig ins Wohnzimmer und heißt seine aparte Frau, uns Kaffee und Kuchen zu servieren. In einer Ecke sitzt der Bärbeißige, den wir schon im Zuger Glaspalast getroffen haben, und betrachtet uns gehässig. Michael schreitet sofort auf ihn zu und verlangt nach seinem Ausweis. Meine Vermutung bestätigt sich: Der Mann arbeitet für einen privaten Sicherheitsdienst. Auf einen Wink von Fisch hin verlässt er das Wohnzimmer und entschwindet irgendwo ins Innere des Apartments.

»Gibt's endlich etwas Neues von Daniel?«, fragt Fisch, als der Bärbeißige außer Sichtweite ist. »Ich dachte schon, man nimmt die Sache überhaupt nicht ernst.«

»Es ist zu befürchten, dass Ihr Partner nicht mehr lebt«, antworte ich und er scheint mir noch eine Spur bleicher zu werden.

»Und auch Sie selbst haben allen Grund zur Sorge«, gebe ich noch eins drauf.

»Warum denn?«, fragt er aufgeregt.

»Ja, warum nur, Herr Fisch?«, sage ich. »Wieso sitzt denn dieser Gorilla in Ihrem Wohnzimmer, wenn ich fragen darf?«

Fisch sackt in sich zusammen. Seine Frau, eine mollige, aber nicht unattraktive Rothaarige mit viel Schmuck um Hals und Arme, hat sich inzwischen zu uns gesellt und schenkt Kaffee ein.

»Es irritiert mich natürlich, dass Daniel spurlos verschwunden ist«, verteidigt sich Fisch.

»Die beiden Geköpften irritieren Sie nicht?«

Fischs rundlicher, fast haarloser Kopf zuckt zurück und seiner Frau fällt beinahe das Rahmkrüglein aus der Hand. Beide starren mich an wie Ölgötzen.

»Hätten Sie auch Zucker?«, versuche ich, das Gespräch am Laufen zu halten.

»Natürlich, entschuldigen Sie«, sagt Frau Fisch und stöckelt hastig in die Küche. Sie will wohl schnell zurück sein, um nichts zu verpassen.

Doch ihrem Gemahl scheint es die Sprache verschlagen zu haben. Seine fleischigen Hände zittern leicht. Sagt er heute überhaupt noch etwas oder nicht? Ich verziehe keine Miene. Soll er von mir aus schweigen, bis sie ihm die Rübe abschlagen, wenn das sein Plan ist.

Frau Fisch kommt zurück und stellt eine silberne Zuckerdose vor uns hin. Ich hieve zwei Löffel voll in meine Tasse und rühre geduldig um. Fisch starrt mich immer noch an. Irgendwann wird er uns schon sagen, ob ihn die Geköpften irritieren oder nicht. Wir haben Zeit, zumindest tun wir so.

»Doch«, sagt er endlich. »Die irritieren mich sogar sehr.«

»Aha«, kommentiere ich.

»Sie wissen, dass wir geschäftlich miteinander zu tun hatten?«, fragt er.

»Natürlich«, sage ich. »Es ist nicht auszuschließen, dass sich jemand für sein verschwundenes Geld rächt, Herr Fisch.«

Er schluckt leer.

»Weshalb haben Sie sich nicht schon nach Lüthys Tod an uns gewandt?«, will ich wissen.

Er zuckt nur die Schultern.

»Na?«, ermuntere ich ihn.

Und plötzlich sprudelt es aus ihm heraus: »Ich wusste doch nicht, was los war, verdammt! Erst verschwindet mein Geschäftspartner spurlos. Dann lese ich, dass Gustav und

Eduard enthauptet wurden. Behalten Sie da mal die Ruhe, das möchte ich sehen! Das Ganze ist extrem verwirrend. Gestern reichte die Zeit wirklich nicht, um mit Ihnen zu reden. Außerdem wüsste ich ohnehin nicht, was ich Ihnen eigentlich sagen soll.«

»Sie glauben doch selbst, dass die Sache mit Ihren Geschäften zu tun hat«, behaupte ich.

»Warum denn, zum Teufel?«, wehrt er sich lautstark. »Wir haben nichts Unrechtes getan! Natürlich waren die getätigten Investitionen nicht immer sehr glücklich. Logisch gibt es Leute, die mit unseren Leistungen unzufrieden sind. Sie dachten, die Börse sei eine Einbahnstraße in den Himmel, Warnungen wollten sie nicht hören. Okay, wir glaubten Ende der Neunziger selbst daran. Millionen scheffeln mit ein paar Mausklicks, es war ein Irrsinn und alle haben mitgemacht. Kein Mensch dachte, dass es auch mal wieder bergab gehen könnte. Als es dann so weit war, waren wir die Deppen. Eben noch unterschrieben die Kunden alles, was man ihnen hinhielt, und lächelten bestenfalls gütig, wenn man von Risiken sprach. Nach dem Absturz hetzten sie Anwälte auf uns und verlangten, dass wir ihnen das Geld aus eigener Tasche ersetzen.«

»Einige haben uns sogar privat belästigt«, fügt Frau Fisch hinzu.

»Wer denn?«, hake ich sofort nach.

Daraufhin schweigen beide.

»Sie müssen uns schon helfen, wenn wir Sie schützen sollen«, appelliere ich an ihren gesunden Menschenverstand.

»Meinen Schutz kann ich selber organisieren, Herr Staub«, braust Fisch auf.

»Mit diesem Gorilla?«, deute ich in die Richtung, in die der Bärbeißige verschwunden ist. »Das kann ja wohl nicht

Ihr Ernst sein. Was ist denn, wenn der Mann schläft? Oder ist er ein Roboter?«

Darauf antwortet er nicht. Stattdessen spricht seine Frau: »Es waren verschiedene. Am schlimmsten war dieser Typ aus Zürich. Wie hieß der schon wieder, warten Sie …«

»Thommen?«, eile ich ihr erwartungsfroh zu Hilfe.

»Nein«, sagt sie zu meiner großen Überraschung. »Der hieß anders. Wer war das schon wieder, Robert?«

»Röhricht«, speit ihr Mann hervor.

»Ein Sohn des Ehepaars Röhricht?«, hake ich nach.

Fisch schnaubt böse und sagt: »Der Typ ist irre, wenn Sie mich fragen. Rannte zu den Zeitungen und rief außerdem ständig hier an.«

»Immerhin haben Sie das Geld seiner Eltern verspielt«, wage ich einzuwenden.

»Was heißt denn hier ›verspielt‹?«, empört er sich. »Angelegt haben wir's, genau so, wie sie es wollten.«

»In Panama?«

»Jawohl, in Panama, das war damals ein gängiges Vorgehen und ist es heute noch.«

»Ihnen selbst scheint das ja nicht schlecht bekommen zu sein«, sagt Michael sarkastisch und begleitet seine Worte mit einer Handbewegung, die alles einschließt, was wir sehen: von den teuren Teppichen über das Hodler-Bild an der Wand bis zur Aussicht auf den im Abendlicht glitzernden See.

»Mein Mann hat dafür gearbeitet wie ein Ochse«, erklärt Frau Fisch.

»Röhrichts taten mir leid«, sagt Fisch selbst. »Sie investierten im allerdümmsten Moment. Da konnten wir nichts machen, so sehr wir die Sache bedauerten.«

»Sie schließen also nicht aus, dass sich jemand an Ihnen rächen will?«, treibe ich das Gespräch voran.

»Wofür denn zum Teufel?«

Darauf sagen wir nichts.

»Wollen Sie mir etwa Personenschutz aufschwatzen?«, fragt Fisch weiter.

»Klar«, antworte ich und erkenne, dass Fischs Frau ihm signalisiert zuzustimmen. Er selbst scheint es sich immerhin zu überlegen.

»Na, wenn Sie meinen«, sagt er schließlich.

»Den Gorilla dahinten können Sie fortschicken«, empfiehlt ihm Michael. »Der steht uns nur im Weg.«

Fisch wirft ihm einen skeptischen Blick zu, widerspricht aber nicht.

»Sind Sie eigentlich immer noch im selben Bereich tätig?«, frage ich ihn.

»Natürlich. Jetzt läuft es ja auch wieder. Im vergangenen Jahr haben wir sieben Prozent Rendite erzielt für unsere Kundschaft.«

»Toll«, sage ich und stehe auf, um Mario anzurufen. Er soll Fischs Bewachung übernehmen, bis die Zuger organisiert sind.

Mario scheint auf meinen Anruf gewartet zu haben.

»Ich stehe vor Grolimunds Haus am Zugerberg, Fred«, berichtet er aufgeregt. »Eben ist seine Frau zurückgekehrt.«

»Hervorragend«, lobe ich ihn. »Aber du musst sofort nach Unterägeri. Wir haben hier einen neuen Auftrag für dich. Bist du bewaffnet?«

Für ein paar Sekunden ist es ruhig. Ich weiß nicht, was ihn mehr stresst: dass ich schon wieder einen Auftrag für ihn habe oder dass er seine Waffe nicht dabeihat, wie ich vermute.

»Ist es gefährlich?«, fragt er. »Meine Pistole liegt im Büro, es tut mir leid, ich wusste nicht, dass …«

»Keine Spur«, unterbreche ich ihn. »Es geht nur darum, Präsenz zu markieren, bis die Zuger Kollegen übernehmen.«

»Ich fahre sofort los«, sagt er und ich diktiere ihm Namen und Adresse der Fischs.

»Wir werden wiederkommen«, wende ich mich dem Ehepaar zu, nachdem ich mein Telefonat beendet habe. »Da sind noch allerhand Fragen offen. Aber jetzt müssen wir weiter. Ein Kollege von uns wird demnächst hier sein, seien Sie also beruhigt.«

»Ich scheiß mir schon nicht in die Hose, Herr Staub«, stößt Fisch hervor.

Wir trinken unsere Tassen aus und erheben uns.

»Gibt es denn schon Spuren oder Anhaltspunkte, wer dahintersteckt?«, will Frau Fisch wissen.

»Nichts Konkretes«, winde ich mich. »Und besten Dank für den Kaffee, hat ausgezeichnet geschmeckt.«

»Denken Sie, dass dieser Röhricht …?«, fragt sie weiter.

»Können Sie sich denn vorstellen, dass der zwei Männer enthauptet?«

Sie schrickt zusammen. »Nicht so richtig«, antwortet sie zögerlich.

»Irre ist der Mann schon«, widerspricht ihr Ehegatte.

»Wir müssen los«, sage ich zu den beiden und wir verabschieden uns und gehen.

Inzwischen ist die Sonne hinter die Berge getaucht und es ist spürbar kühler geworden. Der Himmel ist von einem schweren Dunkelviolett, in das tiefschwarz die Hügel ragen. Michael will sich noch rasch ein wenig umsehen.

Ich lasse ihn machen und entflamme vor unserem Wagen eine Zigarette. Rufe Bea an, um ihr mitzuteilen, sie solle sich sofort um diesen Röhricht kümmern. Sie will erst nichts davon hören, faselt in einem fort von Thommen, nach dem man dringend die Fahndung einleiten müsse, sein Onkel schweige eisern. Ich frage sie, ob sich Strich gemeldet habe, und sie antwortet, er habe nichts gefunden, aber das bedeute gar nichts, Thommen sei unser Mann, sie spüre das. Sie solle Klauser an den Apparat holen, befehle ich ihr, aber Bea weigert sich; sie kümmere sich schon um diesen Röhricht, wenn ich es als unbedingt notwendig erachtete. Das täte ich, versichere ich ihr ziemlich energisch und beende das Gespräch. Warum nur muss mir Bea auch noch auf die Nerven gehen? Ihr Thommen-Wahn wird langsam manisch und hat mit seriöser Ermittlungsarbeit nichts mehr zu tun. Hoffentlich ist er am Ende nicht doch unser Mann.

Ein vorbeiknatterndes Kleinmotorrad reißt mich aus meinen Gedanken. Ich sehe im Osten blass einen sichelförmigen Mond schimmern. Es riecht nach feuchtem Holz und Heu, vom See her weht ein schwacher Wind. Ich frage mich, wo Michael so lange bleibt, meine Muratti ist schon fast durchgeglüht.

Da taucht er endlich aus dem Schatten auf. Er scheint ein wenig zu schwanken, und als er vor mir steht, erkenne ich, dass er totenblass ist.

»Was ist denn?«, frage ich sofort.

Ausnahmsweise lässt er sich mit der Antwort Zeit und holt erst mal tief Luft. »Um die Ecke steht *Hihihimmel* an einer Hauswand, Fred. In Orange!«

»Was!?«, entfährt es mir und vor Schreck lasse ich den Zigarettenstummel aus der Hand fallen.

»Sieh selbst«, fordert er mich auf und zerrt mich in die Auffahrt zur Nachbarsiedlung. Tatsächlich. *Hihihimmel* steht da geschrieben.

»Heilige Scheiße!«, fluche ich.

»Das kannst du laut sagen«, kommentiert Michael.

»Ich möchte, dass du hier bleibst. Versuch herauszufinden, wie lange das schon da steht und ob's noch mehr dieser Schriftzüge gibt. Und sei bitte vorsichtig!«

»Alles klar«, sagt er.

»Ich nehme den Wagen, Mario kommt ja bald«, füge ich hinzu. »Ruf Gret an. Mein Akku ist fast leer. Sag ihr, wir hätten ein neues Teil für ihr Puzzle gefunden. Vielleicht kann sie was damit anfangen.«

»Du kannst das Natel im Wagen aufladen. Über den Zigarettenanzünder, das Kabel liegt im Handschuhfach«, verabschiedet er sich und strebt dem Eingang von Fischs Wohnung entgegen.

Ich klettere ins Auto. Natürlich schaffe ich es, das Kabel erst mal falsch einzustecken. Wütend fluche ich und schließlich hat es ein Einsehen und bringt das Gerät in meiner Hand zum Leuchten. Ich versuche umgehend, den Zuger Kommandanten zu erreichen, und, o Wunder, auch das gelingt. Ich bitte ihn, die Überwachung von Fisch zu veranlassen, und versichere ihm noch einmal, dass wir natürlich nur Gäste seien im Zugerland und uns keinesfalls einbildeten, hier das Sagen zu haben. Er quittiert mit einem wohligen Grunzen.

Ich fahre los und überlege mir unterwegs, ob ich wirklich noch einmal in die Zentrale muss, immerhin habe ich Per versprochen, zeitig nach Hause zu kommen. Ich beschließe, es sein zu lassen. Mitten im Stau vor dem *Bellevue* kommt Michaels Anruf.

»Hast du wieder Strom?«, fragt er.

»Sprich!«

»Drei Mal hab ich's gefunden, Fredy. Immer dieses *Hihihimmel* in Orange.«

»Ist Mario bei dir?«

»Er ist bei den Fischs. Die sind völlig aus dem Häuschen, wie du dir vorstellen kannst.«

»Und die Zuger? Sind die eingetroffen?«

»Kann noch keinen sehen«, sagt er.

»Ich kümmere mich darum«, versichere ich ihm und fahre rechts ran, um dem Zuger Kommandanten Dampf zu machen. Der Mann hört sich mein Klagen wortlos an, ich fürchte, er mag mich nicht besonders.

Immerhin scheint er die richtigen Worte dann doch noch gefunden zu haben, jedenfalls meldet sich Michael nur zehn Minuten später bei mir und berichtet, inzwischen seien die Zuger da.

Als ich endlich nach Hause komme, ist es bereits 22.30 Uhr. Per hockt vor dem Fernseher, seine nackten Füße ruhen auf dem Wohnzimmertisch. Er nimmt sie sofort runter und greift schuldbewusst nach der Fernbedienung, um das Gerät auszuschalten.

»Lass nur«, sage ich, als ich erkenne, dass gerade die Zusammenfassung eines Fußballspiels läuft.

Er stellt den Fernseher aber trotzdem aus und blickt mich erwartungsfroh an. Leonie ist nirgends zu sehen, vielleicht liegt sie schon im Bett.

»Gut nach Hause gekommen?«, frage ich ihn.

»Ich würde mir das Scheißzeug niemals reinziehen, das weißt du, Papa«, legt er los.

»Beim Kiffen bist du aber voll dabei«, entgegne ich.

»Das ist doch was völlig anderes! Das ist, wie wenn du mal einen Schnaps trinkst. Bei Koks und Sugar geht es eher darum, eine große Leere auszufüllen, wenn du mich fragst. Ziemlich tragisch.«

»Du verspürst keine Leere?«

»Bis jetzt nicht. Frag nicht, wieso, ich weiß es auch nicht. Das Mädchen, das mich zu dieser Party eingeladen hat, ist so ein klassischer Fall. Auf Koks blüht sie auf und feiert die Nächte durch. Im *Kaufleuten*, im *Labyrinth*, in der *Dachkantine.* Am nächsten Tag ist sie dann das heulende Elend. Ihre Eltern schickten sie extra auf die Malediven, damit sie mal ein bisschen Abstand von der Szene bekam.«

»Und?«

»Sie feierte die Nächte mit mir und meinen Kumpels durch.«

»Mit Marihuana?«

»Und Kokosschnaps.«

Er sagt es irgendwie herausfordernd, aber ich belasse es dabei und frage weiter: »Arbeitet sie? Oder studiert sie?«

»Sie wollte nach New York auf eine Filmschule. Aber wahrscheinlich macht sie es nun doch nicht.«

Ich verstehe viele der jungen Leute hier in Zürich nicht. Kaum irgendwo haben sie mehr Möglichkeiten. Man kann nun wirklich fast alles machen in dieser Stadt, wenn man jung ist. Es ist so viel Geld da, dass man sogar von modernem Tanz leben kann oder vom Gedichteschreiben. Nicht im absoluten Luxus, aber doch besser als neun Zehntel der Menschheit. Ein Kollege vom städtischen Gemeinwesen meint, der ganze Subventionsregen für all die Theater-, Tanz- und Musiktruppen diene dazu zu verhindern, dass die Leute später auf dem Sozialamt oder bei der Drogenanlaufstelle auftauchten und noch mehr kosteten. Viele tauchen dennoch dort auf. Sie ziehen die Drogen letztlich den Anstrengungen eines Künstlerdaseins vor – Geld genug, den Dreck zu kaufen, ist ja da.

»Es ist so verdammt schade um sie«, sagt Per unvermittelt. »Sie ist hübsch, intelligent und nett. Aber irgendwas zerfrisst sie von innen her. Ihr vorherrschendes Gefühl ist die Langeweile.«

»Hilf ihr doch«, ermuntere ich ihn.

»Sie lässt sich nicht helfen«, klagt er. »Leider.«

Wir hatten selten ein so persönliches Gespräch. Ich bin kurz davor ihn zu fragen, ob er eine Affäre mit ihr hatte. Aber ich lasse es dann doch bleiben.

»Schläft Leonie schon?«, will ich stattdessen wissen.

»Sie liest«, erklärt er. »Ich hab's ihr übrigens doch erzählt.«

Was denn jetzt? Es dauert einen Moment, bis ich realisiere, dass er seine Verhaftung meint. »Und? Was sagt sie dazu?«

Er grinst. »Dass es ja wohl selbstverständlich sei, dass du gekommen bist.«

»Findest du das auch?«

Er winkt ab. »Natürlich nicht, Papa.«

Darauf sage ich nichts. Immerhin scheint er anzuerkennen, dass wir uns im Notfall um ihn kümmern, und das freut mich.

»Wie läuft's mit eurem Fall?«, erkundigt er sich. »Habt ihr schon irgendwelche Verdächtige?«

»Einige«, antworte ich. »Aber ich habe trotzdem nicht das Gefühl, dass wir der Lösung nahe sind.«

»Das wird den *Blick* aber nicht freuen.«

»Schau, dass du nicht selber im *Blick* auftauchst mit deinen Partys!«

Er lacht.

Ich muss auf die Terrasse raus, um zu rauchen. Mein Zigarettenkonsum ist längst wieder auf einem Niveau, das mich nervt. Aber ich kann derzeit nichts dagegen tun.

»Apropos innere Leere«, ruft mir Per hämisch hinterher.

»Halt den Mund«, gebe ich zurück, doch ich meine es scherzhaft.

Er schlurft zu mir raus und wir blicken beide auf den See und die vielen Lichter am anderen Ufer. So viele Leute. Und so wenig Wissen darüber, wie es ihnen geht.

»Was die wohl alle machen da drüben?«, scheint Per meine Gedanken zu erraten.

»Wahrscheinlich können wir froh sein, dass wir's nicht wissen«, sage ich.

»Die meisten sehen wohl fern«, vermutet er. Nach einer kurzen Pause höre ich ihn murmeln: »Es wird kalt hier draußen.«

»Guck doch auch noch eine Weile in die Röhre, wenn du Lust hast«, schlage ich vor. »Ich schau mal nach, was Leonie gerade treibt.«

Er nickt und schaltet die Kiste tatsächlich wieder ein, nachdem wir reingegangen sind.

Leonie finde ich im Seidenpyjama, seitlich im Bett liegend, über einem Buch. Sie lächelt, als ich den Raum betrete, blickt aber weiter in ihren Roman. Ich lege mich wortlos hinter sie und blase ihr sachte in den Nacken.

»Willst du dir nicht erst mal die Kleider ausziehen?«, fragt sie und ich kitzle sie zur Strafe unter den Armen.

»Fred!«, kreischt sie. »Du bist ja gut drauf!«

Ja, das bin ich tatsächlich. Ohne zu wissen, warum.

»Per hat sich wirklich sehr gefreut, dass du ihm geglaubt hast«, sagt sie.

»Hatte ich eine Wahl?«

»Zieh jetzt die Kleider aus und putz dir die Zähne«, fordert sie mich auf und ihr Lächeln ist vielversprechend.

Waren sie also endlich einen Schritt weitergekommen. Er knatterte auf seinem Motorrad direkt an dem Streifenwagen vorbei. Der Uniformierte am Steuer gönnte ihm einen kurzen Seitenblick, schenkte ihm aber ansonsten keine größere Beachtung. Er fuhr die erlaubten dreißig und trug den vorgeschriebenen Helm. Sie schützten dieses Schwein also, wie vorausgesehen. Und doch würde er ihn kriegen. Fisch war fällig, mehr als fällig, überreif wie eine fette Frucht, die es nur noch vom Baum zu schlagen galt. Sicher machte er sich Illusionen, was seinen Schutz betraf. Aber ein paar tumbe Streifenpolizisten vor der Terrassenwohnung konnten nichts ausrichten. Nicht gegen seinen raffinierten Plan.

Stolz loderte in ihm hoch. Die lange Vorbereitungszeit zahlte sich nun aus. Er kannte die Gewohnheiten seiner Opfer in- und auswendig, er hatte sie über Monate hinweg beobachtet. Das war der Vorteil, wenn man Zeit hatte; man konnte sich überlegen, wie man sie am besten nutzte. Ihm war plötzlich klar geworden, was es noch zu ordnen galt im Leben, und er handelte danach. Mit Ausdauer und Erfolg. Gut, dass er den Ersten so gut versteckt hatte. Sonst hätten sie ihn wohl bereits eingesackt, abgefangen kurz vor der Ziellinie, die er seit Monaten ansteuerte. Drei Tage noch. Fast bedauerte er das baldige Ende seiner Mission. Aber man soll aufhören, wenn es am schönsten ist, hatte ihm seine Mutter auf seinen Lebensweg mitgegeben.

Ihre schönsten Zeiten waren leider lange vorbei. Im Laufe der Jahre war ihr Verstand erloschen. Eine letzte große

Freude wollte er ihr am Sonntag bereiten. Vielleicht konnte sie dann endlich loslassen, abtreten, ihr Leben aushauchen. Zu vererben hatte sie nichts mehr außer der Erinnerung an sich selbst.

Steine

Ich fahre beschwingt zur Arbeit. Mag der Tag an Schrecknissen bringen, was immer er will, ich werde nicht verzagen. Die Arbeit ist spannend. Mein Team großartig. Der Lohn in Ordnung. Und daneben habe ich eine tolle Familie, die mich hält. Was will ich mehr? Innere Leere kenne ich nur vom Hörensagen.

In der Zeughausstraße herrscht viel Betrieb. Michael und Gret tuscheln vor dem Kaffeeautomaten. Bea lehnt an meinem Türpfosten, in einem schrecklichen gelben Hemd. Auch Mario sehe ich und weiter hinten keucht Klauser um die Ecke.

»Sitzung für alle«, lasse ich verlauten und strebe an Bea und meiner Bürotür vorbei direkt in den Sitzungssaal. Die anderen hetzen hinter mir her. Was hat der Alte denn jetzt, werden sie sich fragen, sonst braucht er doch immer erst ein paar Tassen Kaffee und seinen *Tages-Anzeiger.* Aber man soll seine Mitarbeiter ab und zu durchaus etwas irritieren – sobald man berechenbar wird, keimen Umsturzgelüste auf.

Gut, es würde mich nicht stören, wenn Mario einen Kaffee hinter mir hertrüge. Aber mein forsches Erscheinen scheint ihn ein wenig aus dem Gleis geworfen zu haben. Also ziehe ich den Auftritt durch und spiele weiter den energischen Mann.

»Neuigkeiten?«, frage ich schon, bevor die Letzten sitzen, und wie auf Kommando schwatzen alle wild durcheinander.

»Robert Fisch bleibt heute zu Hause.«

»Thommen ist unauffindbar.«

»Diese *Hihihimmel*-Schriftzüge sind echt unheimlich.«

»Der junge Röhricht ist bei der Arbeit. Er hat mich ausgelacht, als ich ihn auf den Fall ansprach.«

Ich strecke meine rechte Hand in die Höhe, bis die Meute endlich schweigt, und wende mich dann an Gret: »Kannst du dieses *Hihihimmel* irgendwie ins Wörterpuzzle einfügen?«

»Nicht wirklich«, verneint sie. »Klar, es ist ein weiteres relativiertes Wort mit an sich sehr positivem Inhalt. Heim, Frieden, Himmel. Schöne Sachen, ohne Frage. Aber alle ironisiert. Eins steht in Anführungszeichen, eins ist geköpft, eins ins Lächerliche gezogen. Was uns der Täter damit sagen will? Keine Ahnung.«

»Gibt's was Neues hinsichtlich dieses Konflikts zwischen Grolimund, Fisch und *Lüthy & Graf*?«

»Ich besuchte gestern noch Frau Grolimund. Sie wollte mich erst gar nicht hereinlassen und weigerte sich kategorisch, über ihren Mann zu sprechen.«

»Hast du es mit Wein versucht?«, frage ich, und wenn ich mich nicht ganz stark täusche, errötet Gret tatsächlich leicht. »Ich bekam nicht mal ein Glas Wasser«, gibt sie schnippisch zurück, »und schon gar keine Auskünfte. Irgendetwas stinkt da ganz gewaltig. Ich habe eben nochmals mit Frau Mäder telefoniert. Sie ist sich hundertprozentig sicher, dass sich alle vier Beteiligten inklusive der jeweiligen Ehefrauen gut kennen.«

»Das würde bedeuten, dass Lüthys Frau vorgestern gelogen hat«, stelle ich fest. »Hast du aus der was herausgebracht?«

»Sie war gestern shoppen und danach mit einer Freundin auf einem Andreas-Vollenweider-Konzert im Luzerner Kongresshaus. Ich fahre direkt nach der Sitzung zu ihr nach Cham. Und nachher weiter zu Fischs.«

»Da wirst du auf mich treffen«, teilt ihr Michael mit. »Ich muss nachher ebenfalls sofort los. Wir müssen abklären, wann und wie diese *Hihihimmel* in die Gegend gekommen sind.«

»Irgendwas Neues aus den Geschäftsunterlagen?«, frage ich Borho.

»Es wird immer klarer, dass die Herren absolut unseriös gewirtschaftet haben, an der äußersten Grenze der Legalität und manchmal auch darüber hinaus. Aber keinerlei Hinweise auf Probleme mit Grolimund und Fisch.«

»Was ist mit Thommen, Röhricht und diesem anderen Sohn?«, wechsle ich das Thema. »Fährt irgendeiner von ihnen einen Lexus?«

»Nicht dass wir wüssten«, antwortet Mario.

»Röhricht ist bei der Arbeit«, sagt Klauser. »Abteilung *Risk Chain Calculation Management* bei der *Swiss Life*. Wir können ihn jederzeit sprechen. Der Sohn der anderen Frau heißt Gion Grünenfelder. Er lebt in Winterthur-Töss und bezieht eine Invalidenrente. Erreichen konnte ich ihn noch nicht, er hat kein Telefon. Seine Mutter ist unter derselben Adresse gemeldet.«

»Und Thommen ist wie vom Erdboden verschwunden«, kläfft Bea. »Wäre es nicht an der Zeit, endlich einen Haftbefehl gegen ihn zu erlassen?«

»Von mir aus«, tue ich ihr den Gefallen. »Prüfen wir mal, ob das neue Fahndungssystem SIS was taugt.«

»Ich verstehe ehrlich gesagt nicht ganz, warum wir überhaupt noch anderen Spuren nachgehen«, fährt Bea fort. »Der Fall ist doch sternenklar!«

»Vielleicht sollten wir uns wirklich auf Thommen konzentrieren«, stimmt ihr Michael überraschend zu. »Der Mann besitzt Schwerter, sein Onkel wurde durch die Getöteten ruiniert, er hatte Kontakt zu Graf, er ist verschwunden. Das sind tatsächlich einige Indizien, da muss ich Bea zustimmen.«

»Aber eben keine Beweise«, widerspreche ich. »Wir haben weder in Grafs Wohnung noch in Cham noch in Thommens eigener Wohnung in der Zschokkestraße auch nur den geringsten Hinweis gefunden, dass er mit der Geschichte zu tun hat. Und das hätten wir, wenn er der Täter wäre.«

»Seit wann ist denn dein Vertrauen in den Kriminaltechnischen Dienst so groß, Fredy?«, fragt mich Michael.

Bevor ich mich über ihn ärgern kann, kommt mir Gret zu Hilfe: »Ich finde es völlig richtig, dass wir nicht nur eine einzige Spur verfolgen. Es gibt auch deutliche Signale, die gegen Thommen sprechen.«

»Welche denn?«, höhnt Bea.

»Schluss jetzt!«, fahre ich sie an. »Auch ich will Thommen im Verhörzimmer sehen, damit das klar ist! Aber ich will auch mit Röhricht reden und mit diesem Grünenfelder. Und ich will wissen, wo Grolimund ist und weshalb sich die illustren vier Geschäftsleute zerstritten haben. Lasst uns also weiterarbeiten. Oder muss jemand noch was wirklich Dringendes loswerden?«

Bea schmollt und ich erhebe mich. Die anderen tun es mir nach, um zurück in ihre Büros zu eilen. Einzig Michael ist sitzen geblieben.

»Sorry«, sagt er. »Ich wollte dir nicht in den Rücken fallen.«

»Schon okay. Vielleicht bin ich auf dem Thommen-Auge ja wirklich blind.«

»Vielleicht aber auch nicht«, meint er. »Es sind einfach noch zu viele Fragen offen, da hast du absolut recht. Diese Aufschriften zum Beispiel kann jeder hingemalt haben, es muss nicht mal der Täter sein. Vielleicht ist es auch ein Mitwisser oder Trittbrettfahrer. Klar ist nur, dass Fisch sie nicht selbst hingesprayt hat. Dafür zitterte er zu sehr, als ich sie ihm zeigte.«

»Denkst du, dass ihn der Täter bereits im Visier hat?«

»Es ist zu befürchten. Immerhin wissen wir, dass der Mörder bisher immer sonntags zugeschlagen hat.«

Da ist was Wahres dran, auch wenn wir nicht wissen, was mit Grolimund geschehen ist. Und falls tatsächlich etwas passiert ist, ob es ebenfalls an einem Sonntag stattgefunden hat. Ich persönlich glaube weiterhin, dass er tot ist. Erstaunlich ist nur, dass er bisher nirgends gefunden wurde, wo doch die anderen Leichen nicht zu übersehen waren.

»Das macht die Überwachung vielleicht ein bisschen einfacher«, äußere ich mich.

»Freu dich nicht zu früh«, gibt Michael zurück.

Plötzlich steht Klauser im Türrahmen. »Es ist unmöglich herauszufinden, ob Grünenfelder zu Hause ist. Wir müssen zu ihm rausfahren«, sagt er. »Bei Röhricht sind wir angemeldet. Wenn ihr wollt, können wir gleich los.« Er wendet sich bereits Richtung Ausgang.

»Ich begebe mich dann mal nach Unterägeri«, meint Michael und ich greife mir mein Jackett, um hinter Klauser herzueilen. Ich habe ihn schon fast erreicht, als er plötzlich einknickt und aufstöhnt. Ich bleibe neben ihm stehen, umfasse seine Schulter und frage besorgt: »Wie geht's dir denn überhaupt?«

»Schmerzen«, antwortet er. »Die ganze Zeit. Nicht unaushaltbar, doch stets zu spüren. Aber immerhin lebe ich noch.«

Ich nicke bedrückt und fühle mich schuldig. Natürlich habe nicht ich ihn in Stücke geschossen. Aber er war damals zu meinem Schutz im Zug, als im Zusammenhang mit der Erpressergeschichte um unseren Exkollegen Ruedi Fischer eine Geldübergabe im Wald total missglückte. Während ich kaum eine Schramme davontrug, lag Klauser neun Monate im Spital.

»Sag mir, wenn ich etwas für dich tun kann«, spreche ich ihm zu.

»Gehen wir«, beißt er die Zähne zusammen und schleppt sich neben mir her bis zum Parkplatz.

Wenig später fahren wir direkt vor den Stahlbeton-Skelettbau der *Swiss Life* im Engequartier. Das denkmalgeschützte Gebäude wurde in den späten Dreißigern erstellt und erinnert mich persönlich ein klein wenig an die Nazi-Architektur. Über dem mit zwei dünnen Säulen und zwei kümmerlichen Gipslöwen aufgemotzten Haupteingang hängt eine große Schweizer Fahne.

Ein aufgeregter Pförtner eilt herbei und verstummt, als wir ihm unsere Ausweise unter die Nase halten. Klauser fordert ihn auf, uns sofort bei Andreas Röhricht anzumelden. Der Mann kehrt zurück in sein Kabäuschen und verspricht uns nach einem kurzen Telefonat, Herr Röhricht käme gleich herunter.

Ich habe schon jetzt das Gefühl, dass unser Besuch hier völlig sinnlos ist. Eine Ahnung, die sich bestätigt, als Röhricht auf uns zuschreitet. Er sieht definitiv nicht aus wie ein Schwertkämpfer, der jemandem hinter einem struppigen Busch auflauert. Er trägt eine Bürstenschnittfrisur, eine blaurot gestreifte Seidenkrawatte, ein weißes Hemd, weit geschnittene Bundfaltenhosen, eine teure, sechseckige Designerbrille und ein selbstzufriedenes Grinsen im glatt rasierten Gesicht. Ein Versicherungsvertreter wie aus dem Prospekt. Sein Blick auf uns ist allerdings trotz des antrainierten Lächelns voller Argwohn, man könnte meinen, wir hätten jahrelang keine Prämien mehr bezahlt.

Er führt uns in einen Aufenthaltsraum gleich neben dem Empfang. »Womit kann ich dienen?«, fragt er.

»Sie haben Drohungen ausgestoßen gegen Robert Fisch und Daniel Grolimund. Und vermutlich auch gegen Gustav Graf und Eduard Lüthy«, behaupte ich drauflos. Wenn wir uns lächerlich machen sollten, dann wenigstens richtig.

Röhricht lacht nicht. Er fasst sich lediglich an seine Brille und blickt uns über deren Rand hinweg streng an. »So what?«, sagt er schließlich.

Ich beschließe, es kurz zu machen: »Wir möchten wissen, wo Sie die vergangenen zwei Sonntage gewesen sind.«

Nun lacht er doch. »That's all?«

»Wo waren Sie denn nun?«

»Hongkong«, antwortet er.

»Hongkong?«

»Die ehemalige britische Kolonie«, sagt er klugscheißerisch.

»Zwei Wochen lang?«

»Ein halbes Jahr lang! Brauchen Sie Zeugen?«

»Gerne«, antworte ich. Soll er wenigstens noch etwas Papierkrieg abkriegen, wenn er schon nicht als Täter infrage kommt.

»Sonst noch was?«, fragt er gelangweilt.

»Wieso konnten Sie das Debakel Ihrer Eltern eigentlich nicht verhindern, wenn Sie so ein toller Fachmann in Finanzfragen sind?«, setze ich ihm zu und das trifft ihn jetzt tatsächlich.

»Sie haben mich nicht gefragt!«, braust er auf. »Leider. Sie kannten Graf seit zwanzig Jahren und vertrauten ihm. Zu mir kamen sie erst, als sie begriffen, dass die Sache krummlief!«

»Da rasteten Sie aus?«

»Jawohl, das tat ich, meine Herren. Umso mehr, als sich herausstellte, dass rechtlich nichts zu machen war. Alles, was ich tun konnte, war, die Halunken anzuschwärzen, wo immer es ging. Im Geschäft sind sie aber immer noch.«

»Ihren Eltern geht es gut?«

»So weit ja. Sie haben sich wieder gefangen.«

»Wohnen sie in einem Altersheim?«

Wieder betrachtet er mich verständnislos über seine Brille hinweg. »Wie kommen Sie denn darauf?«

»Beantworten Sie einfach meine Frage!«

»Nein. Sie leben seit zwei Jahren getrennt. Mein Vater wohnt in einem geräumigen Mietshaus in Langnau am Albis. Meine Mutter bei meiner jüngeren Schwester in Birmensdorf.«

Na gut, das war's dann. Mir fällt nichts Spannendes mehr ein. Auch Klauser schweigt.

»Wenn sonst nichts mehr anliegt, gehe ich jetzt wieder an die Arbeit«, sagt Röhricht. »Eine Liste mit Namen, die bestätigen können, dass ich wirklich in Hongkong weilte, erhalten Sie per Fax. Sie finden den Weg, oder?«

Wie geprügelte Hunde kehren wir zurück in die Zentrale. Klauser schlägt vor, gleich zu Grünenfelder nach Winterthur weiterzufahren, aber für den Moment reicht es mir. Ich sehe, dass Klauser enttäuscht ist, und versichere ihm, Grünenfelder werde schon nicht vergessen werden.

Zurück in meinem Büro, versuche ich der Reihe nach, Häberli, Strich und Gessert zu erreichen. Vergebens. Irgendwie habe ich das Gefühl, dass die Sache eilt. Wir sind nahe am entscheidenden Durchbruch, kreisen wie Zirkuslöwen um den Fleischtopf. Nur hindert uns leider ein imaginäres Gitter am Zubeißen.

Auch der Dompteur wirkt schon ganz schön unruhig. Auf jeden Fall habe ich die Nervensäge von Bezirksanwalt bereits wieder am Draht. Er beklagt larmoyant, dass er einfach zu wenig informiert würde von mir. Die Presse fordere Resultate und er wünsche zumindest ab und an mal einen Zwischenbericht. Nicht mal mein Kommandant sei auf dem Laufenden, so gehe es doch nicht.

Am liebsten würde ich ihn zum Teufel wünschen. Das Phantom hat mit dem Leben abgeschlossen und ist froh, wenn wir ihn nicht behelligen, das müsste der Bezirksanwalt doch eigentlich wissen. Abgesehen davon will ich selbst auch vorankommen, was denkt er sich denn? Ich verspreche ihm, einen Bericht abzufassen, sobald ich dazu käme, und lege genervt auf.

Was habe ich mir heute Morgen vorgenommen? Gelassen zu bleiben, egal was kommt. Aber dazu hätte ich wohl Schafhirte werden müssen und nicht leitender Kriminalbeamter in der größten Stadt der Schweiz. Noch dazu ein Beamter, dem dauernd Geköpfte vor die Füße geworfen werden und dem von irgendwelchen Amateurpolitikern jederzeit der Lohn gekürzt werden kann.

Plötzlich denke ich an das Essen neulich zurück, an dem mir Franz Studer angeboten hat, sich umzuhören. Eigentlich kann das ja nichts schaden, denke ich mir. Andererseits verbinde ich Privates und Berufliches nur sehr ungern. Aber schließlich kam die Idee von Franz, und Zeit hat er als Privatier nun wirklich reichlich. Dennoch zögere ich ein wenig. Wenn ich ihn jetzt anrufe, gleicht das der Unterschrift unter einen Freundschaftsvertrag. Was bedeutet, dass wir vielleicht noch öfter bei Studers essen müssen.

Aber was soll's. Leonie und Annemarie Studer sind eh unzertrennlich in ihrer tiefen Verehrung für die behuften Vierbeiner. Und Franz ist trotz seiner Millionen ein angenehmer und bescheidener Zeitgenosse. Einer, der vielleicht Informationsquellen kennt, die unsereinem sonst verborgen blieben.

Ich rufe ihn also an und er nimmt nach dem ersten Klingelton ab, als hätte er auf meinen Anruf gewartet.

»Hallo, Fred«, begrüßt er mich. »Welche Überraschung! Suchst du Leonie?«

»Nein, nein«, antworte ich. »Du hast doch letztlich mal gesagt, du könntest dich ein wenig umhören wegen diesem Gustav Graf.«

»Klar. Willst du, dass ich loslege?«

»Es geht uns eigentlich mehr um *QualityTopinvest* in Zug. Kennst du die?«

»Sagt mir so spontan nichts.«

»Lüthy & Graf haben dieser Firma Kunden zugeschaufelt, sollen sich später aber mit deren Inhabern total zerstritten haben. Möglicherweise wegen irgendwelcher Liegenschaften. Nun, ich dachte mir, vielleicht hörst du ja irgendwas.«

»Ich mache mich sofort an die Arbeit«, verspricht er.

»Besten Dank! Aber gell, Franz, nur, wenn du wirklich Zeit und Lust hast. Ich erwarte keineswegs, dass du jetzt alles stehen und liegen lässt.«

»Das mache ich doch gerne! Ich melde mich, sobald ich etwas weiß. Und sonst sehen wir uns morgen in einer Woche.«

»Ja, klar«, sage ich, wobei ich keine Ahnung habe, was für jenen Freitag geplant ist. Hoffentlich nur ein Essen und nicht etwa ein Theater- oder gar ein Opernbesuch.

Kaum habe ich aufgelegt, denke ich, dass ich einen Fehler begangen habe. Ich hätte Franz nicht in den Fall hineinziehen sollen. Umso mehr, als wir problemlos auch selbst vorankommen, wie ich nur Minuten später feststellen kann.

Borho schneit nämlich herein und berichtet, dass Grolimund und Fisch möglicherweise Schwarzgeld in dieses Einkaufszentrum in Wädenswil investieren wollten.

»Deshalb kam es zum Streit?«

»Das Geld könnte aus sehr dunklen Quellen stammen«, meint Borho.

Ich lache. »Eine reine Vermutung, oder? Es kann auch simples Steuerfluchtgeld aus Deutschland sein. Oder etwa nicht?«

»Es muss etwas Gravierendes geschehen sein, das sieht die fesche Gret schon richtig.«

Der letzte Teil seines Satzes löst Unbehagen in mir aus. Ich frage mich, ob ich darauf reagieren soll. Aber wie? Also fordere ich ihn auf, in die eingeschlagene Richtung weiterzuforschen.

»Bea sucht wie besessen nach diesem Thommen«, klagt er.

»Du glaubst ebenfalls nicht, dass er der Täter ist?«

»Nein. Es muss jemand anders dahinterstecken.«

»Da sind wir uns einig. Nur wer?«

Er zuckt seine mageren Schultern.

»Also bis später«, scheuche ich ihn raus.

Kurz darauf taucht Per im Büro auf. Er ist angezogen wie ein abgebrannter Surflehrer und trägt eine besorgte Miene zur Schau. Haben sie ihn wieder verhaftet? Einen kurzen Moment zieht sich alles in mir zusammen. Aber er will sich nur für die junge Frau einsetzen, auf deren Party er verhaftet wurde.

»Sie war bis oben hin voll mit Kokain«, erkläre ich ihm. »Da lässt sich nicht viel machen.«

»Ich habe sie heute Morgen besucht. Und sie ist sich sicher, dass sie jemand hereingelegt hat. Möglicherweise ihr Exfreund.«

Was erwartet mein Sohn von mir? Ich bin absolut baff, dass er sich überhaupt an mich wendet. Es muss ihn schwerer erwischt haben, als ich vermutet habe.

»Hat sie das den Kollegen erzählt?«

»Ja, aber sie glauben ihr nicht. Der Typ stammt aus sehr reichem Haus.«

Wie sie selbst, hätte ich beinahe gesagt, aber ich kann es mir gerade noch verkneifen. »Wirklich?«, frage ich stattdessen.

»Sein Vater sitzt im Kantonsrat für die SVP«, erklärt er mir. »Er selbst soll ziemlich gewalttätig sein, sagt Adrienne.«

Ich stöhne innerlich. »Wie heißt er denn?«

Per nennt mir den Namen und ich verspreche ihm, mich um die Sache zu kümmern. Ich kann ja nachher mal jemanden von der *Spezialabteilung 4* anrufen, vielleicht weiß man dort etwas.

»Du setzt dich ja ganz schön für die junge Frau ein«, stelle ich fest.

Der Anflug eines Lächelns huscht über sein Gesicht. Mein Gott, warum nur ein Schneewittchen vom Zürichberg, denke ich mir. Gibt's denn nicht genug gesunde junge Frauen in dieser Stadt? So wie Per aussieht, kann er doch die meisten kriegen. Aber nein, es muss eine sein, die derzeit im Knast sitzt und sich zukokst, um imaginäre Leeren zu stopfen. Wenn das nur gut geht.

»He, Per, ich verspreche dir, ich frage nach. Aber wir sind mitten in einer zermürbenden Ermittlung. Du kennst die Geschichte, diese Geköpften. Ich muss mich darauf konzentrieren. Kannst du das verstehen?«

»Du fragst also nach«, überhört er meine Worte einfach.

Ich versichere ihm, mein Möglichstes zu tun, und er scheint halbwegs beruhigt und zieht von dannen.

Kaum ist er weg, kommt Klauser rein und fragt nach, was ich wegen Grünenfelder unternehmen wolle. Bevor ich eine Antwort geben kann, klingelt das Telefon auf meinem Pult. Es ist der junge Fehr vom Polizeiposten in Andelfingen.

»Die Autowerkstätten gaben leider nichts her«, berichtet er zerknirscht.

»Das habe ich mir schon gedacht. Aber trotzdem danke für die Mühe.«

»Wenn ich sonst irgendwas tun kann …?«

»Könnten Sie kurz nach Winterthur fahren?«, frage ich ihn aufs Geratewohl. »Es ginge darum nachzusehen, ob ein Verdächtiger mit Namen Gion Grünenfelder zu Hause ist, der kein Telefon hat. Also eigentlich ist der Mann nicht wirklich verdächtig, aber der Ordnung halber sollten wir doch kurz mit ihm sprechen.«

»Soll ich ihn nach Zürich bringen?«, will er wissen.

»Nein, nein. Sehen Sie einfach mal nach, ob er überhaupt zu Hause ist. Wir kommen dann zu Ihnen. Aber vergessen Sie nicht, dass wir nicht das Geringste gegen ihn vorliegen haben.«

»Ich fahre sofort los«, verspricht er.

»Danke«, verabschiede ich mich und zu Klauser, der mitbekommen hat, um wen es geht, sage ich stolz: »Nicht dass wir umsonst hinfahren.«

»Ich muss in die Physiotherapie«, erklärt er lapidar. »Um drei bin ich aber wieder zurück.«

»Lass dir Zeit, Peter. Wenn Grünenfelder da ist, können wir auch noch am Nachmittag mit ihm sprechen.«

Er hinkt hinaus und ich blicke auf meine Uhr. Schon wieder Mittag.

Ich beschließe, ein Sandwich zu holen. Schlendere zum *Migros City* hinüber und stehe gerade mitten in einer langen Schlange vor dem *Gourmessa,* als sich mein Natel meldet. Es ist Häberli. »Kennst du Lavertezzo im Verzasca-Tal?«, fragt er mich.

»Nein, wieso?«

»Du weißt schon, wo die alte Römerbrücke steht, von der aus man dreizehn Meter in die Tiefe springen kann.«

»Kommst du zum Punkt, John?«

»Da steht *Panama* auf einem großen Felsbrocken.«

»Was steht da?«, rufe ich aus und einige Leute in der Warteschlange blicken sich unruhig nach mir um.

»Panama«, wiederholt er. »In Orange.«

Heilige Scheiße! Ich muss die Schlange verlassen, ich habe keine andere Wahl. Dies in einem Moment, indem mich nur noch zwei Schülerinnen von der Sandwichfee hinter dem Tresen trennen. Aber was Häberli mir zu berichten hat, ist wichtiger.

»Wir haben bereits Taucher bestellt«, erzählt er weiter.

»Wieso das denn?«

»Du kennst die Verzasca wirklich nicht?«

»Zum Teufel, ich habe sie mir natürlich irgendwann mal angeschaut. Aber was genau willst du mir sagen?«

»Da ertrinken immer wieder Leute.«

»Natürlich«, höhne ich. »Und vorher sprayen sie noch *Panama* auf einen großen Stein.«

»Die Leute werden von der Kraft des Wassers unter die Felsen gesogen.«

Aha, endlich dämmert es mir, worauf er hinauswill.

»Sucht den verdammten Fluss ab, John. Mit Hunden, Tauchern oder was auch immer. Ich warte auf Resultate.«

Er hustet.

»Hast du mich gehört, John?«

»Klar, Boss. Resultate. Wir tun, was wir können. Die Kollegen hier sind super. Gestern hat mich einer zu einer Saltimbocca eingeladen, ich sage dir, saftig und würzig, wirklich ein Traum.«

»Ich versuche gerade, ein Sandwich zu bestellen«, unterbreche ich ihn. »Und bitte: Nimm künftig das Natel ab, wenn ich anrufe.«

»Aha, da fliegen die Taucher ein«, ignoriert er mich krächzend und tatsächlich höre ich im Hintergrund so etwas wie anschwellenden Motorenlärm.

»Bis später«, sage ich und beende das Gespräch. Ich ordne mich gerade noch einmal neu in die Schlange ein, als mein Natel schon wieder klingelt.

»Scheiße, Fredy«, höre ich den atemlosen Michael. »Es steht ein neues *Hihihimmel* da.«

»Was? Das kann doch nicht wahr sein! Bist du sicher, dass wir es gestern nicht übersehen haben?«

»Todsicher. Es prangt mitten auf Fischs Garagentor. Als ich heute Morgen wegfuhr, stand es da noch nicht.«

»Das Haus wurde doch weiter überwacht«, wende ich ein.

»Die Garagen befinden sich etwas unterhalb der Siedlung. Von der Wohnung oder vom Standort des Streifenwagens aus sind sie nicht einzusehen.«

Ich weiß nicht, was ich sagen soll. »Was schließt du daraus?«, frage ich hilflos.

»Dass der Täter heute früh hier war, Fredy. Eine andere Erklärung gibt es nicht. Und dass er es ernst meint.«

»Ist Gret schon aufgetaucht?«

»Nein, noch nicht. Fisch kann sie ohnehin vergessen«, sagt er. »Der Mann ist nur noch ein zitterndes Wrack. Die neue Aufschrift hat ihm den Rest gegeben.«

»Umso mehr muss er uns helfen. Das liegt doch in seinem Interesse.«

»Ja, natürlich. Und sonst? Gibt's bei euch was Neues?« Ich merke, dass auch er ziemlich ratlos ist.

»Häberli hat angerufen, sie haben eine neue Aufschrift gefunden im Tessin. Aber bisher noch keine Leiche.«

»Soll ich jetzt ›schade‹ sagen? Und was soll ich deiner Meinung nach unternehmen?«

»Bleib da, bis Gret kommt, und hilf ihr herauszufinden, was hinter dem Zerwürfnis zwischen Grolimund, Fisch und *Lüthy & Graf* steckt. Melde dich nachher noch mal.«

»Okay«, sagt er und beendet das Gespräch.

»Ein Sandwich mit Thunfisch bitte«, wende ich mich der Verkäuferin hinter der Theke zu und sie rückt es mir anstandslos heraus. Ich verschlinge es im Gehen, während ich in die Zentrale zurückhaste.

Gion Grünenfelders Augen sind von einem strahlenden dunklen Blau. Sein schwarzes lockiges Haar ist dicht, sein Kinn so markant wie seine lange hakenförmige Nase. Die Zähne sind gelb verfärbt und die Haut ist gebräunt. Aber seine Hände sind glatt und weich wie die eines Kindes und weisen keine Farbspuren in Orange auf.

Er sitzt Klauser und mir gegenüber am Holztisch in seinem ärmlichen, aber penibel sauberen Wohnzimmer. Bea lehnt in einer Ecke. Ich habe sie mitgenommen, damit sie mal an was anderes denkt als an Thommen. Und auch Fehr darf zuschauen, er steht in Uniform an der Tür. Eine sehr ansehnliche Delegation für einen einzelnen Mann. Aber Grünenfelder wirkt nicht im Geringsten eingeschüchtert, er sitzt ganz ruhig auf seinem Stuhl.

»Danke, dass Sie uns empfangen, das ist sehr freundlich von Ihnen«, lege ich los. »Kennen Sie die Herren Gustav Graf und Eduard Lüthy?«

»Ja, die kenne ich«, antwortet er im Bündner Dialekt.

»Haben Sie sie persönlich getroffen?«

»Ja, das habe ich.«

»In welchem Zusammenhang denn?«

Er bewegt sich keinen Millimeter. Und er lässt sich viel Zeit mit der Antwort. Ich warte.

»Die haben mal meine Mutter beraten«, grummelt er schließlich.

»Richtig«, sage ich. »Ziemlich schlecht, oder?«

»Miserabel«, sagt er.

»Sie hassen diese Leute, habe ich recht?«

Er starrt ungerührt geradeaus.

»Es sind Aasgeier«, sagt er.

»Wissen Sie, dass die beiden tot sind?«

»Ich hab's gelesen, ja.«

Der Mann bleibt stoisch ruhig. Warum sollte er auch nicht? Er hat uns bereitwillig empfangen und dürfte nichts mit der Sache zu tun haben. Mir fehlt heute der Nerv für sinnlose Verhöre, ich spüre es deutlich. Ich bin schon nahe am Aufgeben. Aber Fehr und Bea erwarten wohl noch ein bisschen mehr von mir.

So frage ich also weiter: »Sie beziehen eine IV-Rente?«

»Ja, leider«, antwortet er. »Es ging nicht mehr. Irgendwas hat mich aus der Bahn geworfen, ich weiß selbst nicht was.«

»Die Sache mit Ihrer Mutter?«

Er weicht ein paar Millimeter zurück. »Meine Mutter?«

»Dass sie um ihr Geld gebracht wurde, hat Sie doch hochgradig aufgeregt. Sie nahmen sogar an einer Sitzung teil, bei der alle dabei waren: Lüthy, Graf, Grolimund und Fisch.«

»Meine Mutter erlitt wenig später einen Hirnschlag«, sagt er und das kommt nun doch überraschend.

»Wo lebt sie denn jetzt?«

»Im Altenheim«, sagt er ungerührt.

»Ich dachte, sie wohnt bei Ihnen«, gebe ich meinem Erstaunen Ausdruck.

»Das war früher einmal.«

Ich klaube eine Muratti aus meiner Jacketttasche und zünde sie an.

»Kennen Sie den Weiler Alten bei Andelfingen?«, fahre ich fort.

Er scheint nachzudenken. »Zu dem die neue Holzbrücke hinführt?«

Verdammt, ist er so naiv? Oder ist er so raffiniert? Warum zum Teufel bewegt er sich nicht? Er blinzelt nicht mal. »Waren Sie letzthin mal dort?«

»Nein«, sagt er.

»Ihre Mutter lebt also in einem Altenheim?«

»Ja, leider.«

»Besuchen Sie sie manchmal?«

»Ja, sicher. Aber sie erkennt mich nicht.«

»Das tut mir leid«, sage ich. »Möchten Sie auch eine Zigarette?«

»Nein, danke.«

Seine Ruhe irritiert mich immer mehr, er hockt auf seinem Stuhl wie ein schwerer Stein. »Nehmen Sie Medikamente?«

»Das muss ich«, sagt er. »Leponex, Temesta, Risperdal.«

»Die stellen Sie ruhig.«

»Ich glaube, ja.«

»Was machen Sie ganzen Tag?«

»Nicht viel. Ich gehe spazieren, manchmal helfe ich den Bauern in der Umgebung oder repariere etwas.«

Wieder fällt mein Blick auf seine Kinderhände.

»Ich wasche sie häufig«, reagiert er daraufhin. »Das gehört zu meiner Krankheit, meint mein Doktor. Er hat mir empfohlen, sie täglich einzucremen.«

»Aha«, sage ich und überlege mir, was noch an Fragen bleibt. Wenn mich nur seine Augen nicht so irritieren würden. Irgendetwas lauert hinter ihnen, das spüre ich.

»Wo waren Sie am vergangenen Sonntag?«, frage ich.

»Da muss ich nachdenken«, sagt er.

»Nur zu!«

»Ah, ich besuchte meine Mutter, klar.«

»Den ganzen Tag?«

»Nein, nein, nur über Mittag. Danach ging ich spazieren.«

»In Alten?«

»Wieso? Ich habe doch vorhin bereits gesagt, dass ich dort schon lange nicht mehr war. Nein, ich ging in die Stadt. Nach Winterthur.«

»Haben Sie dort jemanden getroffen?«

Er überlegt. »Ich glaube nicht. Wissen Sie, ich kenne nicht viele Leute.«

»Und wo waren Sie am Sonntag zuvor? Auch bei Ihrer Mutter?«

»Wahrscheinlich, ich besuche sie meistens am Sonntag.«

»Kennen Sie Leimbach?«

»Leimbach?«, fragt er zurück. »Nein.«

»Geben Sie uns die Nummer vom Heim Ihrer Mutter?«

»Ja, sicher. Wollen Sie sie jetzt sofort aufschreiben?«

Ich nicke und er diktiert uns eine 055er-Nummer.

»Hat von euch noch jemand eine kluge Frage?«, wende ich mich an die Kollegen.

»Ihr Vater ist tot?«, erkundigt sich Bea sehr direkt.

»Ja, leider. Schon lange.«

»Hat er Ihrer Mutter Geld hinterlassen?«

»Ja, sicher, er hat viel gearbeitet. Und sie auch.«

Meine Unterlagen sagen mir, dass Grünenfelders Vater vor über zwanzig Jahren gestorben ist und in der Winterthurer Altstadt eine Metzgerei führte, die seine Frau nach seinem Tod übernahm.

»Lieben Sie Tiere?«, erkundige ich mich bei ihm.

»Schon, ja. Hunde mag ich gern.«

»Sie würden nie einem etwas antun, oder?«

Darauf antwortet er nichts. Seine blauen Augen wirken wie versteinert.

»Besitzen Sie ein Fahrzeug?«, meldet sich Klauser zu Wort.

»Nein. Das kann ich mir bei meiner Rente nicht leisten.«

»Was denken Sie über Panama?«

»Worüber?«

»Panama. Dorthin verschwand das Geld Ihrer Mutter.«

»Ich kenne das Land nicht.«

»Es ist schade, dass Sie an jenem Sonntag niemanden getroffen haben in Winterthur«, äußert sich Bea.

»Ja, leider«, sagt Grünenfelder. »Ich kenne eben nicht so viele Leute.«

Der Fragestrom versiegt. Der ruhige, bescheidene Mann vor uns hat niemanden geköpft, da können wir bis morgen fragen. Und doch gefällt mir irgendetwas nicht an ihm. Seine Augen sind es. In ihnen lodert eine Entschlusskraft, die allem widerspricht, was er sonst verkörpert.

Ich unternehme einen letzten Anlauf. Die einzige Reaktion zeigte er, als ich auf seine Mutter zu sprechen kam. Also versuche ich es nochmals.

»Lieben Sie Ihre Mutter?«, frage ich und tatsächlich scheint es mir, als ob ein leiser Schatten über sein Gesicht fällt. Er blinzelt auch ein wenig.

»Sie war immer für mich da«, sagt er.

»Und diese Finanzakrobaten haben sie zugrunde gerichtet. Dafür müssen sie jetzt büßen.«

»Sie hatte einen Hirnschlag«, wiederholt er sich.

»Wegen diesen Leuten?«, bedränge ich ihn. »Oder nicht?«

»Sie haben ihr alles Geld abgenommen.«

»Und? Müssen sie dafür bestraft werden? Mit dem Schwert?«

»Gott ist gerecht«, sagt er.

»Spielen Sie Gott oder seinen Henker?«

»Ich bin krank.«

»Haben Sie irgendetwas mit den Mordfällen zu tun?«

»Nein«, beteuert er. »Ich lebe ganz bescheiden in meiner kleinen Wohnung und versuche, niemanden zu stören. Ich möchte nicht wieder ins Heim.«

»Sie waren im Heim?«

»Ja, in der *Libelle* in Oetwil am See. Einem Wohnheim für psychisch Behinderte.«

»Seit wann sind Sie wieder draußen?«

»Seit knapp einem Jahr. Ich hoffe, dass ich stabil bleibe.«

Der Typ macht mich ratlos.

»Macht es Ihnen was aus, kurz hier zu warten? Wir möchten uns gerne rasch besprechen.«

»Das ist schon in Ordnung.«

Wir gehen nach draußen.

»Also, ich würde ihn mitnehmen«, sagt Klauser.

»Wir haben doch nichts in der Hand«, widerspricht ihm Bea. »Kannst du dir vorstellen, dass er heute Morgen nach Unterägeri fuhr und *Hihihimmel* an Fischs Garagentor sprayte? Er hat doch nicht mal ein Fahrzeug.«

»Wir können ihn in U-Haft nehmen und einen Psychologen hinzuziehen«, beharrt Klauser auf seinem Standpunkt.

»Mir ist's auch nicht wohl bei dem Typen«, unterstütze ich ihn.

»Immerhin beantwortet er freiwillig alle unsere Fragen«, wirft der junge Fehr ein.

»Das stimmt«, muss ich ihm recht geben. »Wir lassen ihn vorläufig in Ruhe. Sie«, ich deute auf Fehr, »bleiben aber in seiner Nähe. Ich will, dass er beschattet wird, rund um die Uhr. Melden Sie sich, falls Sie Unterstützung brauchen.«

»Wir machen das schon«, meint Fehr.

»Wir brauchen diesen Thommen, Chef«, zischt Bea.

»Soll ich ihn herzaubern?«, herrsche ich sie an.

Sie wendet sich beleidigt ab und stapft zum Wagen. Ich rufe ihr hinterher: »Natürlich brauchen wir ihn, aber gibt es irgendetwas, was ich dazu beitragen kann, um ihn herzubringen? Muss ich irgendwelche Papiere unterschreiben?«

Ich erhalte keine Antwort.

Auch egal. In mir klingt ohnehin noch das Gespräch mit Gion Grünenfelder nach. Entweder Gret oder Michael hätten dabei sein müssen, denke ich, von mir aus sogar Häberli mit seiner Erfahrung. Aber sie sind alle unterwegs. So absurd es klingt, ich sehne mich inzwischen nach einer Sitzung im Saal wie eine verlorene Ameise nach ihrem Haufen.

Ich gehe mit Klauser noch einmal zu Grünenfelder hoch. Er sitzt nach wie vor auf seinem Stuhl. Die Vorhänge vor den Fenstern sind leicht angegilbt, der Teppich ist durchgewetzt, der Tisch vernarbt.

»Stört es Sie, wenn wir uns ein wenig umsehen?«, frage ich Grünenfelder.

»Nein, machen Sie nur«, sagt er.

Wir gehen in die Küche. In einem an der Decke hängenden Netzkorb erkenne ich zwei große Wassermelonen und ein Bündel Bananen. Das Warmwasser kommt aus einem Boiler, in einer Ecke liegt ein sorgsam gebündeltes Paket Zeitungen, zuoberst der *Blick* von heute. Die Badewanne ist ein wenig verkalkt, das Schlafzimmer eng. Ich sehe nirgends einen Fernseher oder ein Radio und auch keine Bücher. Dafür miaut draußen eine Katze.

Wir kehren zurück zu Grünenfelder, der immer noch regungslos am Tisch hockt.

»Verfügen Sie irgendwo noch über einen anderen Raum?«, will Klauser von ihm wissen.

»Das könnte ich nicht bezahlen«, antwortet Grünenfelder.

Ich frage mich, ob ich auch noch unter das Bett und die Schränke gucken soll. Aber ich glaube, es reicht jetzt. »Wir gehen wieder, Herr Grünenfelder. Alles Gute!«

»Danke. Kommen Sie gut nach Hause.«

Wieder flammt in mir für einen Sekundenbruchteil das Gefühl hoch, dass er uns verarscht. Aber das Seltsame, Unbehagliche, das von ihm ausströmt, kommt wohl von den Medikamenten.

Wir verlassen die Wohnung und gehen zum Wagen. Bea beäugt mich argwöhnisch. Ich will der Form halber gerade die Nummer dieses Altenheims wählen, in dem Grünenfelders Mutter lebt, als mein Natel anfängt zu klingeln. Ich sehe auf dem Display, dass es Häberli ist.

»John?«

»Wir haben den Kerl«, sagt er. »Er trudelte tatsächlich unter einem Felsen. Die Fische haben ihm ziemlich zugesetzt, wahnsinnig viel ist nicht übrig von ihm.«

»Der Kopf?«

»Fehlt, Boss. Fehlt tatsächlich.«

»Und daran sind nicht deine Freunde, die Fische, schuld?«

»Ich bitte dich!« Im Hintergrund ist schon wieder der Lärm eines Helikopters zu hören. »Wir brauchen noch eine Weile, um sicher zu sein, dass es Grolimund ist, beziehungsweise seine Überreste. Aber ich denke, er ist es, falls dich meine Meinung interessiert.«

»Gibt es irgendwelche Vorstellungen, wie lange die Leiche schon im Fluss liegt?«

»Also, wenn du mich fragst, seit zwei Wochen mindestens.«

Damit wäre Grolimund noch vor Graf ermordet worden und der Erste in der Reihe der Geköpften gewesen. All die tollen Theorien, dass irgendein Konflikt zwischen *Lüthy &*

Graf einerseits und Grolimund und Fisch andererseits hinter der Sache stecken könnte, erweisen sich in diesem Moment als Potemkinsche Dörfer. Genau wie unsere idiotische Idee mit Grafs Krebs. Wahrscheinlich sind auch die Fundorte und Sprayereien nur Bullshit, um uns zum Narren zu halten.

»Habt ihr weitere orangefarbige Schriftzüge gefunden?«

»Nur dieses eine *Panama* in einer Sprechblase. Die ist allerdings riesig, darum haben wir sie auch sofort aus der Luft erkannt.«

»Wie heißt dieses Nest schon wieder?«

»Das idyllische Tessiner Dorf heißt Lavertezzo, mit v und zwei z. Postleitzahl 6633, hinten im Verzasca-Tal. Ich bin sicher, du würdest die Römerbrücke sofort erkennen, falls du ein Bild sehen würdest, sie ist eine bekannte Touristenattraktion. Vorhin wollten tatsächlich schon wieder ein paar Kanadier runterspringen, obwohl der Fluss kaum wärmer als zehn Grad ist. Unglaublich, diese jungen Leute!«

»Danke, John. Das war hervorragende Arbeit. Wann kommst du zurück?«

»Vermutlich morgen, sobald alles geklärt ist.«

»Ich freue mich«, sage ich und verabschiede mich. Dann informiere ich Bea, Klauser und auch Fehr über Häberlis Fund. Sie sind alle entsetzt. Auf wie viele Leichen müssen wir uns denn noch gefasst machen? In bedrückter Stimmung fahren wir zurück nach Zürich.

Im Büro brühe ich mir einen Kaffee auf und versuche zu verstehen. Wir kommen einfach nicht vom Fleck, wie Hamster in einem Laufrad. Röhricht, Grünenfelder, Grolimund selbst, sie alle fallen uns der Reihe nach als Täter aus. Bleibt am Ende wirklich nur noch Thommen. Oder jemand ganz anderes, den wir noch gar nicht kennen. Oder vielleicht doch dieser Grünenfelder mit seinen Kinderhänden und den blauen Augen?

Ich möchte, dass Michael zurückkommt. Und Gret. Ich muss den Fall mit jemandem durchsprechen. Okay, Bea tut es zur Not auch, sie ist nicht schlecht, etwas übereifrig vielleicht und schnell beleidigt, aber ihre Arbeit erledigt sie immer gewissenhaft. Und vor allem ist sie im Moment anwesend. Ich gehe zu ihr rüber, sie schenkt Mario gerade einen Kaffee aus ihrer Thermoskanne ein. Bevor ich etwas sagen kann, drückt sich Gret ins Zimmer. Sie scheint vollkommen niedergeschlagen zu sein, ich erkenne es an ihrer Haltung.

»Grolimund«, informiere ich sie. »Er trieb in der Verzasca unter einem Stein.«

»Er hatte was mit Lüthys Frau«, sagt sie darauf. »Deshalb wurden die Kontakte zwischen den Geschäftspartnern abgebrochen.«

»Ach«, sage ich erstaunt. »Das ist alles?«

»Deprimierend«, bestätigt sie. »Lüthys Frau hat schließlich zugegeben, dass sie Grolimund näher kannte. Und Fisch hat es mir in seiner Panik bestätigt. Graf habe sich voll hinter seinen Freund und Partner Lüthy gestellt und nichts mehr mit Grolimund zu tun haben wollen.«

»Ist Michael noch bei Fischs?«

»Ja. Er wäre froh, wenn du später hinkommen könntest, lässt er ausrichten. Dein Thommen ist wieder Favorit«, wendet sie sich an Bea.

»Nicht unbedingt«, erwidere ich. »Grünenfelder gefällt mir auch nicht.«

Sie reagiert nicht darauf und setzt sich auf Marios Pult, wo sie die Augen schließt.

»Geht's dir gut?«

»Wartet mal einen Moment. Wo genau wurde Grolimunds Leiche gefunden?«

»Bei Lavertezzo. Postleitzahl 6633, wenn ich mich recht entsinne.«

»Das ist ein Teufelssymbol«, fällt Bea auf. »Die 66, und irgendwie ist sie sogar doppelt vorhanden in der Postleitzahl, beziehungsweise ...«

»Ich meine etwas anderes«, unterbricht Gret sie, ohne die Lider zu öffnen.

»Was denn?«, erkundigt sich Bea irritiert.

»Einen Moment noch.« Gret hat ihre Augen immer noch geschlossen und vollführt mit ihren Händen beschwörende Gesten. Ist sie durchgedreht? Zu wenig Schlaf? Zu viel Stress?

»Ich hab's!«, schreit sie plötzlich auf und hüpft vom Pult. »Die Verzasca. Der grüne Fluss! Frau Grünenfelder! Und ledig hieß sie Lavater, mein Gott, das ist es doch! Ihr Geld versickerte in Panama, die Sprechblase. Sie kroch dem Geschwätz dieser Finanzmenschen auf den Leim!« Ihre Augen sind weit aufgerissen und auf mich gerichtet. »Ihr habt ihn doch nicht gehen lassen, oder?«

Ich blicke verschämt zu Boden. Ergänze aber immerhin, dass Grünenfelders Mutter im Altenheim lebt.

»Eben, es passt alles zusammen«, eifert Gret weiter und blickt rastlos um sich.

Bea und Mario können ihr kaum folgen. »Du meinst, Grünenfelder ist der Täter?«, hakt Mario sicherheitshalber nach.

»Der grüne Fluss, Grünenfelder. Lavertezzo, Lavater. Begreift ihr es denn nicht? Panama, Verzasca, Leimbach, Alten, Heim, Frieden!«

Mir schießt plötzlich ein Gedanke durch den Kopf. Ich lasse sie alle stehen und hetze rüber in mein Büro, um den Zettel zu suchen, auf dem ich die Nummer des Altenheims notiert habe, in dem Grünenfelders Mutter lebt. Ich tippe die Nummer in den Apparat. Es läutet unendlich lang, gewiss zwanzigmal, doch dann nimmt endlich jemand ab: »Altenheim *Frieden,* Stebler am Apparat.«

Der Hörer fällt mir vor Schreck aus der Hand und scheppert zu Boden. Die anderen, die mir gefolgt sind, schauen mich entgeistert an. »Altenheim *Frieden*«, erkläre ich ihnen resigniert.

»Verfluchte Scheiße!«, tobt Bea. »Eben saß die Ratte noch vor uns. Verdammtes Schmierentheater, ich hatte schon fast Mitleid mit dem Halunken!«

»Er wird überwacht, Fehr ist an ihm dran«, fällt mir ein.

»Wir kriegen ihn«, sagt Bea und ich bücke mich, um den Hörer wieder aufzuheben. Zum Glück funktioniert das Teil noch.

»Fehr«, meldet sich der Gesuchte prompt.

»Staub hier. Haben Sie Grünenfelder noch im Blick?«

»Ja, sicher«, sagt er. »Er ist immer noch in seinem Haus.«

»Lassen Sie ihn keinesfalls entkommen«, beschwöre ich ihn. »Wir sind unterwegs. Aber seien Sie vorsichtig! Grünenfelder ist unser Mann und extrem gefährlich.«

Wir rasen über die Autobahn wie die Irren. Bea steuert und ich muss zugegeben: Fahren kann sie. Ich sitze neben ihr und klammere mich an den Türgriff. Gret und Mario kauern hinten. Die Sirene heult, zwei voll besetzte Mannschaftswagen der mobilen Einsatztruppe *Diamant* folgen uns.

Wir brauchen kaum eine Viertelstunde und sind trotzdem zu spät. Fehr liegt blutüberströmt vor seinem Wagen und von Grünenfelder ist nichts zu sehen.

»Er lebt noch!«, ruft Gret, die zu Fehr geeilt ist. »Schnell, eine Ambulanz!«

»Ringfahndung einleiten«, brülle ich zu den Mannschaftswagen hinüber. »Er kann noch nicht weit sein.«

Unsere Einheiten stürmen bereits das Haus. Andere kommen mit Verbandszeug gesprungen. Wie es aussieht, wurde Fehr brutal auf den Kopf geschlagen, er ist bewusstlos. Aber er atmet noch.

»Grünenfelder soll mit einem Auto geflohen sein«, berichtet einer der Männer im Kampfanzug.

»Beschafft mir sofort einen Helikopter!«, schreie ich. »Großalarm!«

Er erinnerte sich noch ganz genau an die Sitzung bei Lüthy & Graf *in Kilchberg. Das schwarze Leder, das viele Glas, der Geruch nach exquisitem Kaffee. Die schmierigen Finanzzombies aus Zug mit ihren feinen Krawatten und ihren Unschuldsmienen. Graf selbst, der jeden Vorwurf seiner Mutter und ihres Anwalts mit einem geschäftsmäßigen Lächeln parierte. Lüthy, der sich ereiferte und ihm riet, nicht den Kopf zu verlieren, als er ihr unterstützend zu Hilfe kam.*

Es waren böse Worte gefallen, vor allem vonseiten des Anwalts seiner Mutter und von Grolimund. Der verstieg sich zu dem Satz, das Geld sei nun halt den Bach runter, kein Grund, emotional zu werden. Eben nur nicht den Kopf verlieren.

Er lächelte.

Er hatte seinen Kopf noch und sein Körper war nicht den Bach runter.

Das Geld aus dem Verkauf der Metzgerei, die seine Mutter nach dem Tod des Vaters schwer arbeitend noch fünfzehn Jahre weiter betrieben hatte, war futsch. Nach ihrem Zusammenbruch hatte er Graf angerufen und ihn aufgefordert, seine Mutter zu besuchen. Der hatte ihn ausgelacht. Jetzt lachte keiner mehr. Klar wussten die Polizisten jetzt, wer er war, und würden ihn schnappen. Aber nicht, bevor er seine Mission beendet hatte. Er hatte alle Eventualitäten einberechnet, inklusive eine frühzeitige Verhaftung. Wenn die Bullen nicht freiwillig abgezogen wären, wäre er aus dem Fenster gesprungen, er hatte es geübt. Leider

hatten die Idioten einen von ihnen zurückgelassen. Pech für den Knaben. Er musste ihn niederstrecken und hierher flüchten.
Dieses Versteck war absolut sicher. Todsicher quasi. Darauf waren die Polizisten nicht vorbereitet, das konnten sie gar nicht sein.

Strafen

Es ist Samstagabend geworden und Fehr liegt noch immer auf der Intensivstation des Stadtspitals Winterthur. Die Ärzte sagen, er werde überleben. Wir hoffen alle, dass er es schafft. Während Fehr ans Bett genagelt ist, scheint Grünenfelder wie vom Erdboden verschluckt. Seinen nirgendwo registrierten Lexus fanden wir gestern Morgen in Uster. Im Kofferraum lagen Schablonen und Dosen, die er für die Sprayereien verwendet hat. Die Häupter der Getöteten sind genauso verschwunden geblieben wie die Tatwaffe, tonnenweise Erde wurde umsonst umgegraben. Grünenfelders Mutter Eva, ledige Lavater, hat sich als komplett dement erwiesen, sie konnte uns gar nichts sagen. Die zuständigen Sozialarbeiter von der Invalidenversicherung bezeichneten unseren Mörder als einen ruhigen, besonnenen Mann, unter den Nachbarn galt er als hilfsbereit und als technisch begabter Bastler.

Sämtliche verfügbaren Kräfte sind im Einsatz, halbstündlich senden die Radios Warnungen aus, Grünenfelders Bild erscheint im *Blick* und im Fernsehen. Und doch haben wir keine Ahnung, wo er untergekrochen ist und was er als Nächstes vorhat.

Klar ist, dass Fischs Haus unterdessen gesichert ist wie Fort Knox. Die drei Straßen, die nach Unterägeri führen, werden überwacht. Vor dem Hauseingang und den Garagen stehen Streifenwagen. Im Wohnzimmer sitzen Michael und ich selbst. Eins ist offensichtlich: Wenn wir Grünenfelder nicht bald dingfest machen können, schafft er Fisch auch per Fernbehandlung. Der Mann ist käsegelb im Gesicht und verweigert seit Tagen jegliche Nahrungsaufnahme. Dafür kaut er Beruhigungstabletten wie andere Leute Gummibärchen. Ich habe selten jemanden gesehen, der größere Angst hatte als Robert Fisch. Sein aufgeblasenes Finanzzampanogehabe ist nur noch ferne Erinnerung. Seine Frau funktioniert noch halbwegs, jedenfalls serviert sie alle halbe Stunde frischen Kaffee und neue Plätzchen. Sie hat für mich das große Bett im Gästezimmer frisch bezogen und für Michael die Couch im Wohnzimmer.

Meine Uhr zeigt mir, dass es 21.35 Uhr ist. Noch dauert es eine Weile bis Sonntag. Ich frage mich, was ich hier mache. Es ist schlicht und einfach unvorstellbar, dass Grünenfelder hier einmarschiert und mit dem Schwert herumfuchtelt. Wahrscheinlich ist er abgetaucht, möglicherweise ins Ausland. Grenzwachkorps und Flughafenpolizei sind in Alarmbereitschaft. Vor dem Altenheim *Frieden* und dem Mietshaus, in dem er lebt, stehen Mannschaftswagen, falls er aus irgendeinem unerfindlichen Grund doch wieder zurückkommen sollte. Möge der Mann endlich verhaftet werden, dann kann ich nach Hause. Ich verspüre nicht die geringste Lust, hier zu übernachten. Außerdem sollte ich mich um Pers Freundin kümmern.

Wir hängen tief in den Ledersesseln. Michael hält die Fernbedienung und zappt wild im Fernsehuniversum herum, vermutlich auf der Suche nach einem Fußballspiel. Ich durchblättere lustlos *Das Magazin*.

Wie könnte Grünenfelder es anstellen, hier einzudringen, falls er sich wirklich mit diesem irrwitzigen Gedanken trägt? Fischs Wohnung ist eine Terrassenwohnung ähnlich unserer in Küsnacht, aber größer und luxuriöser. Es gibt nur einen Eingang. Rechts der massiven Eichentür plätschert Wasser in einen kleinen Teich voller bunter Steine. Das Fenster dahinter gehört zum Schlafzimmer und ist vergittert. Wer in die Wohnung eintritt, sieht links einen Raum abgehen, der auf die große Terrasse führt; Fischs benutzen ihn als Ankleidezimmer. An der üppig ausgestatteten Küche vorbei geht man in das riesige Wohnzimmer, von dem aus man ebenfalls auf die Terrasse treten kann. In der Ecke rechts hinten gibt es eine weitere Glastür, die auf einen Rasen führt, in dessen Mitte ein japanischer Kirschbaum steht. Die Grünfläche ist an der linken Seite durch eine Steinmauer, an der rechten und vorn durch einen mannshohen Holzzaun und den Hang begrenzt. Wendet man sich nach der Küche rechts herum, gelangt man in einen mit dicken Teppichen ausgelegten Gang, von dem insgesamt zwei Bäder und vier Zimmer, darunter Fischs Schlafzimmer und mein Gästezimmer, abgehen. Dann folgt die Waschküche und die Tür des Lifts, der aus der Tiefgarage kommt. Noch weiter hinten befindet sich, auf der gleichen Ebene, ein Vorratsraum voller Gestelle, in denen Hunderte teurer Wein- und Whiskyflaschen lagern.

Alle Fenster sind dreifach verglast, mit schweren Riegeln gesichert und mindestens zwei Meter über dem Boden. Bleibt also der Weg durch die Eingangstür, über den Lift oder über die Terrasse. Tür und Garage sind bewacht, die Lifttüren elektronisch blockiert. Die Wohnungen unter und über uns haben wir evakuiert, was die Bewohner laut, aber ergebnislos beklagten.

Ich persönlich würde es am ehesten über die Terrasse versuchen. Die Wohnungen kleben übereinander versetzt am Hang. Von oben könnte man theoretisch auf Fischs Terrasse runterspringen und dann die Glastür eintreten.

»Meinst du, dass er kommt?«, frage ich Michael.

»Ich kann es mir kaum vorstellen«, antwortet er. »Und du?«

»Ich wüsste nicht, wie«, sage ich und stelle fest, dass unsere Worte Robert Fisch aus seiner Erstarrung gelockt haben. Sein Pyjama ist aus Seide und hängt an ihm wie ein nasser Sack. Schuld daran ist wohl seine Körperhaltung. Er geht gebeugt wie ein Greis und mit unsicheren Schritten.

»Haben Sie alles?«, erkundigt er sich und wir bejahen das.

»Ich bin Ihnen außerordentlich dankbar, dass Sie hier sind«, presst er leise hervor. »Bleiben Sie wirklich nur bis Sonntag?«

Die Angst darüber, dass wir irgendwann wieder gehen, steht ihm deutlich ins graue Gesicht geschrieben.

»Sie werden bewacht, bis Grünenfelder gefasst ist«, verspreche ich. »Es sind ja außerdem noch ein halbes Dutzend Kollegen um Ihr Haus postiert.«

»Aber bis morgen Abend bleiben Sie hier, oder?«

»Sicher«, gähnt Michael.

»Möchten Sie einen Drink? Ich nehme auch noch einen, glaube ich.«

»Verträgt sich das denn mit Ihren Beruhigungsmitteln?«, frage ich.

»Gern«, sagt Michael. »Einen Brandy, wenn Sie haben.«

»Schatz!«, ruft Fisch durchs Zimmer. »Könntest du Herrn Neidhart vielleicht …«

»Mach es doch selbst!«, tönt es zurück und Fisch ist peinlich berührt. »Sie ist mit den Nerven völlig runter«, erklärt er mit einer entschuldigenden Geste.

»Sie hält sich wacker, meiner Ansicht nach«, widerspreche ich ihm.

»Ja, ähm, ich suche jetzt mal den Brandy«, stammelt er und schlurft zur Hausbar. Er werkelt eine Weile unkoordiniert herum, bringt Michael aber schließlich einen Schwenker und verabschiedet sich umständlich ins Schlafzimmer. Später meldet er uns, er gehe jetzt auf die Toilette.

Michael verfolgt unterdessen das *Aktuelle Sportstudio* und ich bin kurz vor dem Einnicken. Hätte Frau Fisch nicht extra das Gästebett frisch bezogen, würde ich nach Hause fahren. Stattdessen gehe ich raus auf die Terrasse und rauche eine weitere Zigarette. Ich versichere mich über das Funkgerät, dass alle Posten vor Ort und wach sind. Dann rufe ich Leonie an.

»Na, wie geht's, Meister?«, begrüßt sie mich und Begeisterung über meinen Einsatz höre ich nicht aus ihrer Stimme.

»Es ist grausam langweilig, Leonie. Aber die Leute sind froh, dass wir hier sind.«

»Gibt's denn wirklich keine Untergebenen für so was?«

»Es wimmelt von ›Untergebenen‹ hier. Aber irgendjemand muss sie ja führen.«

»Na gut.«

»Es würde einfach einen schlechten Eindruck machen, wenn ich jetzt verschwände. Auch Michael gegenüber.«

»Schon in Ordnung. Ich gehe ohnehin bald schlafen.«

»Ist Per zu Hause?«

»Wo denkst du hin? Es ist Samstag und er ist in die Stadt gefahren. Er hofft sehr, dass du dich um diese Adrienne kümmerst.«

»Sobald der Mist hier vorbei ist, ich versprech's dir.«

»Franz Studer hat dich gesucht. Ich habe ihm gesagt, du seist im Einsatz. Er meldet sich morgen noch mal.«

Scheiße, den habe ich total vergessen. Hoffentlich hat er nicht zu viel Aufwand getrieben für nichts. Das Zerwürfnis zwischen Grolimund, Fisch und *Lüthy & Graf* beruhte ja einzig auf der Affäre von Grolimund mit Lüthys Frau. Das hat uns inzwischen auch Frau Grolimund bestätigt.

»Schlaf gut. Wir sehen uns«, versuche ich, mich von ihr zu verabschieden.

»Wir erwarten dich morgen zum Mittagessen, Fred. Es wäre schön, wenn du es schaffen würdest. Anna kommt auch und ich bereite extra dein Leibgericht zu.«

»Züri Geschnetzeltes?«, frage ich und merke, wie die Geschmacksknospen auf meiner Zunge in tiefer Vorfreude Saft abzusondern beginnen.

»Genau«, sagt sie triumphierend.

»Ich werde alles tun, um es zu schaffen«, verspreche ich.

»Dachte ich's mir doch«, lacht sie. »Also, bis morgen.«

»Bis dann, ich freue mich«, sage ich und beende das Gespräch.

Gerührt starre ich in den Himmel und danke dem Universum, dass es der Welt ein Gericht wie Züri Geschnetzeltes beschert hat und mir eine Frau, die es zuzubereiten weiß. Der Mond ist heute nirgends zu sehen, aber ein paar Sterne glitzern am Firmament. Michael gesellt sich zu mir und wir stehen eine Weile schweigend da und hängen unseren Gedanken nach. Es wäre wirklich das Allerletzte, wenn mich Grünenfelder an einem Züri Geschnetzelten mit meiner Familie hindern würde. Aber dazu müsste er mehr oder weniger mit dem Schwert vor meinem Gesicht rumtoben.

»Fühlst du dich manchmal einsam?«, fragt mich Michael plötzlich.

»Nein«, antworte ich erstaunt. »Ich habe ja eine Familie. Und du?«

»Manchmal schon.«

Das Eingeständnis überrascht mich. Wenn ich das richtig mitbekomme, geht er durchaus häufig aus. Gut, das kann schal werden mit den Jahren, denke ich mir. Aber ich kann ihm ja nicht gut raten, sich eine Familie zuzulegen. Also sage ich gar nichts und blicke schon wieder auf meine Uhr. 23.12 Uhr.

»Wechseln wir uns ab?«, frage ich ihn.

»Klar. Womit willst du beginnen?«

»Mit schlafen«, antworte ich. »Weckst du mich so gegen vier Uhr auf?«

»Mach ich.«

Ich drücke ihm das Funkgerät in die Hand und ziehe mich ins Gästezimmer zurück. Meine Pistole deponiere ich auf dem Nachttisch. Einen Schlafanzug habe ich nicht dabei und so lege ich mich in Hose und Unterhemd ins Bett. Das fühlt sich gut an, ich stehe aber bald wieder auf, um mir die Zähne zu putzen. Der Spiegel zeigt mir einen grauhaarigen Mann mit müden braunen Augen. Ich setze mich aufs Klo und nehme mir vor, Michael wieder mal zu uns einzuladen. Eigentlich hätte ich Leonie vorhin fragen können. Aber da kam es mir nicht in den Sinn und jetzt will ich sie nicht noch mal anrufen.

Fischs haben eines dieser WCs, die mit Wasser um sich spritzen, wenn man fertig ist. Verdammte Höllenmaschinen, meiner Meinung nach. Nass ist jetzt vor allem meine Unterhose. Ich verbrauche zähneknirschend fast eine Rolle Papier, um sie wieder einigermaßen trocken zu kriegen. Beim Händewaschen denke ich zurück an Grünenfelders Kinderhände. Dass diese Hände töten können, erstaunt mich immer noch.

Ich kehre ins Gästezimmer zurück und versuche zu schlafen. Irgendwer tigert draußen herum, aber ich höre, dass es Fisch ist, weil ihn Michael anspricht. Ich drehe mich zur Seite und bin kurz vor dem Einschlafen, als mich ein Geräusch hochschrecken lässt: Der Lift ist losgezuckelt. Es leben noch andere Leute in der Siedlung, versuche ich mich zu beruhigen. Es nutzt aber nichts. Ich quäle mich aus den

Federn und stolpere ins Wohnzimmer. Michael hängt noch immer vor der Glotze, eben krächzt ihm das Funkgerät entgegen.

»Ist was?«, frage ich.

»Alles ruhig«, antwortet er. »Die Streifen melden sich periodisch, wie abgesprochen.«

»Hast du den Lift auch gehört?«

»Nein«, wundert er sich. »Bist du dir sicher?«

»Ich glaube schon, er hat mich aus dem Schlaf gerissen.«

Michael schält sich aus dem Sessel und wir inspizieren gemeinsam die Lifttür. Wir können nichts Auffälliges entdecken. Kein Wunder, der Zugang ist ja elektronisch gesperrt. Michael will dennoch rasch runter in die Tiefgarage. Wir gehen zur Haustür und ich lasse ihn raus. Leider liegt meine Uhr auf dem Nachttisch, sodass ich keine Ahnung habe, wie spät es ist. Spät genug, um zu schlafen, so viel steht fest.

»Ich sehe nur unsere Männer«, meint Michael, als er wieder hochkommt. Wir verriegeln die Tür erneut und drehen noch eine Runde durch die Wohnung.

Im Arbeitszimmer geistert uns Robert Fisch entgegen. »Ich kann nicht schlafen«, stöhnt er.

»Ich auch nicht«, entgegne ich ihm. »Seien Sie unbesorgt, es ist alles ruhig.«

»Leg dich wieder hin«, empfiehlt mir Michael. »Du hast noch gute zweieinhalb Stunden.«

Ich tue, wie mir geheißen, und schlafe tatsächlich bald ein. Träume von Sandstränden, Plastiksäcken und Mücken.

Ein schriller Schrei reißt mich aus dem Schlaf. Und noch ein Schrei, der mir durch Mark und Bein dringt. Ich springe aus dem Bett und stürme hinaus. Aus dem großen Bad dringen ein Stöhnen und ein Gepolter. Ich renne hin und pralle mit

Michael zusammen. Er hat seine Pistole gezückt und reißt die Tür auf. Frau Fisch liegt zusammengeklappt auf den Fliesen. Auf dem Spiegel steht ein hingeschmiertes orangefarbenes *Hihihimmel*.

Ich taumle betäubt zurück, das kann einfach nicht wahr sein. Hinter uns knallt die Badezimmertür zu und blitzschnell dreht sich ein Schlüssel.

»Grünenfelder!«, schreit Michael und rüttelt an der Türklinke.

»Die Pistole!«, brülle ich und er zielt auf das Schloss. Draußen schreit jemand.

Ich wende mich ab und dann knallt es schon. Das Schloss zersplittert, aber die Tür hängt sperrig in ihren Riegeln und Angeln. Erst nach gut zwei Minuten und weiteren Schüssen können wir sie endlich aufdrücken. Als wir herauskommen, schwingt sich Grünenfelder gerade über die Terrassenbrüstung. In seiner rechten Hand baumelt ein schwerer Plastiksack.

Michael stürmt hinter ihm her, ich renne ins Schlafzimmer und pralle schockiert zurück. Blut überall. An den Wänden, auf dem Boden, an der Decke. Und ein blutiges Etwas im Bett. Mir dämmert, was in Grünenfelders Plastiksack steckt. Ich merke, wie meine Beine zu zittern beginnen, und muss mich abwenden. Ich glaube, mir wird schlecht. Irgendwo weit weg peitscht ein Schuss durch die Nacht.

Ich gehe wackelig auf die Terrasse und blicke über die Brüstung. Es ist niemand zu sehen. Ich hechte zum Funkgerät und brülle hinein: »Sofort alles absperren! Grünenfelder war hier! Michael ist hinter ihm her. Sie sind über die Terrasse verschwunden.«

Wenige Sekunden später heult eine Sirene auf. Und der Motor eines Motorrads. Ich eile ins Gästezimmer, um mir die Pistole zu schnappen, und stürme aus der Wohnung, die Steintreppen hinunter zu den Garagen.

»Er ist durch die untere Wohnung zum Lift, mehr weiß ich nicht!«, schreit mir Michael zu, der gerade zu den Uniformierten in den Wagen klettert.

»Sämtliche Ausfallstraßen sofort blockieren! Grünenfelder will ausbüxen«, spreche ich ins Funkgerät. »Und schickt eine Ambulanz und die Spurensicherung.«

Ein anderer Streifenwagen ist gekommen. Der Fahrer gestikuliert wild und zeigt hinunter in Richtung Dorfkern.

Grünenfelder entkommt uns schon wieder. Wir wissen nicht, wie er es geschafft hat. Vermutlich ist er durch ein Fenster in der obersten Wohnung auf einen kleinen Hügel gelangt, hinter dem sein Motorrad stand, und dann querfeldein gedonnert. Ein Wahnsinn im Dunkeln. Fast noch unglaublicher ist, was wir unten im Liftschacht finden. Leere Coladosen, mit Urin gefüllte Wasserflaschen, Bananen- und Orangenschalen sowie Sandwichreste. Grünenfelder hat sich hier versteckt, mindestens zwei Tage lang. Er vegetierte in der engen, dunklen, höchstens ein Meter hohen Kammer unter dem Lift zwischen Spinnweben und Kabeln – und wartete. Wir haben die ganze verdammte Garage kontrolliert, nur diese kleine Kammer nicht. Grünenfelder konnte sie nachts in aller Seelenruhe verlassen und die Liftschaltung manipulieren. Zu Fischs hochfahren und ins Bad schleichen. Mit einem orangefarbenen Lippenstift *Hihihimmel* auf den Spiegel kritzeln und warten. Als Frau Fisch reinkam, schlug er sie nieder, huschte raus, sperrte uns Vollidioten ein und enterte das Schlafzimmer.

Als wir im Altenheim *Frieden* eintreffen, herrscht Aufruhr. Die kalte Junisonne zieht gerade am Horizont herauf, und Gret eilt uns entgegen und berichtet: »Er ist im Zimmer seiner Mutter und hat die Tür verriegelt. Sollen wir den Raum stürmen?«

»Wartet mal, ich spreche mit ihm.«

Wir schreiten durch die langen Gänge, die mit braunem Linoleum ausgelegt sind und nach einer Mischung aus Urin und Desinfektionsmitteln riechen. Schwer gepanzerte Grenadiere liegen rund um die besagte Tür mit Maschinenpistolen im Anschlag.

»Ist er bewaffnet?«, frage ich den Einsatzleiter.

»Wir wissen es nicht«, antwortet der.

»He, Grünenfelder!«, brülle ich durch die Tür. »Hier ist Staub. Wir kennen uns. Lassen Sie mich rein. Sie haben Ihren Job getan, es reicht jetzt!«

Und als nichts geschieht: »Ihre Mutter muss versorgt werden. Sie wollen doch nicht, dass ihr etwas geschieht, oder?«

Wir warten eine Weile. Plötzlich dreht sich klackernd der Schlüssel. Vier Maschinenpistolenläufe richten sich auf die Tür.

»Wartet«, rufe ich den Leuten zu, drücke behutsam die Klinke hinunter und stoße die Tür auf.

»Ich bin unbewaffnet und komme jetzt rein«, spreche ich sachte ins Zimmer.

Es erfolgt keine Antwort. Also trete ich ein. Grünenfelder sitzt ganz ruhig auf einem Stuhl und starrt mich an. Das Blau in seinen Augen ist stumpf, aller Glanz ist aus ihnen gewichen. Im Bett liegt mit geschlossenen Augen seine Mutter, zugedeckt bis zum Kinn. An dem Plastiksack, der auf dem Boden steht, klebt Blut. Die Kollegen hinter mir drängeln, um sich Grünenfelder zu packen. Aber ich möchte erst hören, ob er noch etwas zu sagen hat.

»Eine schöne Bescherung«, deute ich auf den Plastiksack. Aber Grünenfelder spricht nicht mehr. Zwei bewaffnete Kollegen stürmen an mir vorbei, werfen ihn zu Boden und verpassen ihm Handschellen. Eine Krankenschwester eilt herbei, um sich um Frau Grünenfelder zu kümmern. Ihr Sohn wird hochgerissen und abgeführt, er leistet keinerlei Widerstand. Ein Weißgewandeter greift sich den blutverschmierten Sack, aus dem ein Haarbüschel ragt, und trägt ihn weg. Gret und Michael sind zwischenzeitlich zu mir ins Zimmer gekommen.

»Haben wir ihn endlich«, sagt Michael emotionslos. Ich öffne das Fenster und atme ein paarmal tief durch. Draußen fiepen ein paar Vögel, weit weg kräht sich ein Hahn heiser.

»Es geht ihr so weit gut«, meint die Schwester mit Blick auf die alte Frau Grünenfelder. »Sie hat wohl gar nichts mitbekommen.«

Ratlos stehen wir im Zimmer. Michael hat seine Hände tief im Mantel vergraben, Gret streicht sich ihre weißen Haare aus dem Gesicht. Zwei Pfleger kommen und rollen Eva Grünenfelder hinaus. Dort, wo das Bett stand, rieselt der Staub. Das Zimmer sieht ärmlich aus, ist kaum sechs Quadratmeter groß. Ein Nachttisch, ein Schrank, ein kleiner Tisch, der Stuhl, auf dem Grünenfelder eben noch saß. Alles aus billigem, vor langer Zeit lackiertem Tannenholz. Ein Teppich, der fasert. Über der Stelle, wo das Bett stand, sind Fotos an die Wand gepinnt. Die junge Eva Grünenfelder in Schwarz-Weiß mit einem Unbekannten, vermutlich ihrem Mann. Gion Grünenfelder in Farbe als Kind, Jugendlicher und Erwachsener. Die erweiterte Familie vor einer Torte, auf der die Ziffer Fünfzig steht. Der geschmückte Eingang zur *Metzgerei Grünenfelder.* Ein Unbekannter in einem Lieferwagen mit der Aufschrift *Wurst macht mobil.* Frau Grünenfelder im Rollstuhl in einem Park. Geschoben von einem Mann, den ich kenne.

Ich bewege mein Gesicht näher an das Bild heran und merke, wie sich alles in mir zusammenzieht. Es gibt keinen Zweifel: Der Mann hinter dem Rollstuhl ist Eugen Thommen und bleibt es auch, nachdem ich mir kräftig die Augen gerieben habe.

Die Schwester kommt zurück, um etwas aus dem Schrank zu holen. »Kennen Sie den Mann hier?«, frage ich sie und deute auf die Fotografie.

»Klar, das ist Eugen Thommen«, antwortet sie. »Der arbeitete bei uns bis vor etwa einem halben Jahr.«

Gret und Michael starren uns fassungslos an.

»Hatte er Kontakt zu dem jungen Grünenfelder?«

»Das ließ sich nicht vermeiden, Thommen war für Frau Grünenfelder zuständig. Und ihr Sohn besuchte sie sehr oft.«

Wir sind alle wie vor den Kopf gestoßen.

»Warum, ist etwas mit ihm?«, will die Schwester wissen, aber für eine Antwort fehlen mir die Worte.

»Wir müssen das Bild beschlagnahmen«, höre ich Michael sagen.

»Wieso denn?«, fragt die Schwester verständnislos. Als sie keine Antwort erhält, schließt sie den Schrank wieder und geht.

»Ruft Bea an«, wende ich mich an Gret und Michael. »Sagt ihr, ich entschuldige mich.«

Beide nicken und Gret greift zu ihrem Natel.

»Wollt ihr anschließend zu uns zum Essen kommen, bevor wir weiterarbeiten?«, schlage ich vor. »Ich glaube, wir können alle etwas vertragen und es gibt sicher genug.«

Michael ist sofort einverstanden, aber Gret zögert. Unentschlossen hält sie das Natel in ihrer Hand und forscht in meinem Gesicht, wie ernst die Einladung gemeint ist.

»Meine Familie freut sich sicher, dich kennenzulernen«, ermuntere ich sie.

»Ich weiß nicht, ob ich jetzt was essen kann, Fred«, sagt sie schließlich und beginnt, Beas Nummer ins Gerät zu tippen.

Epilog

Eva Grünenfelder starb wenige Tage nach der Verhaftung ihres Sohnes im Altenheim *Frieden* an Herzversagen. Gion Grünenfelder wurde vom Zürcher Obergericht zu lebenslanger Sicherheitsverwahrung verurteilt. Er sitzt seine Strafe in der Psychiatrischen Klinik Rheinau ab.

Eugen Thommen konnten wir nichts nachweisen, was strafrechtlich von Belang wäre. Wir nahmen ihn wenige Tage nach Fischs Tod am Flughafen fest, als er von der Kanareninsel La Palma zurückkehrte. Er bestritt nicht, Gion Grünenfelder im Altenheim *Frieden* kennengelernt zu haben. Und auch nicht, dass sie beide die Herren Graf, Lüthy, Grolimund und Fisch zutiefst verachteten. Niemals aber habe er Grünenfelder zu irgendetwas angestiftet. Die Telefonate mit Graf, sein Stellenwechsel, kurz bevor die Mordserie begann, seine Schwertkenntnisse – alles Zufall.

Wir glauben, es besser zu wissen. Wir sind uns sogar sicher, dass er Grünenfelder zumindest zu seinen Taten ermuntert, wenn nicht sogar logistisch und in der Planung unterstützt hat. Wir haben erfahren, dass das allererste Telefonat von Graf bei der Krebshilfe nicht an Thommen ging, sondern dass er sich erst später einschaltete und Graf vermutlich aushorchte. Überdies weilte Thommen um die Zeit, als Grolimund im Tessin verschwand, in einem Ferienhaus in Brissago. Aber das sind natürlich keine Beweise und Grünenfelder schweigt leider eisern. Auch darüber, wo er die Köpfe der Getöteten vergraben, versteckt oder verbrannt hat. Wir haben sie, mit Ausnahme dessen von Fisch, bis heute nicht gefunden. Klar ist, dass Grünenfelder stets damit rechnete, verhaftet zu werden. Er richtete sich – über den Heizungsraum und die Garage des Nachbarhauses – einen raffinierten Fluchtweg aus seiner Mietwohnung ein. Neben dem Liftschacht bei Fisch verfügte er über mindestens ein weiteres Versteck in einem Auenwald an der Thur, eine simple Bretterbude, auf die wir aus purem Zufall stießen, weil ein Förster dem Posten Andelfingen Spraydosen mit orange Farbresten meldete. Dort fanden wir im Boden verscharrt auch Lüthys Hund Theo.

Der junge Fehr hat sich erholt und wird seinen Dienst in wenigen Wochen wieder aufnehmen können. Das Einkaufszentrum in Wädenswil wird gebaut, andere Investoren haben sich des Projekts angenommen. Zu Grolimunds und Fischs Beerdigung kamen zahlreiche Finanzberater, die ihren Kunden weiterhin Anlagen in panamaischen Beteiligungsgesellschaften anbieten und von Qualitätsinvestments sprechen.

Pers Adrienne wurde nach einmonatiger U-Haft aus dem Gefängnis entlassen und wartet jetzt auf ihre Gerichtsverhandlung. Ich habe mir die Akten zukommen lassen und bin zuversichtlich, dass sie freigesprochen wird. Sie ist außerordentlich reizend. Per hat sie uns neulich vorgestellt und Leonie war dermaßen entzückt, dass sie ihr spontan ihr Pferd zum Reiten anbot, die höchste aller Sympathiebekundungen. Adrienne besitzt allerdings schon zwei Pferde. Trotzdem bezeichnet sie ihren Vater unverhohlen als geldbesessenes Arschloch. Ich wusste ja schon immer, dass es nichts bringt, einer Frau ein Pferd zu schenken – das nur nebenbei.

Auch Per reitet lieber auf Wellen als auf Pferden. Trotzdem will er bald zu Adrienne nach Herrliberg ziehen, Platz genug gäbe es da, und wenn er studieren wolle, brauche er eine günstige Bleibe. Die Gratisbleibe bei uns scheint kein Thema mehr zu sein.

Anna jettet übermorgen nach Colombo, vielleicht sehe ich dann am Flughafen endlich mal ihren neuen Freund. Leonie versucht bereits, mich zu überreden, meiner Tochter zwecks Besuchs bald in den Busch zu folgen. Und gut: Zumindest die Kopfjägerei soll in diesem Teil Asiens ja nie wirklich verbreitet gewesen sein.

Glossar

Allmend Brunau – eine der letzten intakten Grünflächen der Stadt Zürich mit artenreicher Flora und Fauna; Naherholungsgebiet

Ausschaffungshäftling – *schweiz. für* Abschiebehäftling

Estrich, der – *schweiz. für* Dachboden, -raum

Garagist, der – *schweiz. für* Inhaber einer Autowerkstatt

Hikkaduwa – ehemaliges Hippie- und Aussteigerdorf in Sri Lanka

Hodler, Ferdinand – schweiz. Maler, 1853 – 1918

Lavabo, das – *schweiz. für* Waschbecken

Natel® – Der Begriff ›Natel‹ ist eine geschützte Bezeichnung der Schweizer Telekomgesellschaft *Swisscom.* Ursprünglich stammt er vom Begriff ›**N**ationales **A**uto**tel**efon‹ ab. Das Wort hat in der Schweiz in allen vier Sprachen größere Verbreitung als der Begriff ›Handy‹.

Schopf, der – *landsch. u. schweiz. für* Wetterdach; Nebengebäude, [Wagen]schuppen

Überzeit, die – *schweiz. für* Überstunden

Fred Staubs erster Fall

Ernst Solèr

Staub im Feuer

ISBN 978-3-89425-316-5

Ein Brandanschlag auf eine S-Bahn, mehrere Tote bei einer Lösegeldübergabe und Hinweise auf eine terroristische Gruppierung – die Finanzmetropole Zürich wird von einer ganz neuen Dimension der Gewalt heimgesucht. Die Ermittlungen unter Hauptmann Fred Staub laufen auf Hochtouren, doch die Umstände des Falles bleiben rätselhaft. Geht es den Tätern vielleicht gar nicht nur um Geld? Staub beschleicht der Verdacht, dass er ganz persönlich ins Visier der Erpresser geraten ist …

»Solèr schreibt süffig, anschaulich, und er hat ein ausgesprochen gutes Gespür für das richtige Timing.« Tages-Anzeiger

»Fred Staub und sein Ermittlungsteam haben durchaus das Potenzial für weitere Abenteuer.« NZZ Neue Zürcher Zeitung

»… schnittiger, rasanter Krimi, der mitten in der Stadt Zürich spielt.«
Isabelle Streit, Berner Rundschau (CH)

»Lesenswert ist das Buch nicht zuletzt wegen des schonungslosen Blickes hinter die Fassaden der Glitzer-Metropole Zürichs – und wegen Staubs (alias Solèrs) teilweise bitterbösen, sarkastischen, politisch herrlich unkorrekten Kommentaren zu diversen eidgenössischen Eigenheiten und Schwächen.«
Der Bund (CH)

»Solèrs flüssiger Schreibstil und das starke Lokalkolorit, das sich nicht in einer Aufzählung von Adressen und Sehenswürdigkeiten erschöpft, sondern die Mentalität der Schweizer beschreibt, machen Lust auf Staubs zweiten Einsatz.«
Axel Bussmer, Die Alligatorpapiere

grafit

Fred Staubs dritter Fall

Ernst Solèr

Staub im Schnee

ISBN 978-3-89425-346-2

Yves Schneider, Moderator und landesweit bekannte ›Glücksfee‹ der schweizerischen Zahlenlotterie, wird brutal ermordet. Die Gerüchteküche brodelt, der Kreis der Verdächtigen ist groß. Denn Schneider verkehrte nicht nur in der Zürcher Schwulenszene, sondern war auch bekannt für seine Kokain- und Spielsucht und befand sich in ernsten finanziellen Schwierigkeiten.

Fred Staub, Hauptmann der Zürcher Kantonspolizei, ermittelt in Schneiders Kollegenkreis und deckt binnen kürzester Zeit einen Betrugsskandal in Millionenhöhe auf. Die Öffentlichkeit ist voll des Lobes angesichts der raschen Aufklärung – doch Staub geht das Ganze eine Spur zu schnell. Bei seinen Nachforschungen stellt er fest, dass sein Misstrauen durchaus berechtigt ist und es bei Schneiders Mord um weit mehr geht als um ein paar Millionen Schweizer Franken …

Fred Staub ist erfreulich anders als sonstige Ermittlerfiguren – bitterböse, zynisch und politisch unkorrekt, aber trotzdem ein liebevoller Familienmensch.

Ein ungewöhnliches Wirtschaftsthema: Es geht um einen Betrug der staatlichen Lotteriegesellschaft in ganz großem Stil, der zeigt, mit welch simplen Mitteln man als Spieler um Millionen gebracht werden kann.

Temporeich und mit sprachlichem Witz zeichnet Ernst Solèr ein vielschichtiges Bild des modernen Zürich.

»Auch wenn man während der Lektüre mehr als einmal leer schlucken muss, so bleibt einem das Lachen aber trotzdem nicht im Hals stecken. Vor allem Staubs Mitarbeiter – vom hemdsärmeligen Kettenraucher über die männliche Büroniete bis zur sturen Moralistin – hat Solèr lustvoll karikiert.« Tages-Anzeiger (CH)

Ein weiterer Zürich-Krimi

Michael Herzig

Saubere Wäsche

ISBN 978-89425-338-7

Ein Doppelmord in einer Wäscherei und eine brutale Vergewaltigung – Johanna di Napoli, ›Quotenfrau‹ bei der Zürcher Stadtpolizei, gerät zunehmend unter Druck: Ihr Chef erwartet höchste Diskretion, die Öffentlichkeit Erfolge und der Großteil ihrer Kollegen ihr Scheitern.

»Der Autor Michael Herzig kennt die Zürcher Kulisse, beschreibt sie und ihr Personal anschaulich, schildert Macken und Ecken mit großzügigem Verständnis und Witz. Seine realitätsnah geformten Protagonisten sind oft Opfer städtischer Einsamkeit ... Das Zürcher Kolorit und die vielfältigen Biografien der Protagonisten machen ›Saubere Wäsche‹ zu einem lesenswerten Erfolg.«
Sonja Lüthi Ihle, NZZ Neue Zürcher Zeitung

»Zwei Verbrechen mit Verbindungen zum Drogen- und Sexmilieu, Polit- und Medienfilz, eine unbestechliche Polizistin:Der in Zürich lebende Berner Michael Herzig beherzigt die klassischen Eckpfeiler des Genres.« Regula Freuler, NZZ am Sonntag

»Michael Herzig weiß die Fäden fein zu spinnen, gibt seinen Akteuren Profil, Wärme und einen Hintergrund. ... Das alles wird mit einem leicht ironischen Unterton serviert und, was gar nicht selbstverständlich ist in einem Erstlingskrimi, in einer schönen, auch von der Syntax her makellosen und schnörkellosen Sprache.«
Der Zürcher Oberländer/Zürcher Landzeitung/Anzeiger von Uster

»Der Autor hat sich viel Mühe mit seinen Charakteren gegeben. Hoffentlich deshalb, weil er sie in Zukunft noch öfter einsetzen will.«
Sönke Boldt, Badische Neueste Nachrichten

»... weckt die Vorfreude auf Band 2!« SBD Bibliotheksservice (CH)

Fred Staubs vierter Fall

Ernst Solèr

Staub im Paradies

ISBN 978-3-89425-357-8

Fred Staub, neu ernannter Kommandant der Zürcher Kantonspolizei, wollte in Sri Lanka eigentlich nur seine Tochter Anna besuchen, die dort in einem Forschungsprojekt arbeitet. Als jedoch einer der Schweizer Wissenschaftler vor Staubs Augen aus dem Hinterhalt erschossen wird, beginnt er gemeinsam mit dem sri-lankischen Polizisten Verasinghe, die Hintergründe der Tat zu ermitteln.

Zeitgleich bitten Staubs ehemalige Zürcher Kollegen um Mithilfe: Staub soll sich im familiären Umfeld eines in Zürich ermordeten Tamilen umsehen, der in Sri Lanka beheimatet war.

Bei seinen Nachforschungen trifft Staub auf einen einflussreichen Militär, einen schwerreichen Deutschen und einen hochrangigen Koordinator der Schweizer Tsunamihilfe.
Die drei sind alles andere als begeistert über die Bemühungen Staubs, Licht ins Dunkel zu bringen …